그림문자로 이해하는 541개 한자부수

그림문자로 이해하는 541개 한자부수

김하종 지음

문현
MUN HYUN

들어가는 말

한(漢)나라 때 사용되었던 한자의 개수는 1만자 조금 못되는 9,353 자였는데, 이후 계속 불어나 지금은 약 6만여 자나 됩니다. 처음으로 9,353개 한자를 연구하고 이것들을 체계적으로 나열한 문자학자는 동한(東漢. 25~220)의 허신(許愼)이었습니다. 그는 121년에 최초의 자전(字典)인 『설문해자(說文解字)』를 지었는데, 이 책에서 처음으로 540개 부수(部首)를 설정하여 9,353개 한자를 나열했습니다. 이후 부수는 한자를 나열하는 방법이자, 한자를 찾을 수 있는 방법으로 자리매김하게 되었습니다.

허신은 540개 부수를 설정했습니다. 540개를 설정한 이유는 당시 유행이었던 음양사상의 영향 때문이었죠. 음양사상에서는 숫자 '6'은 음(陰)의 극수(極數)이고, '9'는 양(陽)의 극수이며, '10'은 가장 완벽한 수를 의미합니다. 그리하여 6×9×10을 한 결과 540이란 숫자가 된 것입니다. '540'은 온 천하를 대표하는 숫자이므로 여기에 소속된 한자들은 온 천하를 나타내기에 충분했다는 것이 그의 생각이었습니다.

저는 허신이 설정한 540개 부수를 변경할 생각은 추호도 없습니다만, 어쩔 수 없이 1개 부수를 더 설정했습니다. 그 부수는 어조사 야(也)자입니다. 왜냐하면 물 수(氵. 水) 부수에 속한 속자(屬字)인 연못 지(池)자, 흙 토(土) 부수에 속한 땅 지(地)자는 야(也) 부수에 속하는 것이 보다 합리적으로 생각되었기 때문입니다.

부수는 두 가지로 나눌 수 있습니다. 하나는 의미 부수이고, 다른 하나는 소리 부수입니다. 허신이 설정한 부수는 의미 부수입니다. 즉, 같거나 비슷한 의미를 지닌 한자들을 하나로 묶은 다음 그 한자들의 공

통분모를 부수로 설정했던 것이죠. 그러므로 의미 부수를 통해 그 부수에 속한 속자들의 대략적인 의미를 파악할 수 있습니다.

기존의 한자와 관련된 대부분의 책에는 현대의 214개 부수 위주로 해설되어 있습니다. 물론 214개 부수도 중요하지만, 한자를 보다 자세하게 이해하기 위해서는 최초로 설정된 540개 부수를 학습할 필요가 있습니다. 그래야만 한자의 변천과 의미의 파생 및 확대 과정을 이해할 수 있기 때문입니다.

본서에서는 541개 의미 부수 이외에도『설문해자』에 실린 각 부수에 속하는 속자들을 열거하였고, 해설이 필요한 속자에 대해서는 그림문자를 제시하여 속자의 의미를 유추해 볼 수 있도록 했습니다. 다양한 그림문자를 제시한 이유는 물론 한자에 대한 이해력을 높인다는 목적도 있지만, 더 중요한 이유는 한자에 대한 관심을 높임과 동시에 우리들이 잃어버린 상상력을 회복시키기 위해서입니다. 혹 여기에서 해설된 내용 가운데 잘못된 부분이 있거나 부족한 부분이 있다면 따뜻한 충고와 매서운 질타를 해 주십시오. 그러면 저는 향후 지속적으로 보완하여 보다 완성된 내용으로 다시 찾아뵐 것을 약속드립니다.

끝으로 이 책의 기획과 출판을 맡아 고생해 주신 한신규 사장님께 감사를 드립니다. 특히 언제나 말없이 헌신적으로 뒷바라지 해준 아내 경아와 자식 성욱에게 미안하고 감사합니다.

2014년 11월
우당도서관에서 김하종

일러두기

1. 본서에서 인용한『설문해자』는 1999년에 북경의 중화서국(中華書局)에서 출판한 책입니다. 본서에서는 서술의 편의상『설문』으로 간칭했습니다.

2. 본서에서 제시한 그림문자는 2005년에 상해의 상해교육출판사(上海教育出版社)에서 출판한 모두 12권으로 구성된『고문자고림(古文字詁林)』에 근거했습니다.

3. 그림문자 밑에 숫자로 표시된 부분, 예를 들면 해 일(日. 6-371)에서 숫자로 된 부분인 '6-371'은『고문자고림』6권 371쪽을 말합니다. 본서에서는 대표적인 그림문자만을 수록했습니다. 이에 더 다양한 그림문자와 더욱 자세한 내용을 원한다면 숫자로 쓰인 부분을 참고하여 찾아보면 될 것입니다.

4. 본서에서 인용한『에로스와 한자』는 2015년에 문현이 출판한 책입니다.

차례 ————————————————————————

들어가는 말
일러두기

1. 자연과 동식물

태양과 달, 산과 언덕, 풀, 나무, 꽃, 물과 불, 동물, 새와 물고기

1. 자연과 동식물 ━━━━━━━━━━

태양과 달, 산과 언덕, 풀, 나무, 꽃, 물과 불, 동물, 새와 물고기

1. 태양과 달

해 일(日. 6-371)	아침 단(旦. 6-442)

◆ 해 일(日): 태양의 모습으로, 안에 있는 점은 흑점을 그린 것입니다. 해 일(日)자를 부수로 삼는 속자는 매우 많기 때문에 여기서는 자주 사용되는 속자들만 살펴보겠습니다.

旻: 하늘 민	時: 때 시	早: 새벽 조
昧: 새벽 매	晣: 밝을 절	昭: 밝을 소
晤: 밝을 오	晄: 밝을 황	曠: 밝을 광
旭: 아침 해 욱	晉: 나아갈 진	晏: 늦을 안
景: 볕 경	暤: 밝을 호	晷: 그림자 구

晧: 밝을 호   昃: 기울 측   晚: 저물 만
昏: 어두울 혼   孿: 땅거미 질 란   暗: 어두울 암
晦: 그믐 회   旱: 가물 한   旯: 아득히 합할 요
昴: 별자리 이름 묘 昨: 어제 작   暇: 겨를 가
㬎: 드러날 현   曬: 쬘 쇄   暵: 말릴 한
晞: 마를 희   昔: 옛 석   昆: 형 곤
暫: 잠시 잠   普: 널리 보   曉: 새벽 효
昕: 아침 흔   晠: 밝을 성   昌: 창성할 창
昱: 빛날 욱   暑: 더울 서   晬: 돌 수
映: 비출 영   曇: 흐릴 담   曆: 책력 력
暈: 무리 훈   昂: 오를 앙   昇: 오를 승

◆ 아침 단(旦): 태양과 그림자 혹은 태양과 땅의 모습을 그려, 태양
　이 막 떠오르는 아침을 나타냈습니다. 속자는 다음과 같습니다.

曁: 미칠 기

밝을 정(晶. 6-484)	해가 뜰 때 햇빛이 빛나는 모양 간(倝. 6-446)

◆ 밝을 정(晶): 해 일(日)자 세 개를 결합하여 '반짝 반짝 빛나는 모
　양'을 나타냈습니다.[1] 속자는 다음과 같습니다.

---

1) 『설문』: 晶, 精光也. 从三日.

曐(星): 별 성　　　　曑: 별 이름 삼　　　　曟(晨): 새벽 신
曡: 거듭 첩

▶ 속자 해설: 별 성(曐. 星)자의 그림문자(🌿, 🌿)는 많은 별(晶)이
나타나는(生) 모습이고, 별 이름 삼(曑)자의 그림문자(🌿, 🌿)는
사람이 꿇어앉아서 반짝 반짝 빛나는 별에게 기도드리는 모습이
며, 새벽 신(曟)자의 그림문자(🌿)는 다섯째 지지(地支)를 나타내
는 진(辰)과 같습니다.

◆ 해가 뜰 때 햇빛이 빛나는 모양 간(倝): 새벽 조(旦)자와 깃발이
펄럭이는 모양 언(㫃)자가 결합해서 만들어진 것으로, 펄럭이는
깃발처럼 이글이글 타오르는 태양이 새벽에 떠오르는 것을 나타
냈습니다. 속자는 다음과 같습니다.

朝: 아침 조

▶ 속자 해설: 아침 조(朝)자의 그림문자(🌿, 🌿)는 풀 사이에 있는
태양의 모습과 모래톱을 묘사한 주(州)가 결합한 형태로, 여기에
서 주(州)는 소리뿐만 아니라 의미도 나타냅니다. 이 분석에 근거
해서 해석해보면, 온 세계에 태양이 떠오르는 모습을 보여줍니다.

𝔻 𝔻	◖ ◗
달 월(月. 6-493)	저녁 석(夕. 6-518)

◆ 달 월(月): 반달 모습입니다. 해는 항상 둥근 모습이므로 둥글게 (☉) 그렸고, 달은 둥근 모습보다는 이지러진 모습이 더 많기 때문에 이지러지게(𝔻) 그렸습니다. 속자는 다음과 같습니다.

朔: 초하루 삭	朏: 초승달 비	霸: 으뜸 패
朗: 밝을 랑	朓: 그믐달 조	朒: 살찔 눌
期: 기약할 기	朦: 풍부할 몽	朧: 흐릿할 롱

▶ 속자 해설: 살찔 눌(朒)자를 분석하면 고기 육(月)자와 안으로 들어올 내(內)자가 결합하여 만들어진 한자로, 고기를 계속해서 먹으면 살찐다는 것을 나타냅니다. 그러므로 살찔 눌(朒)자에서의 '月'은 달이 아니라 고기 육(肉)자의 변형인 '月'임에 주의할 필요가 있습니다. 혹은 내(內)자를 성교로 해석하여, 살찔 눌(朒)자를 성교 결과 태아를 임신한 것을 나타낸 한자로 풀이하는 경우도 있습니다.[2]

◆ 저녁 석(夕): 달 월(月. 𝔻)자와 마찬가지로 반달 모습입니다. 달 월(月)은 'Ⲫ' 안에 두 개(二)를 그려 넣어 반짝반짝 빛나는 모양을 나타냈고, 저녁 석(夕)은 'Ⲫ' 안에 한 개(一)를 그려 달보다 덜 반짝이는 모습을 나타냈습니다. 즉, 가장 어두울 때 달이 가장 빛나

---

2) 『에로스와 한자』 5장 에로스와 한자 1편 참고.

기 때문에 두 개(二)를 그려 넣었던 것이고, 저녁에는 달의 반짝임이 희미하기 때문에 한 개(一)를 그려 넣었던 것입니다. 속자는 다음과 같습니다.

夜: 밤 야   夢: 꿈 몽   夗: 누워 뒹굴 원
夤: 조심할 인   姓: 맑을 청   外: 밖 외

▶ 속자 해설: 밤 야(夜)자의 그림문자(夾)는 저녁에 사람이 베개를 들고 있는 모습입니다. 꿈 몽(夢)자는 밤에(夕) 이불을 덮고(宀) 눈을 뜬 채로 자고 있는 모습인데, 눈을 뜨고 자는 모습으로 꿈을 꾸는 상태를 나타낸 것입니다. 밖 외(外)자의 그림문자(夘)는 밤(夕)에 아무도 모르게 밖으로 나가 점을 치는(卜) 모습입니다.

밝을 명(朙. 明. 6-508)	창문 경(囧. 6-513)	어두울 명(冥. 6-482)

◆ 밝을 명(朙. 明): 창문(囧)과 달(月)이 결합한 회의문자입니다. 이를 해석하면, 밤에 창문을 통해 달빛이 들어오니 '밝다'는 뜻이 됩니다. 창문(囧)을 나타냈던 것이 후에 해 일(日)로 변형되어 지금의 명(明)자처럼 되었습니다. 속자는 다음과 같습니다.

朚: 다음 날 황3)

---

3) 『설문』: 朚, 翌也. 从明亡聲. 呼光切.

◆ 창문 경(囧): 창문 모습으로, 모든 빛은 창문을 통해 들어오기 때문에 '빛나다'는 의미가 되었습니다. 속자는 다음과 같습니다.

盟(盟): 맹세할 맹

▶ 속자 해설: 맹세할 맹(盟. 盟)자의 그림문자(盟, 盟)는 잔(皿)에 밝고 붉은 것(囧, 明)이 있는 모습으로, 잔에 붉은 피가 가득한 것을 나타냅니다. 고대사회에서 상호 맹세를 할 때는 잔에 들어 있는 피를 마시기 때문에 '맹세'란 의미가 된 것입니다.

◆ 어두울 명(冥): 양 손으로 창문을 가려 '어둡다'는 것을 보여줍니다. 속자는 다음과 같습니다.

麗: 고을 이름 맹

2. 산과 언덕

뫼 산(山. 8-208)	같이 선 산 신(屾. 8-237)

◆ 뫼 산(山): 산봉우리 세 개를 그려 '산'을 나타냈습니다. 그림문자에서는 뫼 산(山)자와 불 화(火)자가 유사하기 때문에 주의할 필요가 있습니다. 뫼 산(山)자를 부수로 삼는 속자는 많기 때문에 여기서는 자주 사용되는 속자들만 살펴보겠습니다.

嶽: 큰 산 악   岱: 태산 대   岡: 산등성이 강
岑: 봉우리 잠   巒: 뫼 만   密: 빽빽할 밀
峯: 봉우리 봉   巖: 바위 암   皛: 땅 이름 엽
峨: 높을 아   崩: 무너질 붕   崇: 높을 숭
崔: 높을 최   嵌: 산 깊을 감   嶺: 재 령
嵩: 높을 숭   崑: 산 이름 곤   崙: 산 이름 륜

◆ 같이 선 산 신(屾): 뫼 산(山)자 두 개를 결합하여, '산이 나란히 서
  있는 모습'을 나타냈습니다. 속자는 다음과 같습니다.

嵞: 산 이름 도

언덕 구(丘. 7-499)	언덕 부 (𨸏. 阜. 10-770)	두 언덕 사이 부 (𨺅. 𨸏. 10-847)

◆ 언덕 구(丘): 앞에서 살펴 본 뫼 산(山)자는 봉우리 세 개를 그려
  높고 큰 산을 나타낸 것임에 반해, 언덕 구(丘)자는 봉우리 두 개
  를 그려 낮은 산인 언덕을 나타냈습니다. 속자는 다음과 같습니다.

虛: 빌 허   㞟: 웅덩이 니

▶ 속자 해설: 빌 허(虛)자는 원래 호피무늬 호(虍)자와 언덕 구(丘)
  자가 결합한 허(虗)자로 썼습니다. 그래서 빌 허(虛)자의 부수가

언덕 구(丘)가 된 것입니다. 세 봉우리(山)에서 한 봉우리가 비어 있기 때문에(M) '비다'는 뜻이 된 것 같습니다.

◆ 언덕 부(𠂤. 阜): 높은 곳에 올라가기 위해 사용하는 사다리를 그린 모습으로 보기도 하고, 뫼 산(山. 山)자를 옆으로 세운 모양(ヨ)을 그린 것으로 보기도 합니다. 언덕 부(𠂤. 阜)자가 부수로 쓰일 때에는 'β'처럼 변합니다. 언덕 부(𠂤. 阜. β)자를 부수로 삼는 속자는 상당히 많기 때문에 여기서는 자주 사용되는 속자들만 살펴보겠습니다.

陽: 볕 양	陵: 큰 언덕 릉	陰: 음달 음
陸: 뭍 륙	阿: 언덕 아	陂: 비탈 피
阪: 비탈 판	險: 험할 험	限: 한계 한
隅: 모퉁이 우	陝: 좁을 협	陖: 가파를 준
阻: 험할 조	陗: 산비탈 초	院: 담 원
際: 사이 제	除: 섬돌 제	陳: 늘어놓을 진
阡: 두렁 천	防: 둑 방	陟: 오를 척
陷: 빠질 함	降: 내릴 강	階: 섬돌 계
隊: 대 대	陛: 섬돌 폐	隙: 틈 극
陪: 쌓아 올릴 배	隰: 진펄 습	

▶ 속자 해설: 큰 언덕 릉(陵)자의 그림문자(𣥺)는 사람이 계단을 밟고 오르는 모습이고, 볕 양(陽)자의 그림문자(𦰞)는 태양이 언덕 위로 비치는 모습이며, 한계 한(限)자의 그림문자(𨻳)는 사람이 언덕에 막혀 두리번거리는 모습입니다. 오를 척(陟)자의 그림문자(𨸏)는 계단을 밟고 올라가는 모습이고, 대 대(隊)자의 그림문

자(☖)는 아이가 언덕에서 떨어지는 모습이며, 내릴 강(降)자의 그림문자(☖)는 오를 척(陟)자의 발모양을 달리하여 계단을 내려오는 것을 나타냈습니다.

◆ 두 언덕 사이 부(阜. 障): 언덕 부(阜)자 두 개를 결합하여 '두 언덕 사이'를 나타냈습니다.[4] 속자는 다음과 같습니다.

隘: 좁을 애

▶ 속자 해설: 좁을 애(隘)자의 그림문자(☖)는 좁은 언덕 사이에서 두 사람이 만나는 모습입니다.

3. 풀, 나무, 꽃 등

날 생(生. 6-95)	아닐 불(不. 9-454)

◆ 날 생(生): 초목(☖)이 땅(☖) 위로 올라온 모습으로[5] '생기다, 태어나다'란 의미를 나타냈습니다. 속자는 다음과 같습니다.

產: 낳을 산   丰: 예쁠 봉   隆: 클 융

---

4)『설문』: 阜(障), 兩阜之間也. 从二阜. 房九切.

5)『설문』: 生, 象艸木生出土上.

▶ 속자 해설: 예쁠 봉(丰)자의 그림문자(ϯ)는 초목이 땅 위로 왕성하게 올라온 모습을 그린 것입니다.

◆ 아닐 불(不): 초목이 땅을 뚫고 나오지 못한 모양을 그렸기 때문에 '못하다, 아니다'란 의미를 지니게 된 것이라는 견해도 있고, 여성생식부호(▽)와 흘러내리는 피를 결합하여 월경(ѫ)을 그렸기 때문에 부정적인 뜻을 나타낸 것으로 보는 견해도 있습니다.[6] 속자는 다음과 같습니다.

否: 아닐 부

ψ Ψ	も も	P
싹 날 철(屮. 1-343)	풀잎 탁(乇. 6-103)	머금을 함(ㄇ. 6-540)

◆ 싹 날 철(屮): 초목이 땅에서 처음 생겨난 모습을 간단하게 그린 것으로,[7] 부수로 쓰일 때에는 '뚫고 올라오다'는 의미로 사용됩니다. 속자는 다음과 같습니다.

屯: 진칠 둔   每: 매양 매   熏: 연기 낄 훈
毒: 독 독

▶ 속자 해설: 진칠 둔(屯)자는 초목이 땅을 뚫고 올라온 모습(ᵡ)으

---

6)『에로스와 한자』1장 여성과 한자 1편 참고.
7)『설문』: 屮, 艸木初生也. 象丨出形, 有枝莖也. 古文或以爲艸字. 讀若徹.

로, 둔(屯)자가 쓰인 봄 춘(旾. 春)자[8]에 그 의미가 분명하게 남아 있습니다. 매양 매(每)자는 머리가 길게 자란 어머니 모습(杲)을 그린 한자로, 어머니가 자식에 대한 마음은 '언제나' 같기 때문에 '늘, 항상'이란 의미가 생긴 것입니다.

◆ 풀잎 탁(乇): 땅을 뚫고 나온 풀잎을 그렸다[9]고 하지만 분명치는 않습니다. 속자는 없습니다. 풀잎 탁(乇)자가 결합한 한자들을 보면 '뚫고 나오다'는 의미를 살짝 엿볼 수 있습니다. 예를 들면 다음과 같습니다.

吒: 뿜을 타	託: 부탁할 탁	宅: 집 댁
奼: 자랑할 타	亳: 엷을 박	

◆ 머금을 함(马): 초목의 꽃이 아직 피지 않은 꽃봉오리 모습[10]이라고 하지만 분명치 않습니다. 속자는 다음과 같습니다.

圅: 함 함	甹: 움틀 유	甬: 꽃 피는 모양 용

▶ 속자 해설: 함 함(圅)자의 그림문자(⬚)는 화살을 넣은 자루 모습입니다. 꽃 피는 모양 용(甬)자의 그림문자(⬚)는 뒤처리를 할 때 사용했던 나뭇가지 끝에 대변이 묻은 모습이기 때문에 '안에서 밖으로 빠져나오다'는 의미를 갖게 된 것입니다.[11] 예를 들면, 월

---

8) 『설문』: 旾(春), 推也. 从艸从日, 艸春時生也. 屯聲.
9) 『설문』: 乇, 艸葉也. 从垂穗, 上貫一, 下有根. 象形. 陟格切.
10) 『설문』: 马, 嘾也. 艸木之華未發, 圅然. 象形. 乎感切.
11) 『에로스와 한자』5장 에로스와 한자 1편 참고.

송(誦)자, 샘이 솟을 용(涌)자, 용기 용(勇)자 등에서 이러한 의미를 찾아 볼 수 있습니다.

ᰬ ᰭ	ᰮ
풀 초(艸. 1-377)	잡풀 우거질 망(茻. 1-592)

◆ 풀 초(艸): 싹 날 철(屮)자 두 개를 결합하여 '온갖 풀'을 나타냈습니다.12) 지금은 풀 초(艸)자 대신 '상수리나무 열매'를 뜻하는 풀 초(草)자를 사용합니다.13) 풀 초(艸)자를 부수로 삼는 속자는 매우 많기 때문에 여기서는 자주 사용되는 속자들만 살펴보겠습니다.

莊: 풀 성할 장	芝: 지초 지	蘇: 차조기 소
葵: 해바라기 규	薑: 생강 강	菊: 국화 국
藍: 남색 람	蘭: 난초 란	苦: 씀바귀 고, 쓸 고
艾: 쑥 애	蓮: 연 련	荷: 연 하
蘿: 무 라	葛: 칡 갈	蔓: 덩굴 만
菌: 버섯 균	萌: 싹 맹	芽: 싹 아
莖: 줄기 경	葉: 잎 엽	英: 꽃부리 영
芃: 풀 무성할 봉	茂: 우거질 무	茲: 무성할 자
蒼: 푸를 창	苗: 모 묘	苛: 매울 가

---

12)『설문』: 艸, 百芔也. 从二屮.

13)『설문』: 草, 草斗, 櫟實也. 一曰象斗子. 从艸早聲.

荒: 거칠 황　　　　蕪: 거칠어질 무　　　　落: 떨어질 락

菜: 나물 채　　　　苑: 나라 동산 원　　　　芳: 꽃다울 방

藥: 약 약　　　　　藉: 깔개 자　　　　　藩: 덮을 번

若: 같을 약　　　　芻: 꼴 추　　　　　　蒸: 찔 증

蕉: 파초 초　　　　卉: 풀 훼　　　　　　蒜: 마늘 산

芥: 겨자 개　　　　苟: 진실로 구　　　　蒙: 입을 몽

范: 풀이름 범　　　荼: 씀바귀 도　　　　茸: 무성할 용

草: 풀 초　　　　　芙: 부용 부　　　　　蓉: 연꽃 용

藏: 감출 장

◆ **잡풀 우거질 망(茻)**: 싹 날 철(屮)자 네 개를 결합하여 '많은 풀들이 우거져 있는 모양'을 나타냈습니다.[14] 속자는 다음과 같습니다.

莫: 없을 막　　　　　莽: 우거질 망　　　　　葬: 장사지낼 장

▶ 속자 해설: 없을 막(莫)자에 대해 간단히 설명하면, 막(莫)자의 그림문자(茻)는 해(日)가 풀 사이(茻)에 가려진 모습으로 '날이 저물다'는 것을 의미했으나, 후에 '안 보이다, 사라지다'는 의미로 사용되어버렸습니다. 이에 '날이 저물다'는 원래의 의미를 나타내기 위해 없을 막(莫)자에 해(日)자를 더하여 저물 모(暮)자를 새롭게 만들게 되었습니다. 없을 막(莫)자가 결합된 한자의 의미는 대부분 '사라지다, 안 보이다'는 의미를 나타냅니다. 예를 들면 다음과 같습니다.

　　사막 막(漠): 물(氵)이 사라진(莫) 곳.

---

14)『설문』: 茻, 眾艸也. 从四屮. 讀與冈同. 模朗切.

장막 막(幕): 사라지게 하는(莫) 천(巾).

무덤 묘(墓): 시체를 사라지게 하는(莫) 흙(土).

나무 목(木. 5-728)	수풀 림(林. 6-11)

◆ **나무 목(木):** 나무 모습입니다. 나무 목(木)자를 부수로 삼는 속자
  는 매우 많기 때문에 여기서는 자주 사용되는 속자들만 살펴보겠
  습니다.

橘: 귤나무 귤	柚: 유자나무 유	梨: 배나무 리
柿: 감나무 시	杏: 살구나무 행	柰: 능금나무 내
李: 자두나무 리	桃: 복숭아나무 도	桂: 계수나무 계
棠: 팥배나무 당	杜: 팥배나무 두	樣: 모양 양
楊: 버들 양	權: 저울추 권	槐: 홰나무 괴
杞: 구기자나무 기	檀: 박달나무 단	梧: 오동나무 오
榮: 꽃 영	桐: 오동나무 동	松: 소나무 송
柏: 측백나무 백	某: 아무 모	樹: 나무 수
本: 근본 본	朱: 붉을 주	根: 뿌리 근
株: 그루 주	末: 끝 말	果: 실과 과
枝: 가지 지	朴: 후박나무 박	條: 가지 조
枚: 줄기 매	枯: 마를 고	柔: 부드러울 유
材: 재목 재	柴: 섶 시	杳: 어두울 묘
栽: 심을 재	築: 쌓을 축	構: 얽을 구

模: 법 모	棟: 용마루 동	極: 다할 극
柱: 기둥 주	樓: 다락 루	槍: 창 창
柵: 울짱 책	杠: 깃대 강	牀: 평상 상
枕: 베개 침	梳: 빗 소	檽: 호미 누
耜: 쟁기 사	杵: 공이 저	柶: 수저 사
槃: 쟁반 반	案: 책상 안	杓: 자루 표
機: 베틀 기	核: 씨 핵	梯: 사다리 제
杖: 지팡이 장	柯: 자루 가	柄: 자루 병
樂: 풍류 악	札: 패 찰	梁: 들보 량
校: 학교 교	采: 캘 채	析: 가를 석
葉: 나뭇잎 엽	休: 쉴 휴	械: 형틀 계
棺: 널 관	梟: 올빼미 효	榻: 걸상 탑
櫻: 앵두나무 앵		

◆ **수풀 림**(林): 나무 목(木)자 두 개를 결합하여 '나무들이 우거진 숲'을 나타냈습니다. 속자는 다음과 같습니다.

楚: 모형 초	鬱: 막힐 울	棽: 무성할 림
森: 나무 빽빽할 삼	棼: 마룻대 분	麓: 산기슭 록
楙: 무성할 무	梵: 범어 범	

아닐 미(未. 10-1143)	나뭇가지가 굽을 계(禾. 6-109)

◆ 아닐 미(未): 나무(木)에 가지를 더 많이 그린 것으로 보아 일반적

인 나무보다 더 오래 산 나무를 그렸다는 견해도 있고,[15] 영아(嬰兒)가 어머니 자궁으로부터 막 빠져나온 모습을 그렸다는 견해도 있습니다.[16] 하지만 무엇을 그린 것인지 아직까지 일치된 견해는 없습니다. 속자는 없습니다.

◆ 나뭇가지가 굽을 계(禾): 나무가 자라는데 장애를 받아 그 끝이 구부러진 모습입니다. 그래서 '굽다'는 의미를 나타내게 된 것입니다.[17] 속자는 다음과 같습니다.

稽: 나뭇가지가 굽을 지   稛: 굽을 구

무성할 발(朮. 6-81)	집 소(巢. 6-113)

◆ 무성할 발(朮): 초목이 자라 가지와 잎이 무성한 모양을 그렸습니다.[18] 속자는 다음과 같습니다.

索: 찾을 색   孛: 혜성 패, 안색 변할 발   南: 남녘 남

◆ 집 소(巢): 나무 위에 있는 새의 보금자리를 그린 모습입니다. 새

---

15) 『설문』: 未, 象木重枝葉也.

16) 김하종, 「고문자에 반영된 龍의 原型 고찰」, 『중국어문학지』 제46집, 2014, 3.

17) 『설문』: 禾, 木之曲頭止不能上也. 古兮切.

18) 『설문』: 朮, 木盛朮朮然。象形, 八聲. 普活切.

가 나무 위에 만든 보금자리를 소(巢)라 하고 나무 구멍에 만든 보금자리를 과(窠)라 합니다.[19) 속자는 다음과 같습니다.

𡭗: 기울어 뒤집힐 변[20)

삼나무 껍질 빈(朩. 6-720)	삼 열매 패(朩朩. 6-723)	삼 마(麻. 6-727)

◆ 삼나무 껍질 빈(朩): 손(又)으로 삼나무 줄기와 껍질을 분리(八)하는 모습을 그려 삼나무 껍질을 의미하게 되었습니다. 속자는 다음과 같습니다.

枲: 모시풀 시

◆ 삼 열매 패(朩朩): 삼나무 껍질 빈(朩)자 두 개를 결합하여 많은 삼나무를 자라게 하는 '삼 열매'를 나타냈습니다.[21) 속자는 다음과 같습니다.

𣏐: 어저귀 경   㯃: 갈라서 떼어 놓을 산

◆ 삼 마(麻): 처마 (广) 밑에서 삼(朩朩)을 말리는 모습입니다. 빈(朩),

---

19)『설문』: 巢, 鳥在木上曰巢, 在穴曰窠. 从木, 象形.

20)『설문』: 𡭗, 傾覆也. 从寸, 𣏐覆之. 寸, 人手也. 从巢省. 杜林說: 以爲貶損之貶. 方斂切.

21)『설문』: 朩朩, 葩之總名也. 朩朩之爲言微也. 微纖爲功. 匹卦切.

패(𣏟), 마(麻) 세 개 한자를 정리하면, 삼나무 껍질 빈(朩)은 줄기에서 갈라낸 마 껍질을 의미하고, 삼 열매 패(𣏟)는 마 껍질을 세밀하게 가공한 삼실을 말하며, 삼 마(麻)는 마 껍질을 처마 밑에서 말리는 것임을 알 수 있습니다. 속자는 다음과 같습니다.

𪎊: 누이지 않은 삼실 곡　　黀: 겨릅대 추

▶ 보충 해설: 마(麻)자는 다른 문자와 결합하면 '삼베, 마취, 마약' 등의 의미로 사용됩니다. 예를 들면 다음과 같습니다.

갈 마(磨): 삼베(麻)를 만들 때 돌(石)에 갈아서 만듦.
문지를 마(摩): 삼베(麻)를 만들 때 손(手)으로 문지름.
마비 마(痲): 마(麻)로 인하여 드러누움(疒). 즉, 마(麻)의 잎에는 THC(Tetra Hydro Cannabinol)를 주성분으로 하는 마취(痲醉) 물질이 들어있기 때문임.
마귀 마(魔): 마(麻)는 삼베를 짜는 원료이지만 동시에 대마초(大麻草)라고 부르는 마약(麻藥, 痲藥, 魔藥)의 원료이로, 이것을 흡입하면 귀신(鬼)처럼 되거나 사람들이 귀신처럼 보임.

드리워질 수(𠂹. 6-105)	꽃 화(𠌶. 6-106)	꽃 화(華. 6-107)

◆ 드리워질 수(𠂹): 초목의 잎과 꽃이 드리워진 모습입니다.[22] 지금

은 드리워질 수(烝)자가 쓰이지 않고, 드리울 수(垂)자가 쓰입니다. 속자는 없습니다.

◆ 꽃 화(𠌶): 힘들게 땅을 뚫고 올라온 나무에 핀 꽃모양입니다.[23] 지금은 꽃 화(𠌶)자를 사용하지 않고 대신 꽃 화(華)자를 사용합니다. 속자는 다음과 같습니다.

韡: 꽃이 활짝 필 위

◆ 꽃 화(華): 꽃 화(𠌶)자와 마찬가지로 힘들게 땅을 뚫고 올라온 나무에 핀 꽃모양입니다. 후에 화(華)자는 '빛나다'는 의미로 사용되었기 때문에 남북조(南北朝) 시대에 이르러 다시 꽃 화(花)자를 새롭게 만들게 되었던 것입니다. 그러므로 지금은 화(花)자는 '꽃'이란 의미로 사용되고 화(華)자는 '빛나다'는 의미로 사용됩니다. 속자는 다음과 같습니다.

曄: 흰 꽃 엽

열매 달릴 한(柬. 6-550)	가시 자(朿. 6-567)	대나무 죽(竹. 4-626)

◆ 열매 달릴 한(柬): 나무에 꽃과 열매가 매달려 있는 모습입니

22)『설문』: 烝, 艸木華葉烝. 象形. 是爲切.
23)『설문』: 𠌶, 艸木華也. 況于切.

다.24) 속자는 다음과 같습니다.

韋: 묶을 위25)

◆ 가시 자(束): 나무의 끝을 뾰족하게 그려 '가시'를 나타냈습니다.
속자는 다음과 같습니다.

棘: 멧대추나무 극　　棗: 대추나무 조

◆ 대나무 죽(竹): 대나무 잎사귀를 그려 '대나무'를 나타냈습니다.
대나무 죽(竹)자를 부수로 삼는 속자는 매우 많기 때문에 여기서
는 자주 사용되는 속자들만 살펴보겠습니다.

箭: 화살 전	筍: 죽순 순	箈: 죽순 태
箘: 이대 균	節: 마디 절	笨: 거칠 분
籒: 주문 주	篇: 책 편	籍: 서적 적
籥: 피리 약	簡: 대쪽 간	等: 가지런할 등
符: 부신 부	筮: 점대 서	笄: 비녀 계
范: 법 범	簾: 발 렴	簞: 대광주리 단
箋: 찌기 전	簋: 제기 이름 궤	竿: 장대 간
籠: 대그릇 롱	簠: 제기 이름 보	笠: 우리 립
箝: 재갈 먹일 겸	策: 채찍 책	箙: 전동 복
箱: 상자 상	蘭: 동개 란	笞: 볼기 칠 태
簧: 혀 황	笙: 생황 생	簫: 퉁소 소
筒: 대롱 통	管: 피리 관	筑: 악기 이름 축

---

24)『설문』: 棗, 木垂華實. 胡感切.
25)『설문』: 韋, 束也. 于非切.

32 그림문자로 이해하는 541개 한자부수

箏: 쟁 쟁   簿: 섶 박   篳: 울타리 필
笛: 피리 적   算: 셀 산   笑: 웃을 소
笏: 홀 홀

4. 물과 불

기운 기(气. 1-307)	구름 운(云. 雲. 9-368)	비 우(雨. 9-321)

◆ 기운 기(气): 무엇을 나타낸 것인지 학자들의 설명이 분분합니다. 허신은 구름이 피어오르는 기운(아지랑이)을 그렸다고 했고,[26] 우성오는 내 천(川)자를 그렸다고 했으며, 진몽가와 곽말약 등은 구걸할 걸(乞)자로 해석했습니다.[27] 그림문자로 볼 때, 강물이 마른 모습처럼 보이기 때문에 '마르다, 없어지다' 등의 의미가 생겨났던 것 같습니다.

실제 기운 기(气)자와 구걸할 걸(乞)자는 매우 비슷하기 때문에 혼용(混用)됩니다. 기운 기(气)자의 그림문자(三)는 숫자 삼(三)과 비슷하기 때문에 서로 구별하기 위해 춘추전국(春秋戰國)시대에 이르러 '气'처럼 변형시켜 사용되었습니다. 속자는 다음과 같습니다.

氛: 기운 분

---

26)『설문』: 气, 雲气也. 象形.

27)『고문자고림』1책, 308~311쪽.

◆ **구름 운**(云. 雲): 뭉게구름이 하늘로 피어오르는 모습입니다. '云' 에서 '二'는 하늘을 뜻합니다. 후에 운(云)자는 '말하다'는 의미로 사용되어버렸기 때문에, 운(云)자의 본래 의미인 '구름'이라는 사실을 나타내기 위해 비 우(雨)자를 결합하여 구름 운(雲)자를 새롭게 만들었습니다. 속자는 다음과 같습니다.

霒: 흐릴 음

◆ **비 우**(雨): 빗방울이 하늘에서 떨어지는 모습입니다. '⻗'에서 '一' 은 하늘이었으나 후에 하늘과 빗물이 결합된 형태(⻗)로 변했다가 다시 '雨'처럼 된 후 오늘날의 비 우(雨)자가 되었습니다. 비 우(雨)자를 부수로 삼는 속자는 상당히 많기 때문에 여기서는 자주 사용되는 속자들만 살펴보겠습니다.

靁: 우레 뢰	霆: 천둥소리 정	電: 번개 전
震: 벼락 진	雪: 눈 설	雹: 우박 박
霝: 비올 령	霄: 하늘 소	屚: 샐 루
露: 이슬 로	零: 조용히 오는 비 령	霓: 무지개 예
需: 구할 수	霜: 서리 상	

▶ 속자 해설: 눈 설(雪)자의 그림문자(𩇓)는 원래 빗자루로 눈을 쓰는 모습이었는데 후에 눈을 쓸고 있는 모습을 분명하게 보여주기 위하여 비 우(雨)자를 결합하여 눈 설(雪)자를 만들었습니다. 비올 령(霝)자의 그림문자(𩅀)는 비가 떨어질 때 도구를 이용하여 물을 받고 있는 모습이며, 구할 수(需)자의 그림문자(𩂦)는 사

람이 비가 오길 바라는 모습입니다.

〈	〢
작은 물줄기 천(〈. 9-263)	큰 도랑 괴(〢. 9-264)

◆ 작은 물줄기 천(〈): 내 천(川)자의 그림문자(𝕴)로 볼 때, 천(〈)자
는 물줄기 하나만 그려 작은 물줄기를 나타냈습니다. 속자는 없
습니다.

◆ 큰 도랑 괴(〢): 작은 물줄기 천(〈)자 두 개를 결합하여, 작은 물
줄기보다는 크고 내(川)보다는 작은 도랑을 나타냈습니다. 갑골
문에서는 큰 도랑 괴(〢)와 물 수(水)가 같은 의미로 사용되었습
니다. 속자는 다음과 같습니다.

𣲘: 물 맑을 린

乀	𣱱	𠂢
흐를 이 (乀. 9-921)	길 영(永. 9-291)	강물이 비껴 흘러갈 파 (𠂢. 9-299)

◆ 흐를 이(乀): 작은 물줄기가 흘러가는 모습으로 천(〈)자와 매우
흡사합니다. 속자는 다음과 같습니다.

也: 어조사 야

▶ 속자 해설: 어조사 야(也)자의 그림문자(𝍇)는 여성생식기 모습입니다.[28]

◆ 길 영(永): 하나의 물줄기( )혹은 여러 물줄기(𝍠)가 작은 길(𝌆)로 흘러가는 모습이고, 또한 '𝌅' 옆에 있는 점들(氵)은 물줄기가 옆으로 꺾어 흐를 때 밖으로 흘러넘치는 물방울을 그린 것입니다. 이 모습으로 물이 고여 있지 않고 '영원히' 흐르는 것을 나타냈기 때문에 영(永)자는 '영원히, 오래'라는 의미도 지니게 되었던 것입니다. 예를 들면 물속에 빠지지 않고 오래도록 살아남으려 하는 동작은 수영이기 때문에 수영할 영(泳)자에 영(永)자가 들어 있게 된 것이고, 말하는 것보다 길게 늘어뜨려 말하는 것이 노래이기 때문에 노래하고 읊을 영(詠)자에 영(永)자가 들어 있게 된 것입니다. 속자는 다음과 같습니다.

羕: 강이 길 양

◆ 강물이 비껴 흘러갈 파(𠂢): 강물이 비껴 흘러가는 모습[29]이라고 하지만, 길 영(永)자와 매우 유사한 점으로 미루어 이 역시 '끊이지 않고 영원히 흘러가는 물줄기'를 나타낸다고 볼 수 있습니다. 파(𠂢)자는 실제 길 영(永)자와 마찬가지로 '영원히'란 의미로 사용됩니다. 예를 들면 육체(月. 肉)에서 쉬지 않고(𠂢) 계속 뛰는

---

28) 『설문』: 也, 女陰也. 象形.
29) 『설문』: 𠂢, 水之衺流, 別也. 匹卦切.

것을 나타낸 한자는 맥박 맥(脈)자입니다. 속자는 다음과 같습니다.

覛: 몰래 볼 맥

내 천(川. 9-265)	물 수(水. 9-1)	두 갈래 강 추(㳂. 9-256)

◆ 내 천(川): 양쪽 언덕(⑴) 사이로 물(:)이 흐르는 모습입니다. 속자
는 다음과 같습니다.

巠: 물줄기 경   巟: 망할 황   邕: 화할 옹
州: 고을 주   侃: 강직할 간

▶ 속자 해설: 물줄기 경(巠)자의 그림문자(巠)는 베틀 모습으로 물
줄기와는 관계가 없습니다. 화할 옹(邕)자의 그림문자(邕, 邕)는
마을이 서로 겹친 모양(邕) 혹은 물이 사방을 빙 두른 마을(邕)을
나타냅니다. 고을 주(州)자의 그림문자(州)는 물 사이에 있는 육
지 모습입니다.

◆ 물 수(水): 강물이 흘러가는 모습입니다. 내 천(川)자는 물방울이
가운데 있는 것으로 보아 '냇물'을 나타내기 위해, 물 수(水)자는
옆으로 흩어지는 물방울을 그린 것으로 보아 '물'을 나타내기 위
해 만든 글자인 것 같습니다. 물 수(水)자가 부수로 쓰이면 'ㅛ'처

럼 변합니다. 물 수(水. 氵)자를 부수로 삼는 속자는 상당히 많기 때문에 여기서는 자주 사용되는 속자들만 살펴보겠습니다.

河: 강 이름 하	江: 강 강	沫: 거품 말
溫: 따뜻할 온	溺: 빠질 닉	漢: 한수 한
浪: 물결 랑	漆: 옻 칠	汝: 너 여
漸: 점점 점	深: 깊을 심	潭: 깊을 담
洛: 강 이름 락	泄: 샐 설	淨: 깨끗할 정
濕: 축축할 습	洋: 바다 양	油: 기름 유
治: 다스릴 치	泥: 진흙 니	海: 바다 해
濟: 건널 제	湀: 강 이름 첩	溥: 넓을 부
濁: 흐릴 탁	漠: 사막 막	洪: 큰 물 홍
混: 섞을 혼	演: 멀리 흐를 연	泌: 샘물 흐르는 모양 비
沖: 빌 충	汎: 뜰 범	浩: 클 호
活: 살 활	況: 하물며 황	波: 물결 파
浮: 뜰 부	泓: 깊을 홍	洞: 골 동
氾: 넘칠 범	測: 잴 측	洌: 맑을 렬
涌: 샘 솟을 용	渾: 흐릴 혼	淑: 맑을 숙
溶: 질펀히 흐를 용	澂: 맑을 징	淵: 못 연
滿: 찰 만	滑: 미끄러울 활	澤: 못 택
淸: 맑을 청	淫: 음란할 음	涅: 개흙 녈
沙: 모래 사	濆: 뿜을 분	沸: 끓을 비
滋: 번식할 자	浦: 개 포	派: 물갈래 파
沼: 늪 소	湖: 호수 호	決: 터질 결
注: 물 댈 주		

◆ **두 갈래 강 추(林)**: 물 수(水) 두 개를 결합하여 '두 갈래 강'을 나타냈습니다. 속자는 다음과 같습니다.

流: 흐를 류   涉: 건널 섭

▶ 속자 해설: 흐를 류(流)자의 그림문자(🐾)는 아이가 태어나는 모습 류(㐬)자와 물 수(水. 氵)자가 결합한 모습이고, 건널 섭(涉)자의 그림문자(🐾)는 걸음 보(步)자와 물 수(水. 氵)가 결합한 모습입니다. 그러므로 두 갈래 강 추(㐬)자와 이들 속자와는 서로 관계가 없고 단지 물 수(水. 氵)자와만 관계있습니다.

物가 빈(瀕. 9-261)	얼음 빙(仌. 9-305)

물가 빈(瀕) / 얼음 빙(仌)

◆ 물가 빈(瀕): 사람(🦴. 頁)이 물가(🦴. 氵)에 이르러 왔다갔다(🦴. 步)하면서 건너지 못하는 상황을 묘사했습니다. 속자는 다음과 같습니다.

顰: 찡그릴 빈

◆ 얼음 빙(仌): 물이 서로 엉겨 붙은 모습입니다. 얼음 빙(仌)은 빙(氷)과 같으며, 부수로 쓰이면 '冫'처럼 됩니다. 속자는 다음과 같습니다.

冰: 얼음 빙   淸: 서늘할 청   凍: 얼 동
冶: 불릴 야   冬: 겨울 동   冷: 찰 랭

▶ 속자 해설: 겨울 동(冬)자의 그림문자(🔥)는 처마(宀)에 달린 고드름 모습입니다.

샘 천(泉. 9-283)	많은 물줄기 천(灥. 9-289)	골짜기 곡(谷. 9-301)

◆ **샘 천(泉)**: 샘물이 돌 사이에서 솟아 나오는 모습을 그려 물이 솟아나는 수원(水源)을 나타냈습니다. 속자는 다음과 같습니다.

灓: 샘물 반

◆ **많은 물줄기 천(灥)**: 샘 천(泉)자를 세 개 결합하여 '많은 물줄기'를 나타냈습니다. 많은 물줄기 천(灥)자와 근원 원(原)자는 같은 글자입니다. 속자는 없습니다.

◆ **골짜기 곡(谷)**: 두 산 사이의 좁고 긴 지대(계곡)를 그렸거나, 혹은 산 사이로 물이 흐르는 길을 그렸습니다. 속자는 다음과 같습니다.

谿: 시내 계　　　豅: 크고 긴 골 롱　　　𥦤: 골 깊을 료
睿: 밝을 예　　　𧮫: 푸를 천

불 화(火. 8-642)	불탈 염(炎. 8-729)

◆ 불 화(火): 활활 타오르는 불꽃 모습입니다. 갑골문에서는 뫼 산 (山. ♨)자와 매우 유사하기 때문에 주의해야 합니다. 불 화(火)자 가 부수로 사용될 때는 일반적으로 '灬'처럼 변합니다. 불 화(火. 灬)자를 부수로 삼는 속자는 상당히 많기 때문에 여기서는 자주 사용되는 속자들만 살펴보겠습니다.

炊: 불 땔 취	炮: 통째로 구울 포	爛: 익을 란
燭: 촛불 촉	燓: 불 땔 분	熛: 불똥 튈 표
煙: 연기 연	照: 비출 조	熱: 더울 렬
煥: 불꽃 환	熙: 빛날 희	光: 빛 광
焦: 그을릴 초	灸: 뜸 구	灼: 사를 작
烙: 지질 락	煉: 불릴 련	爆: 터질 폭
煎: 달일 전	熹: 성할 희	尞: 횃불 료
炭: 숯 탄	烝: 김 오를 증	然: 그러할 연
灰: 재 회	煦: 따뜻하게 할 후	燒: 사를 소
熬: 볶을 오	烈: 세찰 렬	燔: 구울 번

▶ 속자 해설: 불똥 튈 표(熛)자는 원래 '熛'처럼 썼습니다. 이 한자는 불꽃이 활활 타오르게 하기 위해 양손으로 불을 벌린 모습을 그 려 '불이 날아오르다, 불똥이 튀다'는 뜻을 나타냈고,[30] 횃불 료 (尞)자의 그림문자(米, ✹)는 나무를 불에 태우는 모습입니다. 그

---

30) 『설문』: 熛(票), 火飛也.

러할 연(然)자의 그림문자()는 진흙 근(堇)자와 새 조(鳥)자 그리고 불 화(火)자가 결합한 모습이지만 어찌하여 '그러하다'는 의미가 생긴 것인지 불분명합니다. 아마도 새를 잡아먹을 때 '진흙에 싼 다음 불에 쪄 먹으면 맛이 가장 좋다. 그렇다.'라는 것을 나타낸 것 같습니다.

◆ 불탈 염(炎): 활활 타오르는 불꽃 모양(火) 두 개를 결합하여 불이 더욱 세차게 타오르는 것을 나타냈습니다. 속자는 다음과 같습니다.

燅: 데칠 섬   燐: 도깨비불 린   㶾: 태울'점
燄: 불 댕길 염

▶ 속자 해설: 도깨비불 린(燐)자의 그림문자는 양 옆으로 불꽃이 번지는 사람 모습()을 그려 도깨비불임을 나타냈습니다.

![불꽃 염 그림문자]	![검을 흑 그림문자]	![불심지 주 그림문자]
불꽃 염(焱. 8-759)	검을 흑(黑. 8-738)	불심지 주(丶. 5-249)

◆ 불꽃 염(焱): 활활 타오르는 불꽃 모양(火) 세 개를 결합하여 '불꽃'을 나타냈습니다. 속자는 다음과 같습니다.

燓: 등불 형   燊: 불꽃 성한 모양 신

◆ 검을 흑(黑): 얼굴에 오형(五刑) 중 하나인 묵형(墨刑)을 받은 사람 모습으로 보는 견해, 아래는 불을 때고 있는 모습이고 위쪽은 굴뚝을 그린 모습으로 보는 견해, '❀'은 구멍이 뚫린 거북껍질 모습으로 점(占)을 치기 위해 거북껍질을 불에 달구는 모습으로 보는 견해 등이 있습니다. 속자는 다음과 같습니다.

黥: 묵형할 경   黯: 어두울 암   黶: 검정사마귀 염
黮: 검을 담   點: 점 점   黚: 강 이름 겸
黠: 약을 힐   黨: 무리 당   黝: 검푸를 유
黔: 검을 검   黴: 곰팡이 미   黷: 더럽힐 독
黵: 문신할 담   黜: 물리칠 출

◆ 불똥 주(丶): 등잔의 불심지 모습입니다. 속자는 다음과 같습니다.

主: 주인 주   㕻: 침이 질질 흘러내릴 부

▶ 속자 해설: 주인 주(主)자의 그림문자(🏮)는 등잔불 모습입니다. 등잔불을 관리하는 사람은 주인이기 때문에 주(主)는 '주인'이란 의미로 사용되었습니다. 그리하여 주(主)자의 원래의 의미(등잔불)를 나타내기 위하여 여기에 불 화(火)자를 결합하여 등잔의 심지 주(炷)자를 다시 만들게 되었던 것입니다. 침이 질질 흘러내릴 부(㕻)자는 더할 배(倍)자, 나눌 부(剖)자, 북돋울 배(培)자, 살찔 부(婄)자, 갑자기 달려갈 부(趌)자 등에 쓰인 것으로 미루어 '임신 및 출산'과 관련된 한자입니다.[31]

5. 동물

소 우(牛. 1-686)	반 반(半. 1-683)	야크 리(犛. 1-751)

◆ 소 우(牛): 소의 머리와 두 뿔, 우뚝 솟은 등과 꼬리 모습을 그렸습니다.[32) 소 우(牛)자를 부수로 삼는 속자는 매우 많기 때문에 여기서는 자주 사용되는 속자들만 살펴보겠습니다.

牡: 수컷 모	犅: 수소 강	特: 수컷 특
牝: 암컷 빈	犧: 희생 희	牽: 끌 견
牟: 소 우는 소리 모	牲: 희생 생	物: 만물 물
牢: 우리 뢰	犀: 무소 서	

▶ 속자 해설: 수컷 모(牡)자의 그림문자(𤘑)는 소 우(牛)자와 수컷을 나타내는 부호(⊥. 士)가 결합한 모습이고, 암컷 빈(牝)자의 그림문자(𤘅)는 소 우(牛)자와 암컷을 나타내는 부호(𥄕. 匕)가 결합한 모습입니다.

◆ 반 반(半): 소 우(牛)와 팔(八. 나누다)이 결합하여 큰 사물(소)을 반으로 나눈 것을 나타냈습니다.[33) 속자는 다음과 같습니다.

---

31) 『에로스와 한자』 1장 여성과 한자 1편 참고.
32) 『설문』: 牛, 象角頭三, 封尾之形.
33) 『설문』: 半, 物中分也. 从八从牛. 牛爲物大, 可以分也.

叛: 배반할 반   胖: 희생 반쪽 반

◆ 야크 리(犛): 중국 남서(南西) 지역의 긴 털을 가진 소인 '야크'를
  말합니다. 야크 리(犛)자는 뜻을 나타내는 소 우(牛)와 소리를 나
  타내는 리(𠩺)자가 결합한 한자입니다.[34] 그러면 리(𠩺)자는 어떤
  의미일까요?『설문』에 수록된 9,353개 한자 중에서 리(𠩺)자가
  결합된 한자들을 분석해본 결과 '무엇인가를 잘 정리하다'는 의
  미임을 확인할 수 있었습니다.[35] 소의 경우 '털을 잘 정리하다'는
  것과 관계가 있기 때문에 야크 리(犛)자에 '털'이란 의미가 생겨
  난 듯합니다. 속자는 다음과 같습니다.

犛: 털이 긴 소 리   氂: 꼬리털 리

양 양(羊. 4-163)	양의 노린내 전(羴. 4-194)

◆ 양 양(羊): 양의 머리, 뿔, 발과 꼬리 모습입니다.[36] 속자는 다음과
  같습니다.

美: 아름다울 미   羣: 무리 군   羌: 종족이름 강
羍: 어린양 달   羜: 새끼양 저   羔: 새끼양 고

---

34)『설문』: 犛, 西南夷長髦牛也. 从牛𠩺聲.
35) 칼로 벗겨낼 리(剺), 물이 순조롭게 흐를 시(漦), 과부 리(嫠), 다스릴 리(釐).
36)『설문』: 羊, 象頭角足尾之形.

羑: 착한 말을 할 유   芈: 양이 울 미

◆ 양의 노린내 전(羴): 양 양(羊)자 세 개를 결합하여 '많은 양이 모이면 양의 특유한 냄새가 난다'는 것을 나타냈습니다. 속자는 다음과 같습니다.

羼: 양이 뒤섞일 찬

▶ 속자 해설: 양이 뒤섞일 찬(羼)자는 우리(尸)[37] 안에 많은 양(羴)들이 모여 서로 뒤섞여있음을 보여줍니다.

양의 뿔 과(丫. 4-147)	뿔이 가는 산양 환(莧. 8-561)

◆ 양의 뿔 과(丫): 양(丫)의 뿔 모습입니다.[38] 속자는 다음과 같습니다.

乖(乖): 어그러질 괴

▶ 속자 해설: 어그러질 괴(乖. 乖)자는 양의 뿔(丫)이 각기 다른 방향으로 등지고 나누어져(北) 있기 때문에 '어그러지다, 배반하다'

---

37) 주검 시(尸)자는 '사람이 웅크려 앉은 모습'을 나타내기도 하고, 사람이 앉아서 생활하는 공간인 '집'을 나타내기도 합니다. 찬(羼)자에서 시(尸)는 우리를 나타냅니다.
38) 『설문』: 丫, 羊角也. 象形. 工瓦切.

는 의미가 생긴 것입니다.

◆ 뿔이 가는 산양 환(莧): 양의 뿔 과(艹)가 있는 것으로 미루어 양과 관계있음이 분명하지만, 그림문자로 볼 때 어떤 양인지는 불분명합니다. 게다가 속자도 없기 때문에 구체적인 의미 역시 파악할 수 없습니다. 하지만 허신은 뿔이 가는 산양으로 해석했을 뿐만 아니라 너그러울 관(寬)자에 莧(환)자가 들어 있다고도 설명했습니다.39)

호피 무늬 호 (虍. 5-125)	호랑이 호(虎. 5-142)	범이 성낼 현 (虤. 5-164)

◆ 호피 무늬 호(虍): 호랑이 호(虎)자의 그림문자를 보면, 호피 무늬 호(虍)는 날카로운 이빨이 있는 호랑이 얼굴임을 알 수 있습니다. 호피 무늬 호(虍)자를 부수로 삼는 속자들의 일반적인 의미는 '호랑이 습성'과 관계있습니다. 속자는 다음과 같습니다.

虙: 위엄스러울 복   虞: 근심 걱정할 우   虔: 굳셀 건, 정성 건
虘: 사나울 차   虖: 울부짖을 호   虐: 사나울 학
虨: 범의 무늬 반

---

39)『설문』: 莧, 山羊細角者. 讀若丸. 寬字从此.

◆ 호랑이 호(虎): 호랑이 모습입니다. 속자는 다음과 같습니다.

甝: 흰 범 먹	琥: 흰 범 함	䚈: 검은 범 숙
虦: 털이 몽근 범 잔	彪: 범 가죽무늬 표	虪: 범의 모양 예
唬: 울부짖을 효	虤: 범의 울음소리 은	虩: 두려워하는 모양 혁
虢: 범 발톱자국 괵	虒: 뿔 범 사	䖗: 범 도

◆ 범이 성낼 현(虤): 두 마리 호랑이가 서로 거꾸로 등을 돌리고 있
는 모습을 그려 '서로 싸우려고 성내는 것'을 나타냈습니다.40) 속
자는 다음과 같습니다.

虥: 서로 다투어 나눌 현   虤: 두 마리 범이 싸우는 소리 은

돼지 시(豕. 8-372)	새끼 돼지 돈(豚. 8-410)

◆ 돼지 시(豕): 돼지의 커다란 배와 아래로 드리워진 꼬리를 그린
모습입니다. 속자는 다음과 같습니다.

豬: 돼지 저	豣: 돼지 견	豛: 돼지 역
豠: 돼지 저	豩: 돼지 빈	豭: 수돼지 가
豰: 수돼지 혹	豝: 암돼지 파	豲: 멧돼지 원
豨: 멧돼지 희	豯: 돼지 새끼 혜	豵: 돼지 새끼 종

---

40)『설문』: 虤, 虎怒也. 从二虎.

豶: 불깐 돼지 분　　豴: 불깐 돼지 수　　豧: 돼지가 숨 쉴 부
豷: 돼지 숨 희　　豤: 돼지가 물 간　　豢: 기를 환
豕: 발 얽은 돼지걸음 축

◆ 새끼 돼지 돈(豚): 돼지(丁. 豕), 고기(◢. 肉. 月), 손(ㄱ. 又)을 결합
하여 손에 돼지고기를 잡고 있는 모습 혹은 손으로 돼지를 잡고
있는 모습을 나타냈습니다. 혹자는 '잡아먹기에 가장 적합한 오
동통한 작은 돼지'를 묘사했다고도 했습니다. 속자는 다음과 같
습니다.

豯: 돼지 계[41]

돼지 해	돼지 머리 계	털 긴 짐승 이
(亥. 10-1211)	(彑. 8-402)	(希. 8-393)

◆ 돼지 해(亥): 혹자는 돼지 머리, 등뼈, 앞뒤 다리와 꼬리를 그렸다
고 했고, 혹자는 돼지와 비슷한 동물이지만 어떤 동물을 그린 것
인지 불분명하다고 했습니다. 돼지 해(亥)자를 부수로 삼는 한자
가 없기 때문에 속자를 통한 의미 분석도 쉽지 않습니다. 그래서
해(亥)자가 결합된 몇 몇 한자들을 통해서 해(亥)자의 대략적인
의미를 파악해 볼 필요가 있습니다.

---

41)『설문』: 豯, 豚屬. 从豚奚聲. 讀若鬩.

荄: 풀뿌리 해　　咳: 어린아이 웃을 해　　孩: 어린아이 해
核: 씨 핵　　頦: 흉한 모습 해　　㤥: 근심할 해

위 한자들을 토대로 본다면, 해(亥)자는 '핵심, 근심, 흉한 모습, 아이' 등의 의미와도 관계있습니다. 이러한 의미를 통해 '돼지는 태아(胎兒)와 상당 부분 관계가 있다'고 볼 수 있습니다.[42]

◆ **돼지 머리 계**(彑): 돼지 머리를 그렸다고 하는데,[43] 실제 어떤 모습을 그린 것인지 불분명합니다. 계(彑)자를 부수로 삼은 속자의 의미는 '돼지'입니다.

彘: 돼지 체　　𢑚: 돼지 시[44]　　𢑛: 돼지 하[45]

◆ **털 긴 짐승 이**(㣇): 그림문자를 보면 돼지 머리 계(彑)와 돼지 해(亥)자가 결합한 모양()도 있고, 털이 길게 나 있는 짐승 모습()도 보입니다. 속자는 다음과 같습니다.

豪: 호걸 호　　[illegible]: 돼지 시

42)『에로스와 한자』 7장 임신과 한자 편 참고.

43)『설문』: 彑, 豕之頭.

44)『설문』: 𢑚, 豕也. 从彑从豕. 讀若弛. 式視切.

45)『설문』: 𢑛, 豕也. 从彑, 下象其足. 讀若瑕. 乎加切.

곰과 동물 능(能. 8-634)	곰 웅(熊. 8-640)	쥐 서(鼠. 8-627)

◆ 곰과 동물 능(能): 사슴 다리와 비슷한 다리를 가진 곰과에 속하
  는 동물 모습입니다.[46] 하지만 능(能)자가 '뛰어나다'는 의미로
  사용되었기 때문에 후에 곰 웅(熊)자를 다시 만들게 되었습니다.
  속자는 없습니다.

◆ 곰 웅(熊): 곰과 동물 능(能)자와 불 화(灬)자를 결합하여 '곰'을 나
  타냈습니다.[47] 속자는 다음과 같습니다.

羆: 큰 곰 비

◆ 쥐 서(鼠): 쥐 모습입니다. 구멍(나무 구멍이나 땅굴)에 사는 동물
  을 서(鼠)라고 합니다.[48] 쥐 서(鼠)자를 부수로 삼는 한자들은 대
  체로 '쥐과 동물'을 나타냅니다.

鼷: 생쥐 혜	鼩: 생쥐 구	鼫: 석서 석
鼶: 족제비 사	鼬: 족제비 유	鼨: 얼룩쥐 종
鼸: 두더지 겸	鼢: 두더지 분	鼲: 다람쥐 혼
鼠合: 쥐의 일종 함	鼸: 쥐 이름 각	鼨: 쥐 이름 병

---

46) 『설문』: 能, 熊屬. 足似鹿.
47) 『설문』: 熊, 獸似豕. 山居, 冬蟄. 从能, 炎省聲.
48) 『설문』: 鼠, 穴蟲之總名也. 象形.

말 마(馬. 8-450)	코끼리 상(象. 8-443)	토끼 토(兔. 8-555)

◆ 말 마(馬): 말의 머리, 털, 꼬리, 발 네 개를 그린 모습입니다. 말
  마(馬)자를 부수로 삼는 속자는 매우 많기 때문에 여기서는 자주
  사용되는 속자들만 살펴보겠습니다.

驕: 교만할 교	騎: 말 탈 기	駕: 멍에 가
駢: 나란히 할 변	篤: 도타울 독	馮: 탈 빙
驅: 말 몰 구	馳: 말 달릴 치	驚: 놀랄 경
騰: 오를 등	馴: 길들 순	驛: 역참 역
駐: 머무를 주	駁: 얼룩말 박	駱: 낙타 락
駒: 망아지 구	驁: 준마 오	駿: 준마 준
騫: 어지러질 건	驪: 가라말 려	

◆ 코끼리 상(象): 긴 코를 가진 코끼리 모습입니다. 한자를 만들었
  던 고대인들이 정말로 코끼리를 본 적이 있었을까요? 당시 기후
  로 볼 때 그들 주변에 코끼리가 살았을 가능성이 충분했다고 합
  니다. 하지만 기후가 바뀌면서 코끼리는 남쪽으로 이동하게 되었
  고 이후 사람들은 코끼리를 볼 기회가 거의 없었기 때문에 코끼
  리 그림을 보면서 상상(想像)하게 되었습니다. 이에 원래 코끼리
  를 그렸던 상(象)자는 '코끼리'라는 의미 외에도 '상상하다'는 의
  미를 갖게 되었던 것입니다. 속자는 다음과 같습니다.

豫: 미리 예

▶ 속자 해설: 미리 예(豫)자는, 일이 발생하기 전에 '미리' 상상하기 때문에 예(豫)자에 '상상할 상(象)'자가 들어 있게 된 것입니다.

◆ 토끼 토(兎): 토끼의 특징(긴 귀에 짧은 꼬리)을 자세하게 묘사했습니다. 속자는 다음과 같습니다.

逸: 달아날 일　　　　　冤: 원통할 원　　　娩: 토끼 새끼 반, 빠를 반
㕙: 교활한 토끼 준

▶ 속자 해설: 원통할 원(冤)자는 토끼(兎)가 발밑에 눌려(宀) 꼼짝달싹 못하는 상황을 나타냈습니다.[49]

개 견(犬. 8-563)	개가 싸울 은(㹠. 8-623)	울 곡(哭. 2-182)

◆ 개 견(犬): 개의 특징(홀쭉한 배와 말아 올린 꼬리)을 분명하게 그린 모습입니다. 개 견(犬)자가 부수로 쓰일 때에는 '犭'처럼 바뀝니다. 그리고 '개과 동물' 혹은 '사냥 동물'을 나타내는 경우도 많습니다. 개 견(犬)자를 부수로 삼는 속자는 매우 많기 때문에 여기서는 자주 사용되는 속자들만 살펴보겠습니다.

狗: 개 구　　　　　獀: 사냥 수　　　　　狩: 사냥 수

---

49) 『설문』: 冤, 屈也. 从兎从冖. 兎在冖下, 不得走, 益屈折也.

獵: 사냥 렵   獎: 권면할 장   默: 잠잠할 묵

猥: 함부로 외   狎: 익숙할 압   狠: 개 싸우는 소리 한

狀: 형상 상   犯: 범할 범   狃: 친압할 뉴

猛: 핥을 탑   倏: 갑자기 숙   猜: 샘할 시

猛: 사나울 맹   獨: 홀로 독   犮: 달릴 발

戾: 어그러질 려   獲: 얻을 획   獻: 바칠 헌

臭: 냄새 취   類: 무리 류   狄: 오랑캐 적

狂: 미칠 광   猶: 오직 유   狼: 이리 랑

狡: 교활할 교   尨: 삽살개 방   猋: 개 달리는 모양 표

▶ 속자 해설: 냄새 취(臭)자는 코(自)와 개(犬)가 결합한 한자로 개의 가장 두드러진 특징인 '코로 냄새를 맡는 것'을 나타낸 한자입니다. 사냥과 관련된 한자 중에 개 견(犬. 犭)자가 많이 들어 있는 이유는 개를 데리고 사냥을 나갔기 때문입니다.

◆ 개가 싸울 은(狀): 개(犬) 두 마리를 결합하여 개가 서로 주위를 감시하며 살피는 것을 나타냈습니다. 속자는 다음과 같습니다.

獄: 살필 시   獄: 감옥 옥

◆ 울 곡(哭): 부르짖을 훤(吅)[50]자와 개 견(犬)자를 결합하여 개가 짖는 것처럼 큰 소리로 우는 것을 나타냈습니다. 혹자는 '哭'에서 '犬'는 개 모습이 아니라 머리를 풀어헤친 사람의 모습으로 보아, 사람이 머리를 풀어헤치고(犬) 큰 소리로 울부짖는 것(吅)으로 해

---

50) 『설문』: 吅, 驚嘑也. 从二口.

석하기도 합니다. 속자는 다음과 같습니다.

喪: 죽을 상

▶ 속자 해설: 죽을 상(喪)자의 그림문자(🜚, 🜚)는 죽은 사람 앞에 여러 사람들이 모여 울고 있는 모습입니다.[51]

사슴 록(鹿. 8-513)	거칠 추(麤. 8-544)	해태 치(廌. 8-504)

◆ 사슴 록(鹿): 사슴의 특징(많은 가지가 달린 뿔)을 자세히 묘사했습니다. 속자는 다음과 같습니다.

麗: 고울 려	麒: 기린 기	麟: 기린 린
麐: 암키린 린	麚: 수사슴 가	麌: 수사슴 구
麀: 암사슴 우	麎: 큰사슴 신	麠: 큰사슴 경
麋: 큰사슴 미	麈: 큰사슴 주	麃: 큰사슴 포
麞: 노루 장	麇: 노루 균	麣: 큰염소 암
麛: 사슴 새끼 미		

◆ 거칠 추(麤): 그림문자를 보면, 두 마리를 그렸든 세 마리를 그렸든 결국은 같은 문자로 보는 것이 그림문자의 일반적인 해석 방법입니다. 사슴의 성격이 쉽게 놀라거나 의심이 많아 '경솔하게'

---

51) 『설문』: 喪, 亡也. 从哭从亡. 會意, 亡亦聲.

잘 뛰어다니므로 '경솔하다'는 뜻이 생겨났습니다. 거칠 추(麤)자는 '조잡하다, 거칠다'는 뜻으로 쓰이게 되면서, 글자 모양이 복잡한 거칠 추(麤)자 대신 같은 의미를 지닌 거칠 조(粗)자를 주로 사용했기 때문에 거칠 추(麤)자는 사라져버렸습니다. 속자는 다음과 같습니다.

塵(塵): 먼지 진

▶ 속자 해설: 먼지 진(塵. 塵)자는 사슴이 이리저리 뛰어다니면(麤) 흙먼지(土)를 날리는 것을 나타냈습니다.

◆ 해태 치(廌): 머리 부분에 두 개의 뿔이 있는 소와 비슷하게 생긴 동물 모습으로, 전설상의 동물인 해태를 그렸습니다. 이 동물은 옛날 시비(是非)를 다툴 때 옳지 않은 자를 뿔로 받아버렸다고 합니다. 그리하여 '법'이란 의미로도 사용되었습니다.[52] 속자는 다음과 같습니다.

薦: 천거할 천   灋(法): 법 법

▶ 속자 해설: 법 법(法)자는 법(灋)자에서 '해태 치(廌)'자를 생략한 나머지 부분입니다. 법(灋)자를 통해 법은 원래 인간이 다룰 수 없는 신성한 영역이었으나 후에 인간이 법을 다루면서 일부러 신성한 동물인 해태를 없애버렸던 것 같습니다.

---

52)『설문』: 廌, 解廌, 獸也. 似山牛, 一角. 古者決訟, 令觸不直. 象形, 从豸省.

발 없는 벌레 치 (豸. 8-413)	코뿔소 시(兕. 8-429)	짐승이름 착 (廌. 8-547)

◆ 발 없는 벌레 치(豸): 입을 벌린 맹수의 모습이지만, 어찌하여 '발 없는 벌레'를 의미하게 되었는지 의견이 분분합니다. 아마도 맹수가 먹잇감을 발견하여 잡으러 갈 때 마치 '발 없는 벌레'처럼 조용히 살금살금 걸어가기 때문이 아닌가합니다. 치(豸)자를 부수로 삼는 속자들의 일반적인 의미는 '맹수'와 관계있습니다.

豹: 표범 표	貘: 표범 맥	豺: 승냥이 시
貚: 이리 단	貔: 비휴 비	狸: 삵 리
豻: 들개 한	貒: 오소리 단	貛: 오소리 환
貈: 담비 학	貂: 담비 초	貉: 담비 학
貓: 고양이 묘	狖: 족제비 유	

◆ 코뿔소 시(兕): 코뿔소의 특징(머리에 큰 뿔 하나)을 자세히 묘사했습니다. 속자는 없습니다.

◆ 동물이름 착(廌): 동물 모습입니다. 이 동물은 전체적으로 푸른색을 띠고, 머리는 토끼와 비슷하고 다리는 사슴과 비슷하다고 합니다.[53] 속자는 다음과 같습니다.

毚: 걸음이 빠르고 교활한 토끼 참

---

53)『설문』: 廌, 獸也. 似兔, 青色而大. 象形. 頭與兔同, 足與鹿同.

뿔 각(角. 4-601)	가축 축(嘼. 10-919)

◆ 뿔 각(角): 동물의 뿔 모습입니다. 코뿔소 시(兕. 𠙹)자의 머리 부분을 보면 뿔 각(𠔏)의 모습을 살펴볼 수 있습니다. 속자는 다음과 같습니다.

觠: 뿔 권	觬: 뿔 굽을 예	觰: 쇠뿔 치솟을 서
觜: 뿔이 삐딱할 치	斛: 굽을 구	觸: 닿을 촉
衡: 저울대 형	觜: 털 뿔 자	解: 풀 해
觵: 뿔잔 굉	觶: 잔 치	觛: 작은 술잔 단
觴: 잔 상	觚: 술잔 고	觶: 뿔수저 훼
觳: 뿔잔 곡		

▶ 보충 해설: 이러한 속자로 판단해 보면, 뿔은 술잔으로도 많이 사용되었음을 알 수 있습니다.

◆ 가축 축(嘼): 사냥도구(單)와 발(亻)모양을 결합하여 사냥도구를 들고 동물의 발자국을 쫓아 사냥감을 따라간다는 것을 나타냈습니다. 사냥한 후 잡은 동물을 '가축'으로 기르기 때문에 '가축'을 뜻하게 되었던 것입니다. 속자는 다음과 같습니다.

獸: 짐승 수

▶ 속자 해설: 짐승 수(獸)자는 개(犬)를 데리고 사냥을 나간다(嘼)는

의미였는데, 후에 사냥하다는 의미를 지닌 사냥 수(狩)자가 사용되었기 때문에 수(獸)자는 사냥의 대상인 '짐승'을 가리키게 되었습니다.

內	米 米 米 米
발자국 유(內. 10-898)	분별할 변(釆. 1-675)

◆ **발자국 유(內)**: 짐승의 발자국 모습입니다.[54] 속자는 다음과 같습니다.

禽: 날짐승 금   禹: 벌레 우[55]   离: 짐승 형상을 한 산신 리
萬: 벌레 만[56]

▶ **속자 해설**: 날짐승 금(禽)자의 그림문자(𡴘)는 날짐승을 잡는 사냥도구 모습이고, 벌레 우(禹)자의 그림문자(𧴘, 𧴘)는 어떤 벌레인지는 모르지만 벌레 모양임은 분명합니다. 짐승 형상을 한 산신 리(离)자의 그림문자(𧴘)는 숲속에 사는 동물 모습이고, 벌레 만(萬)자의 그림문자(𧴘, 𧴘)는 전갈 모습입니다. 그러므로 속자는 '발자국 유(內)'와는 관련이 없습니다.

---

54)『설문』: 內, 獸足蹂地也. 象形.

55)『설문』: 禹, 蟲也. 从厹, 象形.

56)『설문』: 萬, 蟲也. 从厹, 象形.

◆ 분별할 변(釆): 짐승의 발자국이 땅에 선명하게 새겨진 모습입니다. 땅에 찍힌 동물의 발자국 모양은 어떤 동물인지를 분별해주는 근거가 되기 때문에 '분별하다'는 의미가 된 것입니다. 속자는 다음과 같습니다.

番: 짐승의 발 번   宷: 살필 심   悉: 모두 실
釋: 풀 석

무늬 문(文. 8-64)	채색 문(彣. 8-62)	터럭 삼(彡. 8-53)

◆ 무늬 문(文): 일반적으로 가슴에 문신이 새겨진 사람의 모습이라고 해석합니다. 하지만 고대사회에서 문신은 얼굴에 새길 뿐 가슴에 새기는 경우는 거의 없었습니다. 그러므로 이 부분에 대해서는 더 많은 연구가 필요합니다. 저는 낳을 문(妏)자, 낳을 산(産)자, 어지러울 문(紊)자, 힘쓸 민(忞)자, 가엽게 여길 민(閔)자, 문지를 문(抆)자, 따뜻할 문(炆)자, 웃을 매(吻)자, 아낄 린(吝)자 등의 분석을 통해 문(文)은 암컷 동물의 뒷모습을 그렸다고 유추한 바 있습니다.57) 속자는 다음과 같습니다.

斐: 여신 비   辬: 얼룩얼룩할 반

---

57)『에로스와 한자』 2장 여성과 한자 2편 참고.

◆ 채색 문(彣): 빛나는 모양을 그렸다고[58) 하지만 불분명합니다. 저는 암컷동물의 뒷모습(文)과 번들번들 흘러내리는 체액(體液. 彡)을 그린 것으로 해석한 바 있습니다.[59) 속자는 다음과 같습니다.

彥: 선비 언

▶ 속자 해설: 선비 언(彦)자가 결합된 한자로는 얼굴 안(顔)자와 속된 말 언(諺)자가 있습니다.

◆ 터럭 삼(彡): 털로 장식한 무늬 혹은 조각한 무늬를 나타낸 부호입니다. 털이란 의미로 쓰인 한자에는 수염 수(須)자, 머리털 드리워질 표(髟)자, 숱이 많을 진(彡)자 등이 있고, 조각한 무늬란 의미로 쓰인 한자에는 모형 형(形)자, 무늬 창(彰)자, 새길 조(彫)자, 닦을 수(修)자, 잔 무늬 목(穆)자 등이 있습니다. 이 외에의 속자는 다음과 같습니다.

彩: 무늬 채   弱: 약할 약

살무사 훼(虺. 10-11)	벌레 곤(蚰. 10-79)	벌레 충(蟲. 10-92)

---

58)『설문』: 彣, 䩉也. 从彡从文.
59)『에로스와 한자』2장 여성과 한자 2편 참고.

◆ 살무사 훼(虫): 머리가 삼각형 모양인 살무사 모습입니다. 살무사 훼(虫)자가 부수로 쓰일 때는 '뱀, 곤충'이란 의미로 사용됩니다. 살무사 훼(虫)자를 부수로 삼는 속자는 매우 많기 때문에 여기서는 자주 사용되는 속자들만 살펴보겠습니다.

蚓: 지렁이 인   雖: 비록 수, 벌레 이름 수   虺: 살무사 훼
強: 굳셀 강   蜀: 나라 이름 촉   蠃: 나나니벌 라
蚩: 벌레 이름 치   蜃: 이무기 신   蠻: 오랑캐 만
閩: 종족 이름 민   虹: 무지개 홍   蟋: 귀뚜라미 실
螳: 사마귀 당

▶ 속자 해설: 비록 수(雖)자의 그림문자(🐍)는 뱀과 새가 결합한 모습으로 새를 잡아먹는 뱀 혹은 뱀을 잡아먹는 새를 나타낸 것 같습니다. 나라 이름 촉(蜀)자의 그림문자(🐛, 🐛, 🐛)는 눈이 큰 벌레 가운데 하나인 누에 모습이고,[60] 무지개 홍(虹)자의 그림문자(🌈)는 무지개를 그린 모습입니다.

◆ 벌레 곤(蚰): 살무사 훼(虫)자 두 개를 결합하여 '벌레, 곤충'을 나타냈습니다. 속자는 다음과 같습니다.

蟲: 하루살이 거   蠢: 꿈틀거릴 준   蠭: 벌 봉
蟁: 모기 문   蝱: 등에 맹   蠹: 좀 두
蠡: 좀먹을 려   蠶: 누에 잠   蝨: 이 슬
蠿: 거미 찰   蠽: 쓰르라미 절   蟊: 해충 모

---

60)『설문』: 蜀, 葵中蠶也. 从虫, 上目象蜀頭形, 中象其身蜎蜎.

▶ 속자 해설: 누에 잠(蠶)자의 그림문자는 누에를 그린 모습입니다. 혹자는 용 용(龍)자의 그림문자와 비슷한 점을 들어 '누에가 곧 용이다'라고 주장하기도 하고, 혹자는 누에처럼 마디가 있는 곤충의 모습과 배아 모습이 비슷하기 때문에 '누에, 벌레, 배아, 용은 서로 관계가 있다'고 주장하기도 합니다.[61]

◆ 벌레 충(蟲): 살무사 훼(虫)자 세 개를 결합하여 '곤충, 벌레'를 나타냈습니다. 속자는 다음과 같습니다.

蠱: 독 고, 벌레 고

▶ 속자 해설: 벌레 고(蠱)자의 그림문자는 그릇 안에 벌레가 있는 모양으로, 벌레의 독을 그릇에 담은 것을 나타내므로 '독'이란 의미가 된 것입니다.

뱀 사(巳. 10-1128)	뱀 사(它. 10-116)	용 용(龍. 9-417)

◆ 뱀 사(巳): 뱀 모습으로, 살무사 훼(虫)자의 그림문자와 매우 비슷합니다. 혹자는 쌀 포(包)자는 임신한 모습을 나타낸 한자기 때문에 사(巳)자를 태아 모습으로 보기도 합니다.[62] 속자는 다음

---

61) 『에로스와 한자』 7장 임신과 한자 편 참고.
62) 『설문』: 包, 象人裹妊, 巳在中, 象子未成形也.

과 같습니다.

目(以): 써 이

▶ 속자 해설: 써 이(目. 以)자의 그림문자(ㅎ, ㅅ, ㅎ, ㄴ)는 씨앗에서 막 발아하는 모습을 그렸기 때문에 '씨'를 뜻합니다. 사람의 씨는 '히'처럼 그렸는데, '히'은 씨 씨(氏)자의 그림문자입니다.

◆ 뱀 사(它): 뱀과 발을 결합한 모습(ꝑ)이거나 혹은 머리가 큰 뱀 모습(ꝑ)입니다. 이는 뱀 사(蛇)자와 같습니다. 속자는 없습니다.

◆ 용 용(龍): 원래는 벌레모습을 그린 상형문자(ꝑ)였으나, 후에 배아, 태아, 출생 등 임신부터 출생까지 전 과정을 나타낸 회의문자(ꝑ)로 변했습니다.[63] 속자는 다음과 같습니다.

龗: 용 령	龕: 감실 감	龍: 용의 등갈기 견
龖: 두 마리 용 답		

---

63) 김하종, 「고문자에 반영된 龍의 原型 고찰」, 『중국어문학지』 제46집, 2014, 3.

6. 새와 물고기 등

새 추(隹. 4-78)	새 한 쌍 수 (雔. 4-197)	새 떼 지어 모일 잡 (雥. 4-200)

◆ 새 추(隹): 새 모습입니다. 새 추(隹)자를 부수로 삼는 속자는 매우 많기 때문에 여기서는 자주 사용되는 속자들만 살펴보겠습니다.

雅: 큰부리까마귀 아   隻: 새 한 마리 척   雀: 참새 작
雉: 꿩 치   雞: 닭 계   雛: 병아리 추
離: 떼놓을 리   雕: 독수리 조   鷹: 매 응
雁: 기러기 안   雇: 새 이름 호   雄: 수컷 웅
雌: 암컷 자   雋: 새 살찔 전

▶ 속자 해설: 떼놓을 리(離)자의 그림문자(🐦)는 새를 잡는 도구(나무에 그물을 단 도구)에서 잡은 새를 제거하는 모습을 그렸으므로 '제거하다, 떼어놓다' 등의 의미가 생긴 것입니다.

◆ 새 한 쌍 수(雔): 새 추(隹)자 두 개를 결합하여 새 자웅(雌雄) 한 쌍을 나타냈습니다. 속자는 다음과 같습니다.

雙: 쌍 쌍   靃: 새가 빗속을 나는 소리 확

◆ 새 떼 지어 모일 잡(雥): 새 추(隹)자 세 개를 결합하여 새들이 떼

를 지어 모여 있는 모습을 나타냈습니다. 속자는 다음과 같습니다.

𩿀: 모일 연   𩿁(集): 모일 집

날개를 칠 순 (奞. 4-129)	올빼미 환 (雈. 4-135)	매 응시해서 볼 구 (瞿. 4-195)

◆ 날개를 칠 순(奞): 옷 안에 새가 들어 있는 모습을 그려 새가 밖으로 나가기 위해 날갯짓을 하는 것을 나타냈습니다. 속자는 다음과 같습니다.

奪: 빼앗을 탈   奮: 떨칠 분

▶ 속자 해설: 빼앗을 탈(奪)자의 그림문자(𡙸)는 날갯짓하며 날아가는 새(奞)를 손으로 잡은 모습으로 해석하기도 하고, 옷 속에 감춰진 새를 손으로 빼앗는 모습으로 해석하기도 합니다. 떨칠 분(奮)자의 그림문자(𡚤)는 새가 옷 속에 감춰졌다가 날갯짓하며 날아오르는 모습입니다.

◆ 올빼미 환(雈): 머리에 뿔 모양의 긴 털이 있는 올빼미과에 속하는 새 모습입니다.[64] 속자는 다음과 같습니다.

---

64)『설문』: 雈, 鴟屬.

雈: 자 확, 잴 확　　　　雚: 황새 관　　　　　舊: 옛 구

▶ 속자 해설: 자 확(雈)자의 그림문자(𦫖)는 풀숲에서 새를 잡아 어
떤 모습인지 확인하는 모습이고, 황새 관(雚)자의 그림문자(𦫖)
는 큰 소리로 우는 새 모습입니다. 옛 구(舊)자의 그림문자(𦫖)는
올빼미가 함정에 빠진 모습으로, 새가 함정에 빠졌다는 것은 죽
은 새를 의미하기 때문에 '이전, 옛날'이라는 의미가 된 것입니
다.

◆ 매 응시해서 볼 구(瞿): 새가 두 눈을 크게 뜨고 여기저기 두리번
거리는 모습입니다. 속자는 다음과 같습니다.

矍: 두리번거릴 확

새 조(鳥. 4-206)	까마귀 오(鳥. 4-255)

◆ 새 조(鳥): 새 모습입니다. 새 조(鳥)자를 부수로 삼는 속자는 매우
많기 때문에 여기서는 자주 사용되는 속자들만 살펴보겠습니다.

鳳: 봉황새 봉	鸞: 난새 란	鷃: 신조 이름 악
鸞: 자색 봉황 작	鶻: 송골매 골	鴿: 집비둘기 합
鴠: 산박쥐 단	鶴: 학 학	鵠: 고니 곡
鳩: 비둘기 구	鴻: 큰 기러기 홍	鴛: 원앙 원

鴦: 원앙 앙　　　　鴈: 기러기 안　　　　鴨: 오리 압

◆ 까마귀 오(烏): 까마귀는 새끼가 크면 어미를 먹여 살린다고 하여
효조(孝鳥)로 알려져 있습니다. 까마귀 오(烏)자의 그림문자를 보
면, 새의 '입'을 강조한 모습이므로 까마귀를 그렸음을 유추할 수
있습니다. 속자는 다음과 같습니다.

舄: 신 석　　　　　　焉: 어찌 언

▶ 속자 해설: 신 석(舄)자의 그림문자(𦥽, 𦥼)는 까치 모습이므로 까
치 작(鵲)자와 같고,[65] 어찌 언(焉)자의 그림문자(𩾌)는 어떤 새인
지는 분명치 않지만 새를 그린 것은 확실한 듯합니다.[66]

제비 연(燕. 9-413)	제비 알(乚. 9-447)	새 을(乙. 10-939)

◆ 제비 연(燕): 제비 모습입니다. 속자는 없습니다.

◆ 제비 알(乚): 새 모습을 간단하게 그린 것으로, 제비라고 합니다.
중국 산동성(山東省) 지역에서는 제비를 '알'이라 했습니다.[67] 속

---

65) 『설문』: 舄, 鵲也. 象形.
66) 『설문』: 焉, 焉鳥, 黃色, 出於江淮. 象形.
67) 『설문』: 乚, 玄鳥也. 齊魯謂之乚. 取其鳴自呼. 象形. 烏轄切.

자는 다음과 같습니다.

孔: 구멍 공　　　　乳: 젖 유

▶ 속자 해설: 구멍 공(孔)자의 그림문자(멍)는 영아(嬰兒)가 어머니 젖꼭지를 물고 있는 모습입니다. 만일 젖꼭지를 강조해서 해석하면 '구멍'을 의미하고 영아를 강조해서 해석하면 '크다'는 의미가 됩니다. 젖 유(乳)자의 그림문자(유)는 어머니가 영아를 안고 젖을 먹이는 모습입니다. 그러므로 구멍 공(孔)자와 젖 유(乳)자에서의 'ㄴ'은 제비와 관계가 없습니다.

◆ 새 을(乙): 새 모습을 간략하게 그렸습니다. 속자는 다음과 같습니다.

乾: 하늘 건　　　　亂: 어지러울 란　　　尤: 더욱 우

▶ 속자 해설: 하늘 건(乾)자는 해가 뜰 때 햇빛이 빛나는 모양 간(倝)자와 새 을(乙)자가 결합하여 만들어진 한자로, 해가 뜰 때 새가 '하늘'로 날아 올라가는 것을 나타냅니다. 어지러울 란(亂)자의 그림문자(란)는 손으로 얽힌 탯줄을 정리하는 모습이고,[68] 더욱 우(尤)자의 그림문자(우)는 손가락 끝이 절단되어 '이상한 손가락'을 그린 모습입니다.[69]

---

68)『에로스와 한자』 8장 출산, 탯줄, 양육과 한자 편 참고.
69)『설문』: 尤, 異也.

깃 우(羽. 4-56)	아닐 비(非. 9-439)	익힐 습(習. 4-51)

◆ 깃 우(羽): 새의 날개 모습입니다. 깃 우(羽)자를 부수로 삼는 속자
는 많기 때문에 여기서는 자주 사용되는 속자들만 살펴보겠습니다.

翰: 날개 한   翟: 꿩 적   翡: 물총새 비
翠: 물총새 취   翦: 자를 전   翁: 늙은이 옹
羿: 사람 이름 예   翼: 도울 익   翏: 높이 날 료
翕: 합할 흡   翔: 빙빙 돌아 날 상 翳: 일산 예
翻: 날 번   搖: 흔들 요

▶ 속자 해설: 늙은이 옹(翁)자는 턱에서 목까지 길게 자란 수염을
나타낸 한자입니다.[70] 높이 날 료(翏)자의 그림문자(翏)는 새가
날개 짓하며 날아오르는 모습이고, 도울 익(翼)자의 그림문자
(翼)는 새가 날개를 펴서 날 수 있도록 사람이 도와주는 모습입니다.

◆ 아닐 비(非): 새가 양 날개를 펴고 높이 나는 것을 그려 날아올라
돌아오지 '않는 것'을 나타냈습니다. 속자는 다음과 같습니다.

剕: 나눌 비   靡: 쓰러질 미   靠: 기댈 고

◆ 익힐 습(習): 새가 태양 아래서(낮에) 날기 위해 날갯짓을 계속 반
복하는 것을 나타냅니다. 속자는 다음과 같습니다.

---

70)『설문』: 翁, 頸毛也.

翫: 질리도록 연습할 완71)

날 비(飛. 9-433)	빨리 날 신(卂. 9-446)	날 수(乁. 3-574)

◆ 날 비(飛): 새가 날아오르는 모습입니다. 속자는 다음과 같습니다.

𦒀(翼): 날개 익

▶ 속자 해설: 날개 익(𦒀. 翼)자의 그림문자(𦒀)에서 알 수 있듯이, 날개 익(𦒀. 翼)자는 원래 날 비(飛)자와 다를 이(異)자가 결합한 한자였으나 날 비(飛)자가 복잡하기 때문에 깃 우(羽)로 바꿔 익(翼)자가 되었습니다.

◆ 빨리 날 신(卂): 빨리 날면 그 날개가 보이지 않기 때문에 날 비(飛. 𧾷)자의 윗부분만 그렸습니다. 속자는 다음과 같습니다.

赞: 외로울 경

◆ 날 수(乁): 새가 짧은 깃털을 움직여 푸드득 날아오르는 것을 그렸습니다.72) '乁'은 새 을(乙)자와 비슷하지만 목 부분이 조금 다

---

71)『설문』: 翫, 習猒也.
72)『설문』: 乁, 鳥之短羽, 飛几几也. 象形. 讀若殊. 市朱切.

룹니다. 목을 달리 한 것은 날아오르기 위해 새가 하늘을 향해 바라보는 것을 보여주기 위해서였습니다. 속자는 다음과 같습니다.

參: 숱 많을 진   鳧: 오리 부

물고기 어(魚. 9-373)	두 마리 물고기 어 (鱻. 9-407)	짤 구(冓. 4-283)

◆ 물고기 어(魚): 물고기 모습입니다. 물고기 어(魚)자를 부수로 삼는 속자는 많기 때문에 여기서는 자주 사용되는 속자들만 살펴보겠습니다.

鯉: 잉어 리   鯀: 물고기 이름 곤   鯇: 환어 환
魴: 방어 방   鰻: 뱀장어 만   鮮: 고울 선
鱗: 비늘 린   鮑: 절인 어물 포   鱻: 생선 선

◆ 두 마리 물고기 어(鱻): 물고기 어(魚)자 두 개를 결합하여 두 마리 물고기를 나타냈습니다.[73] 속자는 다음과 같습니다.

灙(漁): 고기 잡을 어

◆ 짤 구(冓): 두 마리 물고기가 만나는 모습을 그린 회의문자로 볼

---

73)『설문』: 鱻, 二魚也. 語居切.

수도 있고, 물고기 모양이 아닌 남성생식기 모양과 흡사하기 때문에 한 여성을 중심으로 여러 남성들이 모여 있는 모습으로도 볼 수 있습니다.[74] 왜냐하면 구(冓)자는 갑골문에서는 '우연히 만나다'는 의미로 쓰였고, 금문에서는 '결혼하다, 성교하다'는 의미로 쓰였기 때문입니다. 속자는 다음과 같습니다.

再: 재차 재   爯: 둘을 한꺼번에 들 칭

▶ 속자 해설: 재차 재(再)자의 그림문자(Ⓐ Ⓐ)는 'Ⓐ'에 '一'이 결합한 모습입니다. 이를 분석하면 부호 '一'은 '다시 한 번 더'라는 의미, 'ㅅ'는 진입을 나타내는 부호, 'Ⓐ'은 남성생식기 모양으로, 다시 재(再)는 '다시 성교하다'는 의미를 지닌 한자임을 유추할 수 있을 것입니다. 둘을 한꺼번에 들 칭(爯)자의 그림문자(Ⓐ, Ⓐ, Ⓐ)는 진입하는 남성생식기(Ⓐ)와 손으로 잡은 모양(ㄇ)이 결합한 모습입니다. 이러한 내용을 통해 분석해 본다면, 손으로 남성의 생식기를 들고 재차 들어가는 모습으로 해석이 가능합니다. 예를 들면, 칭(嬵)자는 '여자의 이름'에만 쓰이는 한자입니다. 왜 여자의 이름에만 쓰일까요? 손으로 잡은 모양(ㄇ)이 여성의 손을 나타낸 것은 아닐까요? 칭(爯)자는 후에 남성생식기 모양(Ⓐ)이 물고기 모양과 혼동을 일으켜 손으로 물고기를 잡고 있는 모습으로 해석하게 되었습니다. 그래서 저울 칭(偁)자와 저울 칭(稱)자에 칭(爯)자가 결합하게 되었던 것입니다.[75]

---

74)『에로스와 한자』5장 에로스와 한자 1편 참고.
75)『에로스와 한자』5장 에로스와 한자 1편 참고.

거북 귀(龜. 10-128)	맹꽁이 민(黽. 10-132)

◆ **거북 귀(龜)**: 거북이 모습입니다. 속자는 다음과 같습니다.

龗: 거북 이름 동   𪔀: 거북 껍질 끝 염[76]

◆ **맹꽁이 민(黽)**: 입이 큰 맹꽁이 모습입니다. 속자는 다음과 같습니다.

鱉: 자라 별	黿: 자라 원	鼃: 개구리 와
鼀: 두꺼비 축	鼍: 악어 타	鼁: 구벽 구
蠅: 파리 승	鼅: 거미 지	鼄: 거미 주
鼂: 바다거북 조	鰲: 자라 오	

---

76)『설문』: 𪔀, 龜甲邊也.

2. 사람의 전체 모습

사람이 서 있는 정면 모습, 옆모습, 앉아 있는 옆모습,
엎드린 옆모습, 누워 있는 모습, 어린 아이의 모습

2. 사람의 전체 모습

사람이 서 있는 정면 모습, 옆모습, 앉아 있는 옆모습,
엎드린 옆모습, 누워 있는 모습, 어린 아이의 모습

1. 사람이 서 있는 정면 모습

큰 대 (大. 8-771, 8-895)	설 립(立. 8-910)	아우를 병 (竝. 8-919)

◆ 큰 대(大): 사람이 서 있는 정면 모습입니다.『설문』에서는 '大'를
'대'로 읽는 경우[1]와 '태'로 읽는 경우[2]로 나누어 설명했지만, 모
두 '성인이 서 있는 모습, 크다'는 의미를 갖습니다. '대'로 읽는 경
우의 속자는 다음과 같습니다.

---

[1]『설문』: 大, 天大, 地大, 人亦大. 故大象人形. 徒蓋切.
[2]『설문』: 大, 籀文大, 改古文. 亦象人形. 他蓋切.

奎: 걷는 모양 규   夾: 낄 협   奄: 가릴 엄

夸: 자랑할 과   奯: 훤할 활   夎: 돌쇠뇌 포

奓: 클 저   奰: 클 불   契: 맺을 계

奫: 높을 운   夷: 오랑캐 이

▶ 속자 해설: 걷는 모양 규(奎)자의 그림문자(𡗜)는 여기(土) 저기 (土)로 옮겨 다니는 모양(大)을 나타냈으며, 낄 협(夾)자의 그림문자(𡗗)는 사람들이 위대한 어머니(大)[3]를 양 옆에서 부축하는 모습입니다. 오랑캐 이(夷)자의 그림문자(𡗜, 𡗗, 𡗜)는 낄 협(夾)자에서 한 사람이 생략된 형태(𡗗)도 있고, 무릎을 구부린 모습(𡗗)도 있으며, 성인이 화살을 짊어진 모습(𡗜)도 있는데, 일반적으로 성인 남성이 활을 짊어진 모습으로 풀이합니다.

'태'로 읽는 경우의 속자는 다음과 같습니다.

奕: 클 혁   奘: 클 장   臭: 광택 고

奚: 어찌 해, 여자종 해   奀: 가냘플 연

▶ 속자 해설: 어찌 해(奚)자의 그림문자(𡗜, 𡗗, 𡗜)는 '머리를 말아 올린 성인 여성의 머리채를 잡은 모습'으로 여자 노비를 나타냅니다. 이 경우 여성들은 '어찌 할 바'를 모르기 때문에 '어찌'라는 의미로 사용되었던 것입니다.

---

3) 큰 대(大)자는 원래 위대한 여성(자식을 잉태할 수 있는 나이에 이른 성인 여성)을 나타냈으나, 모계씨족사회에서 부계씨족사회로 변화된 이후에 성인 남성을 의미하게 되었습니다(『에로스와 한자』 4장 남성과 한자 편 참고).

◆ 설 립(立): 성인이 땅(一) 위에 서 있는 정면 모습입니다. 속자는
다음과 같습니다.

靖: 편할 정   埻: 포갤 퇴   端: 바를 단

竢: 기다릴 사   竦: 삼갈 송   竫: 편안할 정

竣: 마칠 준   竘: 다듬을 구   嬴: 약하게 서 있는 모습 라

竭: 다할 갈   竨: 비틀거릴 비

◆ 아우를 병(竝): 두 사람이 함께 나란히 서 있는 정면 모습입니다.
속자는 다음과 같습니다.

簪(替): 쇠퇴할 체

| 지아비 부(夫. 8-906) | 사귈 교(交. 8-832) | 놓을 호(夰. 8-892) |

◆ 지아비 부(夫): 성인 남성(大. 大)의 머리에 비녀(一)를 꽂은 모습
입니다. 비녀로 묶은 머리를 고정했다는 것은 성인식을 치른 남
성을 의미합니다. 성인식을 치르면 남자아이가 남성이 됩니다.
그러므로 성인식은 곧 결혼과도 같은 의미였습니다. 그리하여 부
(夫)자는 '결혼한 남성'을 뜻하게 되었습니다. 속자는 다음과 같습
니다.

規: 법 규   扶: 함께 갈 반

◆ 사귈 교(交): 사람이 두 다리를 교차하고 서 있는 모습입니다. '교차하다'는 의미에서 '서로 교차시키다, 사귀다'는 의미로 확대되었습니다. 속자는 다음과 같습니다.

絞: 새끼를 꼴 교

◆ 놓을 호(夰): 두 팔과 두 다리를 벌리고 서 있는 성인 모습(大) 밑에 'ㅆ'를 결합하여 만든 한자인데, 'ㅆ'는 사람이 앉아 있는 모습인 어진사람 인(儿. ㄿ)자와 비슷한 점으로 보아 사람 위에 사람이 있는 모습을 그린 듯합니다. 그래서 다른 사람의 어깨에 발을 '올려놓았기' 때문에 '놓다'는 의미가 된 것으로 유추해 볼 수 있습니다.[4] 속자는 다음과 같습니다.

奡: 오만할 오   昦: 밝을 호   臩: 놀라 달아날 광

목 항(亢. 8-876)	나아갈 도(夲. 8-878)	또한 역(亦. 8-802)

◆ 목 항(亢): 양 다리가 묶인 성인 모습입니다. 다리가 묶였다함은 죄인을 말합니다. 주인(혹은 족장)이 노예(혹은 죄인)의 다리를 묶어 사형장으로 가는 모습이므로 '목'이란 의미가 된 것 같습니다. 속자는 다음과 같습니다.

---

4)『설문』: 夰, 放也.
5)『설문』: 儠, 直項儠儠皃. 从亢从夋. 夋, 倨也. 亢亦聲. 岡朗切, 胡朗切.

傋: 목을 뻣뻣하게 세워 거만한 모습 강5)

◆ 나아갈 도(夲): 일반적으로 성인(大) 열 사람(十)이 있는 것을 나
타낸 회의문자로 해석하지만,6) 정확히 무엇을 나타내는 것인지
불분명합니다. 혹자는 "나아가는 것이 마치 열 사람의 능력을 겸
한 것과 같이 빠르다"는 것을 말한다고도 했습니다. 속자의 의미
는 모두 '급하다, 빠르다'와 관계있습니다. 속자는 다음과 같습니
다.

暴: 급할 포   奏: 급하게 아뢸 주   皋: 급하게 말할 고

◆ 또한 역(亦): 두 팔과 다리를 벌리고 서 있는 성인의 정면 모습(大)
의 양쪽에 두 개의 점을 그려 '겨드랑이'를 나타냈습니다. 그러므
로 역(亦)자는 원래 겨드랑이를 나타냈으나, '또한'이란 의미로 사
용되어버렸습니다. 이에 겨드랑이란 의미를 나타내는 겨드랑이
액(掖)자를 다시 만들었습니다. 후에 겨드랑이 액(掖)자는 '부축
하다'는 의미로 사용되어버렸기 때문에 다시 겨드랑이 액(腋)자
를 만들게 되었습니다. 그러므로 역(亦), 액(掖), 액(腋) 등 3개 한
자는 원래 같은 의미를 지닌 한자입니다. 속자는 다음과 같습니다.

夾: 숨길 섬

---

6)『설문』: 夲, 進趣也. 从大从十. 大十, 猶兼十人也.

머리가 기울 녈 (矢(8-807))	어릴 요(夭. 8-820)	절음발이 왕 (尢. 8-839)

◆ 머리가 기울 녈(矢): 머리가 옆으로 기울어진(비뚤어진) 사람 모습입니다. 속자는 다음과 같습니다.

夐: 머리가 비뚤어질 혈　　吳: 떠들썩할 오

▶ 속자 해설: 떠들썩할 오(吳)자의 그림문자(+)를 보면 입(口)이 비뚤어질(矢) 정도로 말을 많이 하는 것을 나타냈기 때문에 '떠들썩하다'는 의미가 된 것입니다.

◆ 어릴 요(夭): 팔을 흔드는 모습입니다. 어린 아이를 그린 자식 자(子. 子)자 역시 양 팔을 흔들고 있는 모습으로 보아, '夭'는 이제 걸어 다닐 수 있는 나이가 된 어린 아이를 뜻한다고 볼 수 있기 때문에 '어리다'는 의미를 갖게 된 것입니다. 속자는 다음과 같습니다.

喬: 높을 교　　　　奔: 달릴 분　　　　幸: 다행 행

▶ 속자 해설: 높을 교(喬)자의 그림문자(+)로 볼 때, 어릴 요(夭)자와는 무관하게 무엇인가 위로 솟구쳐 나오는 모양을 나타낸 것입니다.[7] 달릴 분(奔)자의 그림문자(+)를 보면, 요(夭)자와 세 개의 발(止)을 결합하여, 손을 흔들면서 빨리 달려가는 것을 나타냈

습니다. 다행 행(幸. 𡴀)자는 요절(夭)과 반대되는 것(屰)것으로
풀이할 수 있는데, 즉 다시 말하면 죽음을 면해 다시 살아난 것을
의미합니다.[8]

◆ 절음발이 왕(尢): 한쪽 다리가 구부러진 성인의 모습입니다. 속자
는 다음과 같습니다.

尳: 무릎 병 골   尫: 다리를 절 파   尰: 다리를 절 좌
尷: 절뚝거릴 감   尬: 절름발이 개   尥: 다리 힘줄 약할 료
尪: 몸이 굽을 우

붉을 적(赤. 8-764)	사치할 사(奢. 8-875)

◆ 붉을 적(赤): 사람이 불 위에 서 있는 모습으로, 화형(火刑)을 나타
낸 것인지 화장(火葬)을 나타낸 것인지 불분명합니다. 화형이든
화장이든 모두 활활 타오르기 때문에 '붉다'는 뜻을 갖습니다. 속
자는 다음과 같습니다.

赨: 붉을 동   赧: 얼굴 붉힐 난   經: 붉을 정
赭: 붉은 흙 자   赫: 붉을 혁   赮: 붉을 하

---

7) 『에로스와 한자』 4장 남성과 한자 편에서는 '정액이 나오는 모양'으로 해석했습
니다.
8) 『설문』: 𡴀(幸), 吉而免凶也. 从屰从夭. 夭, 死之事.

柍: 붉을 혁

◆ 사치할 사(奢): 허신은 큰 대(大)자와 놈 자(者)자가 결합한 형성
문자로 해석했으나,[9] 큰 대(大), 발자국 흔적(𤰞), 입 구(口) 등 세
개 한자가 결합한 회의문자로 보는 것이 타당합니다. 즉, 발자국
흔적(𤰞)을 과장해서(大) 말하다(口)는 의미였으나 후에 '과장하
다 → 사치하다'란 의미로 변화되었습니다. 속자는 다음과 같습
니다.

奲: 풍부할 차

2. 사람이 서 있는 옆모습

ㄱ ㄱ ㄱ ㄱ ㄱ	丷丷丷 丷丷丷丷
사람 인(人. 7-250)	무리 중(仈. 7-507)

◆ 사람 인(人): 사람이 서 있는 옆모습입니다. 사람 인(人)자가 부수
로 쓰이면 대부분 '亻'처럼 모양이 바뀝니다. 사람 인(人)자를 부
수로 하는 속자는 매우 많기 때문에 여기에서는 많이 쓰이는 속
자들만 살펴보겠습니다.

僮: 아이 동   保: 지킬 보   仁: 어질 인

---

9) 『설문』: 奢, 張也. 从大者聲.

企: 꾀할 기
佩: 찰 패
傑: 뛰어날 걸
佳: 아름다울 가
僚: 동료 료
健: 튼튼할 건
位: 자리 위
佛: 부처 불
倫: 인륜 륜
俱: 함께 구
假: 거짓 가
付: 줄 부
借: 빌 차
仔: 자세할 자
侵: 침노할 침
疑: 의심할 의
仆: 엎드릴 부
但: 다만 단
伏: 엎드릴 복
係: 걸릴 계
仇: 원수 구
候: 물을 후
僅: 겨우 근
代: 대신할 대
儀: 거동 의
傍: 곁 방
似: 같을 사

仕: 벼슬 사
儒: 선비 유
伯: 맏 백
伊: 저 이
佖: 점잖을 필
傲: 거만할 오
傭: 품팔이 용
何: 어찌 하
偕: 함께 해
依: 의지할 의
傾: 기울 경
俠: 호협할 협
伍: 대오 오
佰: 일백 백
伸: 펼 신
偏: 치우칠 편
偃: 쓰러질 언
催: 재촉할 최
促: 재촉할 촉
伐: 칠 벌
咎: 허물 구
值: 값 치
倒: 넘어질 도
低: 밑 저
債: 빚 채
價: 값 가
伺: 엿볼 사

佼: 예쁠 교
俊: 준걸 준
仲: 버금 중
份: 빛날 빈
倭: 왜국 왜
伴: 짝 반
仿: 헤맬 방
供: 이바지할 공
備: 갖출 비
侍: 모실 시
側: 곁 측
仰: 우러를 앙
什: 열 사람 십
作: 지을 작
倍: 곱 배
僻: 후미질 벽
傷: 상처 상
俑: 허수아비 용
例: 법식 례
俘: 사로잡을 부
像: 형상 상
偶: 짝 우
弔: 조상할 조
件: 사건 건
侶: 짝 려
停: 머무를 정
僧: 중 승

便: 편할 편　　　任: 맡길 임　　　優: 넉넉할 우
儉: 검소할 검　　俗: 풍속 속　　　俾: 더할 비
使: 하여금 사　　傳: 전할 전　　　价: 착할 개

◆ 무리 중(仦): 사람 인(人)자 세 개를 결합하여 '많은 사람'을 나타냈습니다. 이 글자는 지금은 거의 쓰이지 않고 대신 무리 중(衆. 眾)자를 사용하는데, 무리 중(衆. 眾)자의 그림문자(𥅿)는 한 어머니(⊙)[10]에게서 태어난 많은 사람(㐺)을 나타내므로 정확한 뜻은 모계씨족사회에서의 '모든 구성원'을 말합니다. 속자는 다음과 같습니다.

眾(衆): 무리 중　　　聚: 모일 취　　　臮: 함께 기

쫓을 종(从. 7-468)	북녘 북(北. 7-487)	싸울 투(鬥. 3-368)

◆ 쫓을 종(从): 뒤에 있는 사람이 앞에 있는 사람을 뒤따르는 모습입니다. 이 글자는 지금은 거의 쓰이지 않고 대신 쫓을 종(從)자를 씁니다. 속자는 다음과 같습니다.

從: 쫓을 종　　　幷: 함께 병

---

10) 바위그림이나 그림문자에서 '⊙'는 일반적으로 '어머니, 여성'을 상징하는 부호로 사용됩니다(『에로스와 한자』참고).

▶ 속자 해설: 함께 병(幷)자의 그림문자(𢆉)는 두 사람이 함께 묶여 있는 모습입니다.

◆ 북녘 북(北): 두 사람이 서로 등지고 서 있는 옆모습입니다. 하지만 후에 중국 중원(中原)에서는 건물을 지을 때 대부분 북쪽을 등지고 남쪽을 향했기 때문에, '등지다'는 의미를 나타냈던 북(北)자는 등진 쪽의 방향을 나타내는 '북쪽'이라는 의미로 널리 사용되어버렸습니다. 이에 '서로 등지다'라는 원래의 의미를 나타내기 위해 북(北)자에 고기 육(肉)자를 더하여 다시 등 배(背)자를 만들게 되었습니다. 속자는 다음과 같습니다.

冀: 땅 이름 기, 바랄 기

▶ 속자 해설: 땅 이름 기(冀)자의 그림문자(𤰞, 𤰞)는 얼굴 모양이 이상한 사람을 그린 모습입니다. 즉, 그러한 사람들이 사는 곳을 나타냈으나 후에 북방에 그러한 사람들이 살기 때문에 북(北)자를 더했던 것으로 보입니다. 그곳은 살기 좋았던 곳 같습니다. 그래서 그곳에 이사하여 살기를 '바라다, 기대하다'는 의미도 지니게 되었던 것입니다.

◆ 싸울 투(鬥): 두 사람이 손으로 상대방을 붙잡은 옆모습을 그려 '잡다, 서로 싸우다'는 의미를 나타냈습니다. 속자는 다음과 같습니다.

鬭: 싸울 투   鬨: 싸울 홍   鬸: 목을 졸라 죽일 류

鼝: 손으로 잡을 구   鬧: 시끄러울 료

착할 정(壬. 7-520)	위태할 위(危. 8-319)

◆ 착할 정(壬): 사람이 흙 위에 우뚝 서 있는 옆모습( )으로 보기도
하고,[11] 남성이 생식기를 뽐내는 모습( )으로 보기도 합니다.[12]
속자는 다음과 같습니다.

徵: 부를 징   朢: 보름 망   壬: 가까이할 음

▶ 속자 해설: 보름 망(朢)자의 그림문자(,)는 사람이 높은 곳에
올라서서 보는 모습 혹은 사람이 높은 곳에 올라서서 둥근달을
바라보는 모습으로, 보름 망(朢)자에서 신하 신(臣)자는 눈 목(目)
자의 변형임을 알 수 있습니다. 보름 망(朢)자와 바랄 망(望)자는
비슷하기 때문에 구분할 필요가 있습니다. 가까이할 음(壬)자는
성교(性交)와 밀접하게 관련된 한자입니다.[13]

◆ 위태할 위(危): 위태로울 첨(厃)자를 어떻게 해석하느냐에 따라
위대할 위(危)자를 두 가지로 해석할 수 있습니다. 하나는 위태로

---

11) 『설문』: 『설문』: 壬, 善也. 从人士. 士, 事也. 一曰象物出地挺生也. 他鼎切.
12) 『에로스와 한자』 6장 에로스와 한자 2편 참고.
13) 『에로스와 한자』 6장 에로스와 한자 2편 참고.

울 첨(广)자를 절벽(厂)에 서 있는 사람(人의 변형→厃)으로 해석하여,[14] 위태할 위(危)자는 높고 험준한 곳에 위태롭게 서 있는 사람을 아래서 바라보는 모양으로 보는 견해입니다.[15] 다른 하나는 위태로울 첨(广)자를 밑이 뾰족하여 넘어지기 쉬운 그릇 모양(厃)으로 해석하여,[16] 사람이 쓰러지기 쉬운 물체 위에 위태롭게 서 있는 모습을 나타낸다고 보는 견해입니다. 위태할 위(危)자의 그림문자로 보아, 후자의 견해가 타당한 것 같습니다. 속자는 다음과 같습니다.

攲: 기울 기

늙은이 로 (老. 7-644)	길 장(長. 8-345)	머리털 드리워질 표 (髟. 8-72)

◆ 늙은이 로(老): 머리가 긴 노인이 지팡이를 짚고 서 있는 옆모습입니다. 속자는 다음과 같습니다.

耊: 팔십 늙은이 질   耆: 늙은이 기   耉: 노인 얼굴에 기미낄 구
考: 상고할 고   壽: 목숨 수   孝: 효도 효

---

14) 『설문』: 广, 仰也. 从人在厂上.
15) 『설문』: 危, 在高而懼也. 从广, 自卪止之.
16) 『고문자고림』 8책, 316~317쪽.

▶ 속자 해설: 목숨 수(壽)자는 원래 '오랫동안 사랑을 나눔'이란 의미에서 '오래 살다'는 의미로 변화된 한자입니다.[17] 효도 효(孝)자는 나이 많은 어르신(老)을 자식(子)이 옆에서 부축한 모습입니다.

◆ 길 장(長): 머리가 긴 사람의 옆모습입니다. 그러므로 '길다'는 의미를 나타내기도 하고 또한 머리가 길다는 것은 오래 산 사람이므로 '오래'란 의미도 나타냅니다. 늙은이 로(老)자의 그림문자와 다른 점은 '지팡이가 없다'는 점입니다. 길 장(長)자가 부수로 쓰일 때에는 '镸'처럼 변합니다. 속자는 다음과 같습니다.

麗: 두루 미, 오랠 미   肆: 방자할 사   镻: 독사 절

◆ 머리털 드리워질 표(髟): 길 장(長)자와 마찬가지로 머리가 긴 사람의 옆모습을 그렸으나, '긴 머리털'임을 나타내기 위해 후에 터럭 삼(彡)자를 더했습니다. 로(老)자는 지팡이를 짚고 서 있을 정도로 늙었음을, 장(長)자는 머리털이 길었음을, 표(髟)자는 머리털이 길게 드리워졌음을 각각 나타냅니다. 속자는 다음과 같습니다.

髮: 터럭 발   鬢: 귀밑털 빈   髦: 다팔머리 모

---

17) 『에로스와 한자』 5장 에로스와 한자 1편

사람 인(儿. 7-729)	얼굴 모(皃. 7-750)

◆ **사람 인(儿)**: 사람 인(人)자와 같이 사람이 서 있는 옆모습이지만, 인(儿)자는 다른 한자와 결합하여 새로운 한자가 될 때는 항상 다른 한자의 밑에 위치하므로 '굽히다, 인자하다'는 의미가 된 것입니다. 속자는 다음과 같습니다.

兀: 우뚝할 올   兒: 아이 아   允: 진실로 윤
兌: 기뻐할 태   充: 찰 충

▶ **속자 해설**: 우뚝할 올(兀)자의 그림문자(?, ?)는 사람의 머리를 그려 '우뚝하다'는 것을 나타냈고, 아이 아(兒)자의 그림문자(?)는 사람의 정수리가 아직 닫혀있지 않은 상태를 그려 '아이'를 나타냈으며, 기뻐할 태(兌)자의 그림문자(?)는 사람의 입가의 주름을 그려 '기뻐하는 모습'을 나타냈습니다. 진실로 윤(允. ?)자는 여성(女)과 남성생식기(厶)가 결합한 모습으로 여성이 사내아이를 낳아 진실로 기쁘다는 의미를 나타낸 한자이고, 찰 충(充. ?)자는 출산하면 다시 자궁에 자식이 들어서는 것을 나타낸 한자입니다.[18]

◆ **얼굴 모(皃)**: 사람이 서 있는 옆모습으로, 특히 얼굴부분을 강조했습니다.[19] 속자는 다음과 같습니다.

---

18) 『에로스와 한자』 8장 출산, 탯줄, 양육과 한자 편 참고.

覓(覓): 고깔 변

가릴 고(兜. 7-755)	비녀 잠(先. 7-748)	대머리 독(禿. 7-762)

◆ 가릴 고(兜): 사람의 양쪽(눈과 귀)을 양손으로 모두 가린 모습입니다.[20] 속자는 다음과 같습니다.

兜: 투구 두

◆ 비녀 잠(先): 사람의 머리(允)를 손(ㅌ)으로 잡은 모습을 그려 '머리에 꽂는 비녀'를 나타냈습니다. 비녀는 날카롭기 때문에 '날카롭다'는 의미도 지녔습니다. 속자는 다음과 같습니다.

炊: 날카로울 침

◆ 대머리 독(禿): 사람 인(儿)자와 머리가 자라는 것이 없어진 상태(禾)를 결합하여 '대머리'를 나타냈습니다. 머리가 자라는 것이 없어진 상태를 나타낸 '禾'이 후에 벼 화(禾)자로 변형되어 지금의 독(禿)자가 된 것입니다. 속자는 다음과 같습니다.

穨: 머리가 벗어진 모양 퇴

---

19)『설문』: 皃, 頌儀也. 从人, 白象人面形.
20)『설문』: 兜, 麗蔽也. 从人, 象左右皆蔽形. 讀若瞽. 公戶切.

꼬리 미(尾. 7-689)	털 모(毛. 7-661)	솜털 취(毳. 7-665)

◆ 꼬리 미(尾): 사람 뒤에 꼬리를 장식한 모습입니다. 옛사람들은 간혹 장식으로 꼬리를 매었으며 중국의 남서지방 사람들도 그러한 장식을 즐겼다고 합니다.[21] 속자는 다음과 같습니다.

屬: 엮을 속, 이을 촉   屈: 굽을 굴   尿: 오줌 뇨

▶ 속자 해설: 엮을 속(屬)자의 소전체(屬), 굽을 굴(屈)자의 소전체(屈), 오줌 뇨(尿)자의 소전체(屎)에는 모두 꼬리 미(尾)자가 쓰였으나 후에 쓰기 간편하도록 미(尾)자에서 털 모(毛)자를 생략하여 사람모습 시(尸)자만 사용했습니다.

◆ 털 모(毛): 꼬리 미(尾)자의 그림문자(入)에서 '꼬리' 모양을 반대로 그려 털이 자라는 모습을 나타냈고, 이후 눈썹과 머리털, 짐승의 털 등 모든 털을 나타냈습니다.[22] 털 모(毛)자를 부수로 삼는 속자는 모두 '털'과 관련이 있습니다. 속자는 다음과 같습니다.

毨: 갈기 한	毨: 털 갈 선	氈: 양탄자 전
毾: 담요 탑	氈: 담요 등	毹: 담요 유
毬: 공 구	氅: 새털 창	氍: 모직물 구

---

21) 『설문』: 尾, 微也. 从到毛在尸後. 古人或飾系尾, 西南夷亦然.
22) 『설문』: 毛, 眉髮之屬及獸毛也. 象形.

◆ **솜털 취(毳)**: 털 모(毛)자 세 개를 결합하여 털이 촘촘하고 조밀하게 자란 '가는 털'을 나타냈습니다. 속자는 다음과 같습니다.

毴: 털이 엉길 비

미칠 대(隶. 3-515)	죽일 살(殺. 3-570)

◆ **미칠 대(隶)**: 손 우(又)자와 털 모(毛)자를 결합하여 손으로 꼬리를 잡는 모습을 그려, 손으로 꼬리를 잡기 위하여 '거기까지 미치다'는 것을 나타냈습니다. 속자는 다음과 같습니다.

隸: 서로 마주 닿을 례

◆ **죽일 살(殺)**: 짐승의 머리에 날카로운 무기가 꽂혀 있어서 꼬리가 아래로 축 처져 죽어있는 모습이었으나(杀), 이후 '죽이다'는 의미를 분명하게 나타내기 위해 손에 무기를 든 모습인 창 수(殳)자를 더하여 죽일 살(殺)자가 되었습니다. 속자는 다음과 같습니다.

弑: 죽일 시

3. 사람이 앉아 있는 옆모습

병부 절(卩. 8-99)	마주 보며 앉을 경(卯. 8-121)

◆ **병부 절(卩):** 사람(남성)이 땅에 무릎을 꿇어앉을 때 생식기를 가리기 위해 손을 무릎 위에 얹은 모습입니다. 여성이 앉을 때 유방을 가리기 위해 양손을 가슴에 모은 모습과는 대조적입니다.[23] 무릎을 꿇고 앉은 모습이란 의미로부터 '구부리다, 마디'라는 의미로 사용되었을 뿐만 아니라, 후에 병부(兵符)라는 의미로도 사용되었습니다. 속자는 다음과 같습니다.

卪: 병부 주   令: 명령 령   卲: 높을 소
厄: 액 액   卻: 무릎 슬   卷: 쇠뇌 권
卻(却): 물리칠 각   卸: 풀 사

◆ **마주 보며 앉을 경(卯):** 두 사람이 입을 벌리고 앉아 마주 보고 있는 모습입니다. 속자는 다음과 같습니다.

卿: 벼슬 경

▶ **속자 해설:** 벼슬 경(卿)자의 그림문자(𩿎, 𩿏), 먹을 식(食)자를 부수로 하는 잔치할 향(饗)자의 그림문자(𩜾, 𩜿), 두 마을이 인접한 사잇길 항(𨞯)자를 부수로 하는 고을 향(鄉)자의 그림문자(𨞰, 𨞱)

---

23) 『에로스와 한자』 3장 여성과 한자 3편 참고.

를 보면 경(卿)자, 향(饗)자, 향(鄕)자 세 개 한자는 원래 같은 의미를 지닌 한자였음을 알 수 있습니다. 이를 통해, 같이 식사를 하는 사람들이 마을을 형성했고(鄕), 그들의 식사를 준비했던 사람은 마을에서 신망(信望) 받는 위치에 있었던 사람이었으며 (卿), 함께 식사할 때는 마치 잔치를 베푸는 듯한 광경이었다(饗) 고 정리할 수 있습니다.

인접한 사잇길 항(䢼. 6-364)	고을 읍(邑. 6-235)

◆ 두 마을이 인접한 사잇길 항(䢼): 두 사람이 입을 벌리고 앉아 마주 보고 있는 모습으로 마주 보며 앉을 경(卯)과 같습니다. 속자는 다음과 같습니다.

鄕: 고을 향   巷: 거리 항

◆ 고을 읍(邑): 사람이 앉아서(巴) 편안히 쉴 수 있는 곳(口)을 나타냅니다. 한자를 만들 당시에는 씨족마을 개념이 있었기 때문에 자신의 마을 이외에서는 편안히 쉴 수가 없었습니다. 그래서 편안히 쉴 수 있는 곳은 '마을'을 의미하게 되었습니다. 고을 읍(邑) 자가 부수로 쓰일 경우에는 'ㅏ'로 변하여 한자의 오른쪽에 사용됩니다. 속자는 다음과 같습니다.

邦: 나라 방   郡: 고을 군   都: 도읍 도
鄰: 이웃 린   鄙: 천하게 여길 비   郊: 성 밖 교
郵: 역참 우   鄭: 나라 이름 정   郵: 우편 우
部: 거느릴 부   那: 어찌 나   郎: 사내 랑
邪: 간사할 사   郭: 성곽 곽   邱: 언덕 구

하품 흠(欠. 7-787)	목멜 기(旡. 旡. 7-736)

◆ 하품 흠(欠): 사람이 꿇어앉아 입을 벌린 모습입니다. 속자는 다음과 같습니다.

欽: 공경할 흠   吹: 불 취   歇: 쉴 헐
歡: 기뻐할 환   欣: 기뻐할 흔   㰱: 싱글 웃을 신
款: 정성 관   欲: 하고자할 욕   歌: 노래 가
歎: 읊을 탄   敫: 노래할 교   欶: 기침할 수
歐: 토할 구   歉: 음식 나쁠 감   歉: 흉년들 겸
次: 버금 차   欺: 속일 기   歆: 받을 흠

▶ 속자 해설: 노래할 교(敫)자의 그림문자(㪅)를 보면, 교(敫)자에서의 칠 복(攵)자는 하품 흠(欠)자의 변형임을 알 수 있습니다. 버금 차(次)자의 그림문자(㳄, 㳄)는 입을 벌려 침을 튀기면서 기침하는 모습입니다.

◆ 목멜 기(旡. 旡): 사람이 꿇어앉아 '머리를 돌려서' 입을 벌린 모

습으로, 하품 흠(欠)자의 입모양과 반대되게 그려 숨을 쉴 수 없음을 나타냈습니다. 속자는 다음과 같습니다.

𣢠: 나쁜 일이 끝나고 좋은 일이 생겨 놀라 입을 벌릴 화[24]

마실 음(歓. 飮. 7-818)	침 선(㳄. 7-829)	형 형(兄. 7-740)

◆ 마실 음(歓): 사람(人)이 머리를 숙이고 혀를 내밀어(舌) 술독(ᅵ)의 술을 마시는 모습입니다. 지금은 마실 음(飮)자를 사용하면서, 음(歓)자에서 가장 중요한 역할을 했던 술동이 유(酉)자를 찾아볼 수 없게 되었습니다. 속자는 다음과 같습니다.

歠: 마실 철

◆ 침 선(㳄): 사람 입에서 침이 밖으로 튀어 나가는 모습으로, 그림문자는 버금 차(次)자와 같습니다. 침이 생기는 이유는 여러 가지가 있겠지만 일반적으로 부러움이나 탐욕이 생길 때 생겨나므로,[25] 속자는 이러한 의미와 관계가 있습니다. 속자는 다음과 같습니다.

羨: 부러워할 선   盜: 훔칠 도

---

24)『설문』: 𣢠, 㖧惡驚詞也. 从旡咼聲. 乎果切.
25)『설문』: 㳄, 慕欲口液也.

◆ 형 형(兄): 사람이 위를 향해 입을 벌린 모습입니다. 이는 하늘을 향해 입을 벌려 신의 계시를 묻는 모습으로, 이러한 역할을 했던 사람은 씨족의 우두머리였기 때문에 '우두머리, 형'을 뜻하게 되었습니다. 그러므로 갑골문에서는 형(兄)자는 '신에게 빌다'는 축(祝)자의 의미로 사용되었습니다. 속자는 다음과 같습니다.

競: 다툴 경, 공경할 경26)

잡을 극(丮. 3-346)	땅 이름 파(巴. 10-1009)

◆ 잡을 극(丮): 사람이 두 손으로 무엇인가를 잡은 모습입니다. 속자는 다음과 같습니다.

埶: 심을 예   孰: 누구 숙   䢀: 발을 절 갹

▶ 속자 해설: 심을 예(埶)자의 그림문자(𦥑, 𢌳)는 사람이 땅에 나무를 심는 모습으로 심을 예(藝)자와 같습니다.

◆ 땅 이름 파(巴): 사람이 무엇인가를 잡기 위해 꿇어앉아 손을 벌린 모습입니다. 속자는 다음과 같습니다.

---

26)『설문』: 競, 競也. 从二兄. 二兄, 競意. 一曰兢, 敬也.

: 빗자루를 들어 때릴 파27)

도장 인(印. 8-115)	빛 색(色. 8-118)

◆ 도장 인(印): 손으로 사람을 눌러 꿇어앉히는 모습입니다. 속자는
다음과 같습니다.

印: 도장 인   卬: 누를 억

▶ 속자 해설: 누를 억(卬)자는 도장 인(印)자를 거꾸로 쓴 모습입니
다.28) 지금은 손 수(扌. 手)자를 더하여 누를 억(抑)자로 씁니다.

◆ 빛 색(色): 사람 위에 사람이 있는 모습으로, 남녀가 서로 사랑을
나누는 장면을 나타냈습니다.29) 속자는 다음과 같습니다.

艴: 발끈할 불   艵: 옥색 병

술잔 치(卮. 8-97)	둥글 환(丸. 8-317)

---

27)『설문』: , 搕擊也. 从巴, 帚.
28)『설문』: 卬, 按也. 从反印.
29)『에로스와 한자』6장 에로스와 한자 2편 참고.

100 그림문자로 이해하는 541개 한자부수

◆ 술잔 치(卮): 사람 위에 사람을 그린 모습으로 빛 색(色)자와 같습니다. 남녀가 서로 사랑을 나누기 전에 일반적으로 술을 마시기 때문에 '술잔'이란 의미가 된 것 같습니다.[30] 속자는 다음과 같습니다.

觛: 작은 술잔 선[31]

◆ 둥글 환(丸): 사람과 사람이 서로 하나가 된 모습으로, 빛 색(色)자, 술잔 치(卮)자와 마찬가지로 남녀가 사랑을 나누는 장면을 나타냈습니다.[32] 속자는 다음과 같습니다.

胣: 돌릴 이   娻: 여자가 영오할 번

계집 녀(女. 9-731)	말 무(毋. 9-902)

◆ 계집 녀(女): 여성이 두 손으로 젖가슴을 가리고 앉아 있는 모습입니다. 그림문자(妛)가 어떻게 지금의 女(여)자처럼 변했을까요? 무릎을 꿇고 앉아 있는 모양(ㄗ)은 새기기에 다소 복잡했기 때문에 이것을 간단하게 변화시킨 결과 'ㄣ'처럼 변했고, 'ㄣ'에서 약간 구부러진 부분을 직선(丨)으로 바꿔 '虫'와 같은 모양이 되었습니

---

30)『에로스와 한자』 6장 에로스와 한자 2편 참고.
31)『설문』: 觛, 小卮有耳蓋者. 从卮專聲. 市沇切.
32)『에로스와 한자』 6장 에로스와 한자 2편 참고.

다. 고대그림문자는 세로로 쓰는 것이 원칙이었습니다. 예를 들면, '눈'을 그린 한자는 눈 목(目)자로 원래는 '👁'처럼 그렸는데 한자는 세로로 쓰기 시작하면서 '👁'게 되었다가 지금은 목(目)처럼 형태가 바뀌게 되었던 것입니다. 아마도 쓰는 공간이 작았거나 거북이 배 껍질이 세로로 되어 있었기 때문인 것 같기도 합니다. 그러므로 '屮'을 세로로 세우면 '彳'처럼 되고 오늘날의 女(여)자가 되었습니다.33) 여성 여(女)자를 부수로 하는 속자는 매우 많기 때문에 여기에서는 많이 쓰이는 속자들만 살펴보겠습니다.

---

33) 『에로스와 한자』 3장 여성과 한자 3편 참고.

姓: 성 성   姜: 성 강   嬴: 찰 영

姚: 예쁠 요   嫁: 시집갈 가   娶: 장가들 취

婚: 혼인할 혼   姻: 혼인 인   妻: 아내 처

婦: 며느리 부   妃: 왕비 비   妊: 아이 밸 임

娠: 애 밸 신   姐: 누이 저   姑: 시어머니 고

母: 어미 모   威: 위엄 위   姊: 손윗누이 자

妹: 누이 매   姪: 조카 질   姨: 이모 이

婢: 여자 종 비   奴: 종 노   媧: 사람이름 왜

娥: 예쁠 아   始: 처음 시   婉: 순할 완

好: 좋을 호   委: 맡길 위   嫡: 정실 적

如: 같을 여   晏: 편안할 안   姕: 취하여 춤추는 모양 자

妓: 기생 기   嬰: 갓난아이 영   媛: 미인 원

佞: 아첨할 영   妝: 꾸밀 장   妒: 투기할 투

姿: 맵시 자   妨: 방해할 방   妄: 허망할 망

娃: 예쁠 왜   婁: 별 이름 루   奸: 범할 간

奻: 시끄럽게 송사할 난   姦: 간사할 간

◆ 말 무(毋): 계집 녀(女)자에 양쪽 젖가슴을 강조한 모습으로, 어머 니 모(母)자와 같습니다. 젖가슴을 강조했다는 것은 아이를 잉태 했거나 혹은 아이를 낳았다는 것을 말하는데, 이러한 역할을 할 수 있는 여성은 결혼한 여성을 의미하므로 '어머니'를 뜻하게 되 었습니다. 어느 누구도 '어머니를 범해서는 안 되기' 때문에 금지 (禁止)를 나타내게 되었는데, 우리들은 아래의 음란할 애(毒)자를 통해 이러한 사실을 엿볼 수 있습니다. 속자는 다음과 같습니다.

毒: 음란할 애

▶ 속자 해설: 음란할 애(毒)자는 남성을 나타내는 사(士)와 어머니 무(毋)자가 결합한 한자로, 이는 어머니를 범하는 사람을 나타낸 한자입니다.[34]

주검 시(尸. 7-666)	진실로 극(茍. 8-166)

◆ 주검 시(尸): 사람이 대소변을 해결하기 위해 무릎을 굽히고 웅크려 앉아 있는 모습입니다.[35] 혹은 앉아서 쉬고 있는 모습입니다. 시(尸)자가 부수로 사용되면, '사람, 눕다, 쉬다'는 뜻 외에도 누워 쉴 수 있는 곳인 '집'을 뜻하기도 합니다. 속자는 다음과 같습니다.

居: 살 거　　　　展: 펼 전　　　　屝: 짚신 비
屆: 이를 계　　　尻: 꽁무니 고　　尼: 중 니
屍: 주검 시　　　屖: 쉴 수　　　　屠: 잡을 도
屋: 집 옥　　　　屛: 병풍 병　　　屢: 창 루
層: 층 층

◆ 진실로 극(茍): 사람이 공손하게 꿇어앉아 다른 사람이 하는 말을 귀를 기울이고 듣는 모습입니다. 진실로 극(茍)자는 대나무 죽(竹)자를 부수로 삼는 진실로 구(苟)자와는 서로 다른 글자였지만 지금은 같이 쓰입니다. 속자는 다음과 같습니다.

---

34) 『에로스와 한자』 3장 여성과 한자 3편 참고.
35) 『에로스와 한자』 2장 여성과 한자 2편 참고.

敬: 공경할 경

4. 사람이 엎드린 옆모습, 누워 있는 모습

| 변할 화(匕. 7-437) | 여성 비(匕. 7-452) | 견줄 비(比. 7-482) |

◆ 변할 화(匕): 사람 인(人. 𠂊)을 거꾸로 한 모습(𠃊)입니다. 이를 통
해 '변하다'는 뜻을 나타냅니다.36) 속자는 다음과 같습니다.

眞: 참 진   化: 될 화

▶ 속자 해설: 참 진(眞)자의 그림문자(𦣻)는 조개가 변하여 진주가
된 것을 나타낸 모습이고, 될 화(化)자의 그림문자(𠤎)는 살아 있
는 사람과 죽은 사람 모습으로 이는 자연의 변화를 나타냅니다.

◆ 여성 비(匕): 숟가락 모습 혹은 비수 모습으로 보는 견해도 있고,
여성이 엎드린 모습으로 보는 견해도 있습니다.37) 속자는 다음과
같습니다.

匙: 숟가락 시   頃: 밭 너비 단위 경   𡿺: 두뇌 뇌

---

36)『설문』: 匕, 變也. 从到人. 呼跨切.

37)『에로스와 한자』 2장 여성과 한자 2편 참고.

艮: 어긋날 간   卓: 뛰어날 탁   卬: 나 앙, 오를 앙

▶ 속자 해설: 어긋날 간(艮)자의 그림문자(🔠)는 여성이 눈을 뒤로 응시한 모습을 나타냈으므로 '어긋나다'는 의미를 갖게 된 것이고, 뛰어날 탁(卓. 🔠)자는 '다른 사람보다 일찍(早) 일어난 사람(匕)' 혹은 '다른 사람보다 일찍(早) 생명을 잉태한 여성(匕)'을 나타냈으므로 '뛰어나다, 탁월하다'는 의미를 갖게 된 것입니다. 오를 앙(卬. 🔠)자는 여성이 남성 위에 오른 모양을 나타냈으므로 '오르다'는 의미를 갖게 된 것입니다.[38]

◆ 견줄 비(比): 엎드린 여성의 뒷모습을 보면서 건강한 생명을 잉태할 수 있는 여성인지 여부를 비교하는 모습입니다.[39] 속자는 다음과 같습니다.
毖: 신중할 비

왕비 후(后. 8-87)	맡을 사(司. 8-91)	오랠 구(久. 5-718)

◆ 왕비 후(后): '🔠'는 여성이 아이를 출산하는 모습이고, '🔠'는 여성(匕)과 여성생식기를 상징하는 부호(口)를 결합하여 여성이 아이를 출산하는 모습을 간단한 부호로 나타낸 것입니다. 이후에 후

---

38) 『에로스와 한자』 2장 여성과 한자 2편 참고.
39) 『에로스와 한자』 2장 여성과 한자 2편 참고.

(后)자는 후손이라는 의미로 사용되지 않고, 황후(皇后), 모후(母后. 임금의 어머니) 등에서와 같이 '임금의 여성'과 관련된 단어에 사용되었기 때문에 나중에 후손이라는 의미를 나타낼 때에는 후(后)자 대신 뒤 후(後)자가 사용되었습니다.[40] 속자는 다음과 같습니다.

呴: 성난 소리 후

▶ 속자 해설: 성난 소리 후(呴)자는 입 구(口)자와 출산 후(后)자가 결합한 한자로, 이는 출산할 때 산모가 내는 소리를 의미합니다.

◆ 맡을 사(司): 이 역시 왕비 후(后.)자와 마찬가지로 여성이 아이를 출산하는 모습을 간단한 부호로 나타냈습니다.[41] 후에 출산과 관련된 일을 맡은 사람이란 의미로 사용되어 '벼슬'이란 의미가 된 것입니다. 속자는 다음과 같습니다.

詞: 알릴 사

▶ 속자 해설: 알릴 사(詞)자는 말씀 언(言)자와 출산 사(司)자가 결합한 한자로, 출산을 알린다는 의미를 나타냅니다.

◆ 오랠 구(久): 사람이 뒤에서 버티고 있는 모습입니다.[42] 혹자는

---

40) 『에로스와 한자』 8장 출산, 탯줄, 양육과 한자 편 참고.
41) 『에로스와 한자』 8장 출산, 탯줄, 양육과 한자 편 참고.
42) 『설문』 : 久, 以後灸之.

뜸 구(灸)자에 오랠 구(久)자가 있는 점으로 미루어, 사람의 몸에 질병이 있어 등에 뜸을 뜨는 모습이라고 해석하기도 합니다. 속자는 없습니다.

꿈 몽(瘳. 夢. 7-1)	병들어 기댈 녁 (疒. 7-14)	말 물(勿. 8-354)

◆ 꿈 몽(瘳. 夢): 그림문자에는 눈을 뜬 사람이 침대에 누워 있는 모습도 보이고, 임신한 사람이 침대에 누워 있는 모습도 보입니다. 눈을 뜨고 잠을 잔다는 것은 잠자면서 본다는 것으로 '꿈'을 의미합니다. 혹은 침대에 누워 '임신하기를 꿈꾸다'는 것을 의미하기도 합니다. 꿈 몽(瘳)자는 지금은 집 면(宀)자와 침상 장(爿)자가 결합한 '疒'이 빠진 몽(夢)자를 사용합니다. 꿈 몽(夢)자를 분석하면, 저녁에(夕) 이불을 덮고(冖) 잠을 자면서 본다(苎)가 됩니다. 속자는 다음과 같습니다.

寪: 아이가 울 홀   癮: 잠꼬대 예   痲: 놀랄 병
瘷: 잠이 깊이 들 미   寤: 깰 오   寐: 잠잘 매
癮: 잘 침

◆ 병들어 기댈 녁(疒): 사람이 침상에 누워 있는 모습입니다. 사람 옆에 있는 점들은 땀 혹은 피 등으로, 아픈 사람을 나타냅니다. 속

자는 다음과 같습니다.

疾: 병 질   痛: 아플 통   病: 병 병
瘳: 나을 추   癡: 어리석을 치

▶ 속자 해설: 병 질(疾)자의 그림문자(𤺃, 𤵸)는 화살에 맞아 상처를
  입은 사람이 침상에 누워 있는 모습입니다.

◆ 말 물(勿): 병들어 기댈 녁(疒)자의 그림문자(𤶪)로 볼 때, 말 물
  (勿. 𠕁)자는 사람이 상처를 입어 피를 흘리는 모습으로 해석할 수
  있습니다. 그러므로 사람이 다쳤기 때문에 '더 이상 아프게 하지
  말라'는 금지(禁止)를 나타낸 것으로 유추해 볼 수 있습니다. 속자
  는 다음과 같습니다.

昜(陽): 볕 양

▶ 속자 해설: 볕 양(昜. 陽)자의 그림문자(𣇃, 𣆶, 𣆚, 𣆷)는 땅 위로 해
  가 떠오르는 모습인 아침 단(旦)자와 그림자 모양이 결합한 형태
  입니다. 그러므로 볕 양(昜. 陽)자는 말 물(勿)자와는 관계가 없습
  니다.

5. 어린 아이의 모습

𩫓 𩫓 𩫓	𠫓
자식 자(子. 10-1065)	빠져나올 돌(𠫓. 10-1101)

◆ 자식 자(子): 영아(嬰兒)의 특징(신체에 비해 머리가 큼)을 자세히 묘사했습니다. 속자는 다음과 같습니다.

孕: 아이 밸 잉　　　 挽: 아이를 낳을 면　　　 字: 글자 자
𣪏: 젖 누　　　 孿: 쌍둥이 련　　　 孺: 젖먹이 유
季: 끝 계　　　 孟: 맏 맹　　　 孽: 서자 얼
孳: 많이 나을 자　　　 存: 있을 존　　　 疑: 의심할 의
孤: 외로울 고

▶ 속자 해설: 아이 밸 잉(孕)자의 그림문자(𦎫)는 여성이 임신한 모습입니다. 맏 맹(孟)자는 모계씨족사회에서 부계씨족사회로 넘어오면서 여성이 '첫 번째'로 낳은 자식은 누구의 자식인지 여부를 확인할 수 없어 영아(子)를 가마솥(皿)에 넣고 산신께 제사를 올리는 모습을 그린 것입니다. 있을 존(存)자는 '자식(子)이 무탈한지(在) 근심하여 묻다'는 의미입니다.[43]

◆ 빠져나올 돌(𠫓): 자식 자(子)를 거꾸로 한 모습으로, 태아가 어머니 자궁에서 '갑자기' 밖으로 빠져나오는 모습을 묘사한 것입니다.[44] 속자는 다음과 같습니다.

---

43)『설문』: 存, 恤問也. 从子才聲.
44)『설문』: 𠫓, 不順忽出也. 从到子. 他骨切.

育: 기를 육   疏: 트일 소

▶ 속자 해설: 기를 육(育)자의 그림문자(🦤)는 어머니가 자식을 낳
는 모습이고, 트일 소(疏)자의 소전체(䔉)는 어머니 자궁에서 영
아가 다리까지 다 빠져나온 모습입니다.[45]

𠒆	𣥠
마칠 료(了. 10-1096)	가련할 전(孨. 10-1098)

◆ 마칠 료(了): 자식 자(子)자와 달리 팔이 움직이지 않는 모습입니
다. 이는 죽은 영아를 나타내기 때문에 '죽다, 마치다'는 의미가
된 것입니다. 속자는 다음과 같습니다.

孑: 외로울 혈   孓: 짧을 궐

◆ 가련할 전(孨): 자식 자(子)자 세 개를 결합하여 '많은 자식이 한
꺼번에 태어난 것'을 나타냈습니다. 그러면 그 가운데 어머니 젖
을 먹지 못하는 자식도 있겠죠? 그래서 '가련하다'는 의미가 생긴
것입니다. 속자는 다음과 같습니다.

孱: 나약할 잔   孴: 자식이 왕성한 모양 의

---

45) 『에로스와 한자』 8장 출산, 탯줄, 양육과 한자 편 참고.

3. 인체 1

머리, 얼굴, 귀, 눈, 코, 수염, 입, 혀, 치아

3. 인체 1

머리, 얼굴, 귀, 눈, 코, 수염, 입, 혀, 치아

1. 머리

머리 혈(頁. 8-1)	머리를 거꾸로 매달 교(県. 8-47)

◆ 머리 혈(頁): 꿇어앉은 사람의 머리 모습을 구체적으로 그렸습니
다. 속자는 다음과 같습니다.

頭: 머리 두	顔: 얼굴 안	頌: 기릴 송
顚: 꼭대기 전	頂: 정수리 정	題: 표제 제
額: 이마 액	頸: 목 경	領: 옷깃 령
項: 목 항	頒: 나눌 반	願: 원할 원
碩: 클 석	頑: 완고할 완	頷: 턱 함
顧: 돌아볼 고	順: 순할 순	頗: 자못 파

顯: 나타날 현

◆ 머리를 거꾸로 매달 교(県): 눈썹을 눈 밑으로 그려 머리가 거꾸
로 매달린 모습을 나타냈습니다.[1] 속자는 다음과 같습니다.

縣: 매달 현

▶ 속자 해설: 매달 현(縣)자의 그림문자(ᵇ)는 줄로 사람의 머리를
거꾸로 매단 모습입니다.

머리 수(百. 8-37)	머리 수(首. 8-41)

◆ 머리 수(百): 머리 혈(頁)자의 그림문자(ᵇ)에서 '머리'만 그린 모
습입니다. 속자는 다음과 같습니다.

䭉: 안색이 부드러울 유

◆ 머리 수(首): 이 역시 머리 수(百)와 마찬가지로 '머리'를 그린 모
습입니다. 속자는 다음과 같습니다.

䭣: 헤아릴 계

---

1) 『설문』: 県, 到首也. 賈侍中說: 此斷首到縣県字. 古堯切.

▶ 속자 해설: 헤아릴 계(䁴)자의 그림문자(👁)는 눈을 크게 뜬 사람이 수저로 음식을 떠서 입으로 맛보는 모습으로 '눈으로 혹은 맛으로 무엇인지 알아맞히다'는 의미입니다.

2. 얼굴, 귀, 눈

얼굴 면(面. 8-38)	가릴 면(丏. 8-40)	귀 이(耳. 9-565)

◆ 얼굴 면(面): 얼굴 윤곽과 얼굴을 대표하는 기관인 눈을 그린 모습입니다. 속자는 다음과 같습니다.

靦: 부끄러워할 전   酺: 뺨 보   醮: 여윌 초
靨: 보조개 엽

◆ 가릴 면(丏): 사람의 얼굴 위에 물건이 있는 모습을 그려, 얼굴 위에 있는 물건 때문에 가로막혀 보이지 않음을 나타냈습니다. 속자는 없습니다. 가릴 면(丏)자가 결합된 한자 가운데 애꾸눈 면(眄)자가 있는데, 이는 눈 한쪽이 가려진 것을 나타냅니다.

◆ 귀 이(耳): 귀 모양입니다. 부수로 쓰일 때는 '귀, 듣다'는 의미가 됩니다. 속자는 다음과 같습니다.

耽: 즐길 탐	耿: 빛날 경	聯: 이을 연
聊: 즐길 료	聖: 성스러울 성	聰: 귀 밝을 총
聽: 들을 청	聆: 들을 령	職: 벼슬 직
聞: 들을 문	聘: 찾아갈 빙	聳: 솟을 용
聲: 소리 성	聾: 귀머거리 롱	聱: 말을 듣지 아니할 오
聑: 편안할 접	聶: 소곤거릴 섭	

▶ 속자 해설: 성스러울 성(聖)자의 그림문자(ྊ, ྌ)를 보면, 사람이 귀를 세워 꿇어앉은 모습 혹은 사람이 귀를 세워 꿇어앉아 말하는 모습을 그린 것이었는데, 후에 높은 곳에 오른 사람의 모습을 나타낸 정(壬)자가 결합했음을 알 수 있습니다. 그러므로 성스러울 성(聖)자는 사람이 높은 곳에 올라서 자연의 소리를 듣고 그것을 다른 사람들에게 정확하게 해석해주는 사람이라고 해석할 수 있습니다. 들을 청(聽)자의 그림문자(ྐ)는 입 구(口)자 2개와 귀 이(耳)자가 결합하여, 많은 사람들의 이야기를 듣는다는 것을 나타내고, 소리 성(聲)자의 그림문자(ྒ)는 돌을 두드리면서 울려나오는 소리를 듣는 모습이며, 들을 문(聞)자의 그림문자(ྖ)는 사람이 앉아서 말하는 소리를 듣는 모습입니다.

눈 목(目. 3-778)	두리번거릴 구 (眲. 4-1)	눈이 바르지 않을 결 (苜. 4-148)

◆ 눈 목(目): 눈 모양입니다. 부수로 쓰일 때는 '눈, 보다'는 의미가

됩니다. 속자는 다음과 같습니다.

眸: 눈동자 모	盲: 소경 맹	瞥: 언뜻볼 별
睡: 잘 수	眷: 돌아볼 권	督: 살펴볼 독
睎: 바라볼 희	看: 볼 간	相: 서로 상
睢: 부릅떠볼 휴	眢: 소경 완	瞏: 놀라서 볼 경
睦: 화목할 목	眩: 아찔할 현	眼: 눈 안
瞻: 볼 첨		

▶ 속자 해설: 소경 맹(盲)자는 눈(目)이 안 보이는 것(亡)이 결합한 한자이고, 잠잘 수(睡)자는 눈꺼풀(目)을 아래로 늘어뜨린 것(垂)이 결합한 한자이며, 볼 간(看)자는 손(手)을 눈(目) 위에 얹어 멀리 바라보는 모습을 나타낸 한자입니다.

◆ **두리번거릴 구**(䀠): 두 눈을 부릅뜨고서 좌우를 살피는 모습입니다. 속자는 다음과 같습니다.

𥇛: 눈 주위 권[2]

◆ **눈이 바르지 않을 결**(𥄕): 눈이 바르지 않은 모양을 나타냈다고 하는데,[3] 분명치 않습니다. 속자는 다음과 같습니다.

瞢: 어두울 몽　　蔑: 업신여길 멸

2)『설문』: 𥇛, 目圍也. 从䀠, 乚. 讀若書卷之卷. 古文以爲醜字. 居倦切.

3)『설문』: 𥄕, 目不正也. 从𦫳从目. 莧从此. 讀若末. 徒結切.

▶ 속자 해설: 업신여길 멸(蔑)자의 그림문자(🐾)는 사람의 눈(🐾)에 무기(🐾)로 상처를 입히는 모양으로, 고대사회에서는 노예들의 눈에 상처를 입혀 도망칠 수 없도록 했습니다. 눈에 상처가 난 사람들은 대부분 노예들이므로 이러한 노예들을 '업신여기다'라는 의미를 나타냅니다.

신하 신(臣. 3-521)	눈썹 미(眉. 4-5)

◆ 신하 신(臣): 이 역시 눈 목(目)자와 마찬가지로 눈 모습입니다. 그러므로 어찌하여 '신하'란 의미가 되었는지 불분명합니다. 혹자는 주인 앞에서 감히 눈을 들지 못하고 머리를 숙이니 눈이 마치 세로로 선 것과 같다고 했는데 참고할 만합니다. 신(臣)자는 '신하'란 의미 외에도 '눈으로 보다'는 의미로도 사용됩니다. 예를 들면, 대야에 있는 물에 자신의 모습을 비춰 보는 모습을 그린 볼 감(監)자, 높은 곳에 올라 달을 바라보는 모습을 나타낸 보름 망(望)자에서의 '신(臣)'자는 눈 목(目)자의 변형으로 '보다'는 의미를 나타냅니다. 속자는 다음과 같습니다.

臦: 어그러질 광   臧: 착할 장

▶ 속자 해설: 착할 장(臧)자의 그림문자(🐾)는 침상(🐾)과 무기(🐾) 그리고 입(🐾)이 결합한 모습으로, 착할 장(臧)자에서의 신(臣)자

는 입 구(口)자의 변형임을 알 수 있습니다. 이는 죄인에게 상처를 입혀서 죽이겠다고 위협하면 죄인들은 온순해진다는 것을 나타낸 한자입니다.

◆ **눈썹 미**(眉): 눈 위에 자란 눈썹 모습입니다. 속자는 다음과 같습니다.

省: 살필 성

▶ 속자 해설: 살필 성(省)자의 그림문자(♨)는 날 생(生)자와 눈 목(目)자가 결합한 모습으로, 이는 눈에서 빛이 생길 정도로 깊이 관찰하는 것을 나타냅니다.

엎드릴 와(臥. 7-538)	볼 견(見. 7-764)	아울러 볼 요(覞. 7-786)

◆ **엎드릴 와**(臥): 눈을 크게 뜨고 꿇어앉은 사람의 모습으로, 와(臥)자에서의 신(臣)자 역시 눈 목(目)자의 변형입니다. 속자는 다음과 같습니다.

監: 볼 감   臨: 임할 림   齧: 깨지락거리며 먹을 녁

▶ 속자 해설: 볼 감(監)자의 그림문자(♨)는 사람이 꿇어앉아 그릇

에 담긴 물로 자신의 얼굴을 살피는 모습이고, 임할 림(臨)자의 그림문자(鬣)는 자신의 모습을 살필 수 있는 곳에 도착한 모습입니다.

◆ 볼 견(見): 엎드릴 와(臥)자와 마찬가지로 눈을 크게 뜨고 꿇어앉은 사람의 모습입니다. 속자는 다음과 같습니다.

視: 볼 시	観: 볼 관	覨: 얻을 득
覽: 볼 람	覯: 만날 구	覺: 깨달을 각
親: 친할 친	覲: 뵐 근	

▶ 속자 해설: 친할 친(親)자는 자식의 출산 모습(亲)을 두 눈으로 직접 볼 수 있는(見) 사람인 부모님을 뜻합니다.[4]

◆ 아울러 볼 요(覞): 볼 견(見)자 두 개를 결합하여 여러 개를 한꺼번에 본다는 것을 나타냈습니다. 속자는 다음과 같습니다.

霸: 비를 피할 희

굳을 간(臤. 3-517)	사람을 통치할 혈(𡕛. 3-775)	백성 민(民. 9-906)

◆ 굳을 간(臤): 손으로 다른 사람의 눈을 잡은 모습입니다. 이러한

---

[4] 『에로스와 한자』 7장 임신과 한자 편 참고.

행동은 노예로 만드는 방법 가운데 하나였고, 또한 노예를 '굳세고 강하게' 통치하기 위한 수단이기도 했습니다. 속자는 다음과 같습니다.

緊: 굳게 얽을 긴　　　堅: 굳을 견　　　　竪: 더벅머리 수

◆ **사람을 통치할 혈(臤):** 굳을 간(臤)자와 마찬가지로 손으로 다른 사람의 눈을 잡은 모습 혹은 다른 사람의 눈을 때리는 모습입니다. 이는 노예를 학대하며 노예에게 '일을 시키다'는 의미를 나타냅니다.[5] 속자는 다음과 같습니다.

夐: 멀리 바라볼 형　　　臩: 눈 내리깔고 볼 문

◆ **백성 민(民):** 날카로운 도구로 다른 사람의 눈을 찌르는 모습으로, 이 역시 노예로 만드는 방법이었습니다. 그러므로 민(民)자는 처음에는 '노예'를 의미했으나 후에 '백성'이란 의미를 지니게 되었습니다. 속자는 다음과 같습니다.

氓: 백성 맹

---

5)『설문』: **臤**, 擧目使人也. 讀若閩. 火劣切.

3. 코, 수염

자기 자(自. 4-16)	코 지(白. 4-22)	코 비(鼻. 4-46)

◆ 자기 자(自): 코 모습이지만, '스스로'라는 뜻을 나타냅니다. 현대 중국인들은 자신을 가리킬 때 일반적으로 '자신의 코'를 가리키는 것으로 보아, 과거에도 그렇게 했을 것으로 유추할 수 있습니다. 그러므로 코를 그린 스스로 자(自)는 곧 자기자신(自己自身)을 의미하게 되었습니다. 자(自)는 '스스로'라는 의미로 사용되어 버렸기 때문에 이에 자(自)자의 본래 의미를 나타내기 위해서 자(自)자에 줄 비(畀)자를 더하여 코 비(鼻)자를 새롭게 만들게 되었습니다. 속자는 다음과 같습니다.

帉: 집이 안보일 면6)

◆ 코 지(白): 이 역시 코 모습입니다.7) 속자는 다음과 같습니다.

皆: 모두 개   魯: 노둔할 로   者: 놈 자
疇: 누구 주   智: 슬기 지   百: 일백 백

▶ 속자 해설: 모두 개(皆. 𥣫)자, 노둔할 로(魯. 𩲯)자, 놈 자(者. 𣥐)자, 슬기 지(智. 𣉻. 𥏻)자에서의 백(白)자와 일(日)자는 모두 '입,

---

6) 『설문』: 帉, 宮不見也. 武延切.
7) 『설문』: 白, 此亦自字也. 省自者, 詞言之气, 从鼻出, 與口相助也. 疾二切.

말하다'와 관계있습니다.

◆ **코 비(鼻)**: 코 비(鼻)자는 코를 그린 자(自)자와 소리를 나타내는 비(畀)자를 결합하여 만든 형성문자지만, 원래는 코 모습입니다. 부수로 사용될 때는 '코, 냄새를 맡다, 숨 쉬다'는 의미를 나타냅니다. 속자는 다음과 같습니다.

齅: 냄새 맡을 후　　鼾: 코 골 한　　鼽: 코 막힐 구
齂: 누워 숨 쉴 희

수염 수(須. 8-50)	수염 이(而. 8-368)

◆ **수염 수(須)**: 얼굴(頁) 혹은 코(自) 옆에 난 털(彡)을 그린 모습입니다. 속자는 다음과 같습니다.

頿: 코밑수염 자　䫇: 구레나룻 염　𩓐: 머리나 수염이 짧은 모양 비

◆ **수염 이(而)**: 수염 모습입니다. 하지만 지금은 '말을 잇다'는 의미로 사용됩니다. 속자는 다음과 같습니다.

耏: 구레나룻 깎을 내

수염 염(冄. 8-364)	아래턱 이(𦣞. 9-598)

◆ 수염 염(冄): 콧수염이 두 갈래로 갈라져 부드럽게 아래로 드리워진 모습입니다.[8] 속자는 없습니다. 염(冄)자는 염(冉)자로 사용됩니다. 염(冄)자 혹은 염(冉)자가 결합된 한자는 녹나무 남(柟)자, 나라이름 나(那)자, 구레나룻 염(顄)자, 길고 가냘픈 모양 염(姌)자, 비단뱀 염(蚺)자, 거북껍질 염(𪓐)자 등입니다.

◆ 아래턱 이(𦣞): 수염이 있는 아래턱 모습입니다.[9] 속자는 다음과 같습니다.

𦣞: 성장할 이

4. 입, 혀, 치아

입 구(口. 2-1)	부르짖을 훤(吅. 2-153)

◆ 입 구(口): 입모양입니다. 부수로 쓰일 때는 '입, 말하다'는 의미를 나타냅니다. 하지만 여성생식기를 나타내는 부호로 사용되는 경

---

8)『설문』: 冄, 毛冄冄也. 象形.
9)『설문』: 𦣞, 頤也. 象形. 與之切.

우도 있습니다.[10] 속자는 다음과 같습니다.

噣: 부리 주	吻: 입술 문	吞: 삼킬 탄
咽: 목구멍 인	含: 머금을 함	哺: 먹을 포
呼: 부를 호	吸: 숨 들이쉴 흡	吹: 불 취
吾: 나 오	舌: 입을 막을 과	哲: 밝을 철
君: 임금 군	命: 목숨 명	咨: 물을 자
召: 부를 소	問: 물을 문	唯: 오직 유
唱: 노래 창	和: 화할 화	哉: 어조사 재
咠: 참소할 집	台: 기쁠 이	启: 열 계
咸: 다 함	噞: 많을 탐	呈: 드릴 정
右: 오른쪽 우	吉: 좋을 길	周: 두루 주
唐: 당나라 당	吐: 토할 토	吃: 말 더듬을 흘
叱: 꾸짖을 질	噴: 뿜을 분	吒: 꾸짖을 타
呻: 끙끙거릴 신	吟: 읊을 음	叫: 부르짖을 규
嘆: 탄식할 탄	喝: 꾸짖을 갈	吝: 아낄 린
局: 판 국	各: 각각 각	否: 아닐 부
哀: 슬플 애	咼: 입 비뚤어질 와	台: 산 속의 늪 연
售: 팔 수	喫: 마실 끽	喚: 부를 환
嘲: 비웃을 조	呀: 입 벌릴 하	

▶ 속자 해설: '舌'은 모양이 혀 설(舌)과 같지만 여기에서는 입 막을 과(舌)자입니다.[11] 그러므로 '舌'은 '설, 괄, 화, 활'등으로 발음됨을 알 수 있습니다. 예를 들면 다음과 같습니다.

---

10) 『에로스와 한자』 2장 여성과 한자 2편 참고.
11) 『설문』: 舌, 塞口也. 从口, 舌省聲. 古活切.

絬: 사복 설　　　栝: 노송나무 괄　　括: 묶을 괄
鴰: 재두루미 괄　　銛: 끊을 괄　　　　适: 빠를 괄
苦: 괄루 괄　　　　鬠: 머리 묶을 괄　　秳: 제사 활
梧: 나무이름 괄　　骺: 뼈끝 괄　　　　佸: 힘쓸 괄
頢: 짤막한 얼굴 괄　刮: 깎을 괄　　　　聒: 떠들썩할 괄
活: 살 활　　　　　秳: 무거리 활　　　姡: 교활할 활
話: 말할 화

　　그리고 기쁠 이(台)자, 좋을 길(吉)자, 아낄 린(㐸)자, 두루 주(周)자
등에서의 '口'는 '입'이 아니라 '여성생식기를 나타내는 부호'로 쓰입니
다.12)

　　◆ 부르짖을 훤(吅): 입 구(口)자 두 개를 결합하여 '놀라서 부르짖
　　다'는 의미를 나타냈습니다. 속자는 다음과 같습니다.

嚴: 엄할 엄　　　　　咢: 놀랄 악　　　　單: 홑 단
丗: 닭 부르는 소리 주

　　▶ 속자 해설: 홑 단(單)자의 그림문자(ꙮ)로 볼 때, 이것은 사냥 도
　　구를 그린 것이거나 혹은 매미(蟬)를 그린 것으로 보기도 합니다.

---

12) 『에로스와 한자』 2장 여성과 한자 2편, 6장 에로스와 한자 2편 참고.

많은 소리 품(品. 2-615)	여러 사람의 입 질(㗊. 2-643)

◆ 많은 소리 품(品): 입 구(口)자 세 개를 결합하여 '많은 소리'를 나타냈습니다. 속자는 다음과 같습니다.

喦: 다툴 엽   㗊: 떠들썩하게 울 소

◆ 여러 사람의 입 질(㗊): 입 구(口)자 네 개를 결합하여 '여러 사람의 입, 시끄러운 소리'를 나타냈습니다. 속자는 다음과 같습니다.

嚚: 어리석을 은   囂: 와자지껄 소리 효   㗊: 크게 부르짖을 교
器: 그릇 기

▶ 속자 해설: 그릇 기(器)자의 그림문자(🐕)자는 개 견(犬)자와 여러 사람의 입 질(㗊)자가 결합한 것으로 보아 개가 큰 소리로 짖으면서 '중요한 그릇'을 지키는 것을 나타낸다고 했는데,[13] 어찌하여 이렇게 했는지 분명치 않습니다.

입 벌릴 감(凵. 2-151)	달 감(甘. 4-765)

---

[13] 『설문』: 器, 皿也. 象器之口, 犬所以守之.

◆ 입 벌릴 감(凵): 입을 벌린 모양인지 혹은 구덩이 모양인지 불분명합니다. 속자는 없습니다.

◆ 달 감(甘): 입안(ㅂ)에 고인 침(•)을 그렸습니다. 달고 맛있는 음식을 보면 입안에 침이 고이기 때문에 '달다'는 의미를 나타낸 것입니다. 속자는 다음과 같습니다.

甜: 달 첨   猒: 물릴 염   甚: 심할 심

▶ 속자 해설: 물릴 염(猒)자의 그림문자(猒)는 개고기를 많이 먹어서 더 이상 먹을 수 없음을 나타냈고, 심할 심(甚)자의 그림문자(甚)는 맛있는 음식을 숟가락으로 입안에 담는 모양을 그린 것으로 원래는 '편안하고 즐겁다'는 의미였는데,[14] 그 정도가 매우 심하여 '심하다'는 의미가 되었습니다.

가로 왈(曰. 5-1)	맛있을 지(旨. 5-68)

◆ 가로 왈(曰): 달 감(甘)자와는 달리 이것은 입 밖에 침(•)이 있는 것을 그려 입 밖으로 소리가 나가는 것을 나타냈습니다. 속자는 다음과 같습니다.

---

14)『설문』: 甚, 尤安樂也.

曷: 어찌 갈　　　智: 새벽 물　　　朁: 일찍이 참
沓: 유창할 답　　　曹: 마을 조

▶ 속자 해설: 어찌 갈(曷)자는 태양(日) 아래서 사람이 죽을 정도로 (亡) 목말라 몸이 구부려진 상태(勹)를 나타낸 한자로, '무더워서 어찌할 바를 모르다'는 뜻을 나타냅니다. 물마시고 싶은 상황을 나타낸 한자는 물 수(氵. 水)자를 더한 목마를 갈(渴)자입니다. 새벽 물(智)자는 그림문자(彗)로 볼 때, 손으로 말을 끄집어내듯이 재빨리 말하는 것을 나타냅니다. '빠르다'는 의미로부터 '새벽'이란 의미로 확대된 것으로 보입니다. 마을 조(曹)자는 그림문자(譬)로 볼 때, 임신한 사람(東)[15]들이 많이 모여 사는 곳을 나타냅니다. 그래서 '마을, 무리, 군중'이란 의미를 갖게 된 것입니다.

◆ 맛있을 지(旨): 숟가락으로 맛있는 음식을 입에 떠 넣는 것을 그려 '음식을 맛보다'는 의미를 나타냈습니다. 속자는 다음과 같습니다.

嘗: 맛볼 상

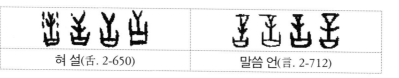

| 혀 설(舌. 2-650) | 말씀 언(言. 2-712) |

---

15)『에로스와 한자』7장 임신과 한자 편 참고.

3. 인체 1 131

◆ 혀 설(舌): 혀가 입 밖으로 나온 모양입니다. 속자는 다음과 같습니다.

舓: 혀로 핥을 지

◆ 말씀 언(言): 출산의 고통(辛)16)과 입(口)이 결합하여, '힘들고 고통스러운 일을 말하다'는 의미를 나타냈습니다. 속자는 다음과 같습니다.

謦: 기침 경	語: 말씀 어	談: 말씀 담
謂: 이를 위	諒: 믿을 량	請: 청할 청
謁: 아뢸 알	許: 허락할 허	諾: 대답할 낙
讎: 짝 수	諸: 모든 제	詩: 시 시
諷: 욀 풍	誦: 욀 송	識: 알 식
讀: 읽을 독	詳: 자세할 상	訓: 가르칠 훈
誨: 가르칠 회	譬: 비유할 비	諼: 천천히 말할 원
諭: 깨우칠 유	謀: 꾀할 모	謨: 꾀 모
訪: 찾을 방	論: 말할 론	議: 의논할 의
訂: 바로 잡을 정	譣: 간사한 말 험	詁: 주낼 고
藹: 열매 많이 열릴 애	謹: 삼갈 근	訪: 후할 잉
訊: 물을 신	信: 믿을 신	誠: 정성 성
誡: 경계할 계	諅: 경계할 기	諱: 꺼릴 휘
誥: 고할 고	詔: 고할 조	誓: 맹세할 서
試: 시험할 시	詮: 설명할 전	訢: 기뻐할 흔
說: 말씀 설	計: 꾀 계	諧: 화할 해
調: 고를 조	話: 말할 화	警: 경계할 경

---

16) 『에로스와 한자』 7장 임신과 한자 편 참고.

謐: 고요할 밀   謙: 겸손할 겸   設: 배풀 설

誎: 독촉할 속   護: 보호할 호   証: 증거 증

諫: 간할 간   諗: 고할 심   課: 매길 과

諺: 상말 언   講: 익힐 강   訥: 말 더듬을 눌

訹: 꾀일 수   詛: 저주할 저   䜌: 어지러울 련

誤: 그릇할 오   詿: 그르칠 괘   謬: 그릇될 류

譎: 속일 휼   詐: 속일 사   訟: 송사할 송

記: 기록할 기   譽: 기릴 예   謝: 사례할 사

詠: 읊을 영   訴: 하소연할 소   讓: 사양할 양

詰: 물을 힐   證: 증거 증   誰: 누구 수

討: 칠 토   譯: 통역할 역   謚: 웃을 익

譶: 말이 유창할 답   譜: 계보 보   謎: 수수께끼 미

誌: 기록할 지

말다툼할 경(誩. 3-128)	소리 음(音. 3-137)

◆ **말다툼할 경(誩)**: 말씀 언(言)자 두 개를 결합하여 서로 말로 다투
다는 의미를 나타냅니다. 속자는 다음과 같습니다.

譱: 착할 선   競: 겨룰 경   讟: 원망할 독

▶ 속자 해설: 착할 선(譱)자는 선(善)자로 쓰입니다. 이는 양(羊)족
사람들이 하는 말(言)을 나타냈는데 어찌하여 착하다는 의미가

된 것인지 분명치 않습니다. 양족 사람들과 관련된 한자는 옳을 의(義)자, 착할 선(善)자, 아름다울 미(美)자 등입니다.

◆ 소리 음(音): 말씀 언(言)자와 달리 이는 출산의 고통을 의미하는 신(辛)[17]자의 변형(立)과 달 감(甘)자가 결합한 것으로, '출산의 고통 이후에 편안하게 흘러나오는 소리'를 나타냅니다. 속자는 다음과 같습니다.

響: 울림 향	𠷎: 작은 소리 암	韶: 풍류 이름 소
章: 글 장	竟: 다할 경	韻: 운 운

이 치(齒. 2-554)	어금니 아(牙. 2-573)

◆ 이 치(齒): 원래는 입안의 이빨 모습이었으나, 전국(戰國)시대에 소리를 나타내는 지(止)가 결합하여 치(齒)자가 된 것입니다. 속자는 다음과 같습니다.

齗: 잇몸 은	齜: 이 갈 츤	齦: 깨물 간
齩: 깨물 교	齕: 깨물 흘	齬: 어긋날 어
齧: 물 설	齡: 나이 령	齸: 새김질할 익
齰: 뼈 씹는 소리 할	齝: 양 새김질할 세	齨: 노인의 이 구
齱: 이가 시릴 소	齰: 이가 가지런할 책	齜: 이 갈림 재

---

17) 『에로스와 한자』 7장 임신과 한자 편 참고.

◆ 어금니 아(牙): 어금니 모습입니다. 속자는 다음과 같습니다.

犄: 송곳니 기[18]   掌: 버팀목 탱

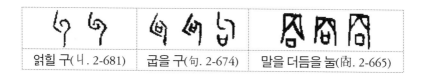		
얽힐 구(丩. 2-681)	굽을 구(句. 2-674)	말을 더듬을 눌(呐. 2-665)

◆ 얽힐 구(丩): 덩굴이 서로 얽혀 있는 모습입니다. 속자는 다음과 같습니다.

糾: 꼴 규

◆ 굽을 구(句): 입(口)을 얽어 맨(丩) 모습을 그려, 바른 말을 하지 못하도록 막는다는 의미를 나타냈습니다. 즉, '왜곡되게 말하다'는 의미입니다. 속자는 다음과 같습니다.

拘: 잡을 구   笱: 통발 구   鉤: 갈고리 구

◆ 말을 더듬을 눌(呐): 안 내(內)자와 입 구(口)자가 결합하여 말을 밖으로 내뱉지 못하고 입안에서만 우물거린다는 뜻을 나타냈습니다. 왜 말을 하지 못하는 것일까요? 그 이유는 성교(性交)와 관련된 음란한 말이기 때문입니다.[19] 속자는 다음과 같습니다.

---

18) 『설문』: 犄, 武牙也. 从牙从奇, 奇亦聲. 去奇切.
19) 『에로스와 한자』 5장 에로스와 한자 1편 참고.

矞: 송곳질할 율   商: 헤아릴 상

알릴 고(告. 1-753)	웃는 모양 각(谷. 2-660)	다만 지(只. 2-663)

◆ 알릴 고(告): 소 우(牛)자와 입 구(口)자가 결합하여 만들어진 한
  자입니다. 소는 비록 말을 못하지만 뿔로 입을 대신해 의사를 전
  하므로 '알리다'는 의미가 된 것이라고 합니다.[20] 하지만 갑골문
  에서 고(告)자는 제사이름으로 쓰인 점으로 미루어, 신께 제사를
  지낼 때 소를 잡아 올리면서 자신의 의사를 밝히고 신의 계시를
  받는 모습으로 볼 수도 있습니다. 속자는 다음과 같습니다.

嚳: 고할 곡

◆ 웃는 모양 각(谷): 입 위에 난 주름 모습입니다.[21] 즉, 주름이 생
  길 정도로 호탕하게 웃는 모습을 그린 것입니다. 속자는 다음과
  같습니다.

丙: 핥을 첨

▶ 속자 해설: 핥을 첨(丙)자의 그림문자(丙, 丙)는 입안에서 혀가 몇

---

20) 『설문』: 告, 牛觸人, 角箸橫木, 所以告人也. 从口从牛.
21) 『설문』: 谷, 口上阿也. 从口, 上象其理. 其虐切.

차례 움직인 모양이므로 '핥다'는 의미가 된 것입니다.

◆ 다만 지(只): 입 밑으로 공기가 빠져 나가는 모양이므로,22) '말을
끝마쳤다'는 의미가 된 것입니다. 『시경(詩經)』과 『초사(楚辭)』
등 고대서적에 따르면 말을 끝마쳤을 때 사용하는 한자는 다만
지(只)자, 어조사 혜(兮)자, 어조사 의(矣)자 등입니다. 속자는 다
음과 같습니다.

𣁷: 소리 형23)

옳을 가(可. 5-38)	아파하는 소리 호 (号. 5-51)	거친 숨소리 혜 (兮. 5-42)

◆ 옳을 가(可): 곡괭이와 비슷한 농기구 혹은 무기를 어깨에 짊어진
모습 교(丂)자와 입 구(口)자가 결합하여, 힘든 일을 할 때 소리를
지르는 것은 '당연하다'는 것을 나타냈습니다. 속자는 다음과 같
습니다.

奇: 기이할 기   哿: 좋을 가   哥: 노래 가
叵: 어려울 파

---

22) 『설문』: 只, 語巳詞也. 从口, 象气下引之形.
23) 『설문』: 𣁷, 聲也. 从只甹聲. 讀若聲. 呼形切.

▶ 속자 해설: 어려울 파(叵)자는 옳을 가(可)자를 반대로 쓴 모습
(叵)입니다. 이를 통해 힘든 일을 할 때 소리를 지르지 않으면 일
이 더욱 어렵고 힘들어진다는 것을 나타냈습니다.

◆ 아파하는 소리 호(号): 이 역시 옳을 가(可)자와 마찬가지로 곡괭
이와 비슷한 농기구 혹은 무기를 어깨에 짊어진 모습 교(丂)자와
입 구(口)자가 결합한 형태로, 이는 힘든 일을 할 때 다쳐서 내는
소리를 나타냅니다. 속자는 다음과 같습니다.

號: 부르짖을 호

◆ 거친 숨소리 혜(兮): 곡괭이와 비슷한 농기구 혹은 무기를 어깨에
짊어진 모습 교(丂)자와 무엇인가 밖으로 분출되는 부호(丿)가 결
합한 모습으로, 이는 힘든 일을 할 때 입 밖으로 나오는 '헥헥' 거
리는 소리를 나타냅니다. 속자는 다음과 같습니다.

羲: 숨 희   乎: 어조사 호

▶ 속자 해설: 숨 희(羲)자와 어조사 호(乎)자는 모두 '거친 호흡'과
관계가 있습니다. 어조사 호(乎)자의 그림문자(丷, 丷)는 어조사
혜(兮)자의 그림문자와 같습니다. 그러므로 어조사 호(乎)자는
힘든 일을 할 때 길게 내뱉는 '후~' 소리를 나타냅니다.

숨소리 우(丂. 5-54)	숨 내쉴 교(丂. 5-29)	방향 방(方. 7-721)

◆ **숨소리 우(丂)**: 곡괭이와 비슷한 농기구 혹은 무기를 어깨에 짊어진 모습 교(丂)자 위에 부호 '➤'을 더하여 만든 문자로, 이는 힘든 일을 한 후 쉬면서 하늘을 향해 길게 숨을 쉬는 모습을 나타냅니다. 속자는 다음과 같습니다.

虧: 어그러질 휴   粤: 말 내킬 월   平: 평평할 평

▶ **속자 해설**: 평평할 평(平)자의 그림문자(乎)는 하늘을 향해 길게 숨을 내쉬면 호흡이 원상태로 회복되기 때문에 '호흡이 편안해져 정상적으로 되다'[24]는 뜻이 되었습니다.

◆ **숨 내쉴 교(丂)**: 곡괭이와 비슷한 농기구 혹은 무기를 어깨에 짊어진 모습으로, 이는 힘든 일을 할 때 나오는 호흡을 나타냅니다. 속자는 다음과 같습니다.

粤: 성급하게 말할 병   寧: 편안할 녕

▶ **속자 해설**: 편안할 녕(寧)자의 그림문자(寍, 寧)는 일을 열심히 하여(丂) 집안(宀)에 재물(皿)이 가득한 것을 느끼는 마음(心)이 결합된 모습입니다. 그래서 '마음이 편안하다'는 것을 의미하게 된

---

24)『설문』: 平, 語平舒也.

것입니다.

◆ **방향 방(方)**: 숨 내쉴 교(丂)자와 비슷한 모습으로, 이는 균형을 맞춘 짐을 사람의 어깨 위에 얹어 놓고 어딘가를 '향하여' 가는 모습이므로 '방향'이란 의미가 되었습니다. 속자는 다음과 같습니다.

㐰: 방주 항

4. 인체 2

한 손, 한 손으로 하는 손동작,
양 손, 양 손으로 하는 손동작, 발, 발동작

4. 인체 2

한 손, 한 손으로 하는 손동작,

양 손, 양 손으로 하는 손동작,

발, 발동작

1. 한 손

손 수(手. 9-601)	손 우(又. 3-374)

◆ 손 수(手): 다섯 개 손가락이 있는 손 모양입니다. 부수로 쓰일 때
는 일반적으로 '수(扌)'처럼 바뀌고, '손, 손으로 하는 행동'을 뜻
합니다. 속자는 다음과 같습니다.

掌: 손바닥 장   拇: 엄지손가락 무   指: 손가락 지

拳: 주먹 권　　　　推: 옮을 추　　　　排: 밀칠 배
拉: 꺾을 랍　　　　挫: 꺾을 좌　　　　扶: 도울 부
持: 가질 지　　　　摯: 잡을 지　　　　操: 잡을 조
據: 의거할 거　　　攝: 당길 섭　　　　接: 사귈 접
握: 쥘 악　　　　　招: 부를 초　　　　投: 던질 투
挑: 휠 도　　　　　把: 잡을 파　　　　提: 끌 제
捨: 버릴 사　　　　按: 누를 안　　　　控: 당길 공
措: 둘 조　　　　　插: 꽂을 삽　　　　擇: 가릴 택
捉: 잡을 착　　　　承: 받들 승　　　　扮: 꾸밀 분
損: 덜 손　　　　　失: 잃을 실　　　　拓: 주을 척
拾: 주을 습　　　　掇: 주을 철　　　　据: 일할 거
抉: 도려낼 결　　　摘: 딸 적　　　　　掉: 흔들 도
搖: 흔들 요　　　　揚: 오를 양　　　　擧: 들 거
掀: 치켜들 흔　　　揭: 들 게　　　　　振: 떨칠 진
扛: 들 강　　　　　援: 당길 원　　　　拔: 뺄 발
挺: 뺄 정　　　　　探: 찾을 탐　　　　揮: 휘두를 휘
摩: 갈 마　　　　　扔: 당길 잉　　　　括: 묶을 괄
技: 재주 기　　　　拙: 졸할 졸　　　　擊: 부딪칠 격
抗: 막을 항　　　　捕: 사로잡을 포　　挂: 그림족자 괘
拲: 수갑 공　　　　捷: 이길 첩　　　　扣: 두드릴 구
換: 바꿀 환　　　　掠: 노략질 할 략　 抛: 던질 포
摹: 베낄 모　　　　打: 칠 타

▶ 속자 해설: 잃을 실(失)자의 그림문자(𢎛)는 손 수(手)자와 새 을 (乙)자가 결합한 한자입니다.[1]

---

1)『설문』: 失, 縱也. 从手乙聲.

◆ 손 우(又): 손 수(手)자와 마찬가지로 손 모습이지만 다섯 개의 손가락을 생략하여 세 개만 그렸습니다. 속자는 다음과 같습니다.

右: 오른쪽 우 厷: 팔뚝 굉 叉: 깍지 낄 차
叉: 손톱 조 父: 아비 부 燮: 불꽃 섭
曼: 끌 만 夬: 깍지 결 尹: 다스릴 윤
厥: 닦을 쇄 及: 미칠 급 秉: 잡을 병
叔: 아재비 숙 反: 되돌릴 반 取: 취할 취
彗: 비 혜 叚: 빌 가 友: 벗 우
度: 법도 도

▶ 속자 해설: 아비 부(父)자는 손에 돌도끼를 든 모습으로 족장을 의미했으나, 후에 유교사상이 출현하면서 손에 회초리를 들고서 자식을 교육시키는 사람이란 뜻으로 변했습니다. 다스릴 윤(尹)자 역시 손에 몽둥이를 들고 있는 모습입니다. 미칠 급(及)자는 손으로 사람을 잡는 모습인데, 이를 통해 그 사람까지 '다다르다, 미치다'는 의미가 되었습니다. 잡을 병(秉)자는 손으로 벼를 잡은 모습이고, 되돌릴 반(反)자는 손 모양을 서로 반대되게 그려 '반대'란 의미가 되었습니다. 취할 취(取)자는 손으로 귀를 잡는다는 의미이고, 벗 우(友)자는 두 사람의 손이 서로 결합한 모습으로, 이는 서로 악수하는 것을 나타냅니다. 이들 한자 가운데 다스릴 윤(尹)자, 잡을 병(秉)자, 비 혜(彗)자를 통해 'ㅋ' 역시 손 모양임을 알 수 있습니다. 그러므로 'ㅋ'이 들어 있는 한자들, 예를 들면 붓 율(聿)자, 붓 필(筆)자, 일 사(事)자 등에서 'ㅋ'은 손과 관련이 있습니다.

왼손 좌(ナ. 3-458)	도울 좌(左. 4-732)

◆ 왼손 좌(ナ): 우(又)는 오른손, 좌(ナ)는 왼손 모습입니다. 속자는 다음과 같습니다.

卑: 낮을 비

▶ 속자 해설: 낮을 비(卑)자의 그림문자(𤰞)는 손에 일하는 도구를 들고 일하는 모습입니다. 일하는 사람은 지위가 낮은 사람이기 때문에 '낮다'는 의미가 된 것입니다.

◆ 도울 좌(左): 서주(西周)시기부터 공(工)자가 결합하여 사용되었습니다. 왼 손을 그린 'ナ(좌)'와 일을 하는 사람을 뜻하는 '공(工)'자가 결합하여, '일을 서로 돕다'는 의미를 나타냈습니다.[2] 후에 사람 인(人. 亻)자를 더하여 새로 좌(佐)자를 만들어 '돕다'는 의미를 나타냈기 때문에, 좌(左)는 '왼쪽'만을 의미하게 되었습니다. 속자는 다음과 같습니다.

差: 어긋날 차

▶ 속자 해설: 어긋날 차(差)자의 그림문자(𡍗)는 벼이삭이나 나뭇가지가 늘어진 모양(𠂹)과 도울 좌(左)가 결합하여 벼이삭을 털고

---

2)『설문』: 左, 手相左助也.

있는 모습을 나타낸 듯합니다. 벼이삭을 바라볼 때와 직접 벼이삭을 털고 나면 '차이'가 발생하기 때문에 '차이'란 의미로 사용되었던 것 같습니다.

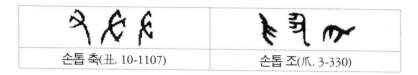

손톱 축(丑. 10-1107)	손톱 조(爪. 3-330)

◆ **손톱 축**(丑): 손가락에 자란 손톱 모습입니다. 속자는 다음과 같습니다.

肚: 팔꿈치 뉴   羞: 바칠 수

▶ 속자 해설: 바칠 수(羞)자의 그림문자(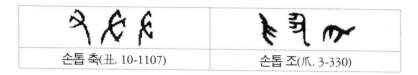)는 손으로 양을 잡은 모습으로, 이는 손으로 양고기를 잡고 바친다는 것을 보여줍니다.

◆ **손톱 조**(爪): 손톱 혹은 손을 아래로 드리운 모습입니다. 속자는 다음과 같습니다.

孚: 껍질 부   爲: 할 위

▶ 속자 해설: 껍질 부(孚)자의 그림문자()는 손으로 아이를 안고 있는 모습입니다. 아이를 안아 위로 들어 올리면 공중에 뜨기 때문에 '뜨다'는 의미로도 사용됩니다. 할 위(爲)자의 그림문자()

는 손으로 코끼리를 잡고 있는 모습으로 '코끼리에게 일을 시키다'는 의미를 나타냅니다.

흰 백(白. 7-215)	이백 벽(皕. 4-48)

◆ 흰 백(白): 촛불이나 등불의 심지 모양, 하얀 쌀 모양, 손톱 모양 등 견해가 다양합니다. 속자는 다음과 같습니다.

皎: 달빛 교   曉: 새벽 효   皙: 살결 흴 석
皤: 머리 센 모양 파   皬: 흴 학   皚: 흴 애
皅: 꽃흴 파   皎: 옥석 흴 교   皛: 나타날 효

◆ 이백 벽(皕): 일백 백(百)자 두 개를 결합하여 '이백'을 나타냈습니다. 속자는 다음과 같습니다.

奭: 클 석

▶ 속자 해설: 클 석(奭)자의 그림문자()는 성인 여성(大)의 풍만한 젖가슴을 사실적으로 묘사했습니다.[3]

---

3)『에로스와 한자』8장 출산, 탯줄, 양육과 한자 편 참고.

아홉 구(九. 10-892)	마디 촌(寸. 3-578)	자 척(尺. 7-687)

◆ **아홉 구**(九): 팔꿈치 모습으로 숫자 9를 나타냈는데, 이렇게 한 이유가 무엇인지 불분명합니다. '구'란 발음은 '구부러지다'와 관련되어 있습니다. 속자는 다음과 같습니다.

尰: 아홉 거리 규

◆ **마디 촌**(寸): 손에서 맥박이 뛰는 곳을 부호로 나타냈습니다. 갑골문에서는 길이를 나타낸 경우는 없고 모두 '손, 손동작'과 관계 있습니다. 속자는 다음과 같습니다.

寺: 절 사   將: 장차 장   尋: 찾을 심
專: 오로지 전   尃: 펼 부   導: 이끌 도

◆ **자 척**(尺): 무엇을 나타낸 것인지 불분명하지만, 시(尸)자에 부호를 표시한 것으로 볼 수 있습니다. 옛사람들은 몸의 각종 부위를 길이의 단위로 사용했습니다. 예를 들면, 사람의 손에서 10분(分)이 떨어진 곳은 동맥으로, 이곳을 촌구(寸口)라 합니다. 10촌(寸)은 1척(尺)입니다. 주(周)나라 제도에는 촌(寸), 척(尺), 지(咫), 심(尋), 상(常), 인(仞) 등의 측정단위가 사용되었는데, 이들은 모두 사람의 신체를 따른 것입니다.[4] 속자는 다음과 같습니다.

---

4) 『설문』 : 尺, 十寸也. 人手卻十分動脈爲寸口. 十寸爲尺. 尺, 所以指尺規榘事也. 周制, 寸, 尺, 咫, 尋, 常, 仞諸度量, 皆以人之體爲法.

㫳: 길이 지

2. 한 손으로 하는 손동작

칠 복(攴. 3-603)	가르칠 교(敎. 3-714)	놓을 방(放. 4-333)

◆ 칠 복(攴): 손(又)에 몽둥이(卜)를 들고 있는 모습입니다. 부수로
쓰일 때는 '치다, 두드리다, 손으로 하는 동작' 등의 의미를 나타
냅니다. 복(攴)자의 변형은 복(攵)입니다. 속자는 다음과 같습니다.

啟: 열 계	徹: 통할 철	肇: 칠 조
敏: 재빠를 민	敃: 강인할 민	敄: 힘쓸 무
整: 가지런할 정	效: 본받을 효	故: 옛 고
政: 정사 정	敷: 펼 부	數: 셀 수
更: 고칠 경	敕: 조서 칙	斂: 거둘 렴
敵: 원수 적	救: 건질 구	斁: 섞을 두
孜: 힘쓸 자	赦: 용서할 사	攸: 바 유
敞: 높을 창	改: 고칠 개	變: 변할 변
敗: 깨뜨릴 패	寇: 도둑 구	收: 거둘 수
鼓: 북 고	攷: 상고할 고	攻: 칠 공
牧: 칠 목	畋: 밭갈 전	敕: 채찍질할 책
敦: 도타울 돈		

▶ 속자 해설: 깨뜨릴 패(敗)자의 그림문자(𣏗)로 볼 때, 패(敗)자에서의 패(貝)는 솥 정(鼎)자의 변형임을 알 수 있습니다. 즉, 깨뜨릴 패(敗)는 손에 몽둥이를 들고 솥을 깨뜨리는 것을 말합니다.

◆ **가르칠 교(敎)**: 손에 몽둥이를 들고(攴) 아이(子)를 때리면서 효(爻)를 가르치는 모양입니다. 효(爻)란 무속인들이 점괘를 알아보기 위해 사용하는 도구입니다. 당시에는 나무 조각 4개를 사용했는데, 점을 칠 때 이 나무 조각이 서로 흩어진 모양을 그린 것이 효(爻)입니다. 효(爻)를 통해 인생의 전 과정과 선조들의 삶의 지혜를 배울 수 있었습니다. 속자는 다음과 같습니다.

斅: 배울 학

▶ 속자 해설: 배울 학(斅)자의 그림문자(𦥑, 𦥯)는 집에서 양손에 효(爻)를 들고 자신이 직접 던지면서 해 보는 것으로, 이는 실천을 통한 배움을 말합니다. 지금은 학(斅)자에서 복(攵)자를 생략하여 학(學)자를 사용합니다.

◆ **놓을 방(放)**: 균형을 맞춘 짐을 사람의 어깨 위에 얹어 놓은 모습(方)과 칠 복(攵)자가 결합한 것이므로, 이를 토대로 유추해보면 '짐을 다 꾸린 사람을 내쫓아버리는 것'으로 볼 수 있습니다. 속자는 다음과 같습니다.

敖: 멋대로 놀 오   敫: 노래할 교

▶ 속자 해설: 멋대로 놀 오(敖)자의 그림문자(𣝁, 𢼸)는 몽둥이를 들고 노인(耂)을 함부로 대하는 모습입니다. 그래서 '제멋대로 하다'는 의미가 된 것입니다.

𤴐𤴐𤴐𤴐	𡴂
역사를 기록할 사(史. 3-462)	가를 지(支. 3-489)

◆ 역사를 기록할 사(史): 손에 어떤 도구를 든 모습입니다. 어떤 도구인지 학자들의 의견이 분분합니다. 사냥도구로 보는 학자도 있고, 거북껍질 위에 구멍을 뚫는 도구로 보는 학자도 있으며, 붓이라고 보는 학자도 있습니다. 이 부분에 대해서는 더 많은 연구가 필요합니다. 속자는 다음과 같습니다.

事: 일 사

▶ 속자 해설: 일 사(事)자의 그림문자(𢀯)는 역사를 기록할 사(史)자와 매우 유사합니다. 역사를 기록하는 것이 가장 중요한 일이었으므로 '일'이란 의미로 사용된 듯합니다.

◆ 가를 지(支): 손에 대나무를 들고 있는 모습입니다. 혹자는 대나무 가지를 제거하는 모습으로 해석하기도 합니다. 속자는 다음과 같습니다.

敧: 기울 기

붓 엽(聿. 3-491)	붓 율(聿. 3-500)	그림 화(畫. 3-505)

◆ 붓 엽(聿): 손에 붓을 들고 있는 모습입니다.5) 속자는 다음과 같
   습니다.

肅: 공경하고 정중할 숙

◆ 붓 율(聿): 붓 엽(聿)자와 마찬가지로 손에 붓을 들고 있는 모습입
   니다. 속자는 다음과 같습니다.

筆: 붓 필   書: 쓸 서

▶ 속자 해설: 옛날에는 글을 칼로 새겼으나 불편함으로 인하여 나
   중에 털 묶음으로 바꾸고 윗부분은 대통으로 만들어 지금의 붓
   필(筆)자가 되었습니다. 쓸 서(書)자는 뜻을 나타내는 붓 율(聿)자
   와 소리를 나타내는 놈 자(者)자가 결합한 한자인데,6) 그림문자
   (書, 書) 역시 이와 같습니다. 특히 놈 자(者)자는 족적(足跡)을 분
   간한다는 의미로 볼 때, 쓸 서(書)자는 정확하게 기록하는 것으로

---

5) 『설문』 : 聿, 手之聿巧也. 从又持巾. 尼輒切.

6) 『설문』 : 書, 箸也. 从聿者聲.

볼 수 있습니다.

◆ 그림 화(畵): 손으로 붓을 잡고 그림을 그리는 모습입니다. 속자
는 다음과 같습니다.

晝: 낮 주

▶ 속자 해설: 낮 주(晝. 畫)자는 정확하게 기록하기 위해서는 깜깜
한 밤보다는 대낮이 용이하기 때문에 '낮'이란 의미가 생긴 것 같
습니다.

창 수(殳. 3-540)	있을 유(有. 6-504)

◆ 창 수(殳): 손에 무기를 든 모습입니다. 부수로 사용될 때는 '때리
다, 손으로 하는 동작' 등의 의미를 나타냅니다. 속자는 다음과 같
습니다.

杸: 팔모진 창 수 　　毅: 굳셀 의 　　　　毆: 때릴 구
殼: 내려칠 각 　　　殿: 큰집 전 　　　　殹: 앓는 소리 예
段: 구분 단 　　　　彀: 구부릴 구 　　　殽: 섞일 효
役: 부릴 역

◆ 있을 유(有): 손(彐. 又)에 고기(月)를 가지고 있는 모습입니다. 속

자는 다음과 같습니다.

爩: 빛날 욱　　　　　　龓: 함께 가질 롱

3. 양손

주고받을 포 (受. 4-337)	공손할 공 (収. 3-177)	끌어당길 판 (癶. 3-211)

◆ 주고받을 포(受): 한 손(爪)은 위에 있고 나머지 한 손(又)은 아래
에 있는 모습으로, 이는 서로 주고받는 것을 나타냅니다.[7] 속자
는 다음과 같습니다.

爰: 이에 원　　　　受: 받을 수　　　　爭: 다툴 쟁
寽: 취할 률　　　　敢: 감히 감

▶ 속자 해설: 감히 감(敢)자의 그림문자(𠭖)는 다른 사람의 물건을
빼앗아 자신의 입에 담아버리는 모습입니다. 그래서 '감히 ~하
다'는 의미를 나타내게 된 것입니다.

◆ 공손할 공(収): 두 손을 위로 들어 올린 모습입니다.[8] 이는 숭배

---

7) 『설문』: 受, 物落, 上下相付也. 从爪从又. 平小切.
8) 『설문』: 収, 竦手也. 今變隸作廾. 居竦切.

하거나 공경할 때 하는 동작이므로 '공손하다, 공손하게 들어 올리다, 공손하게 바치다'는 의미가 된 것입니다. 부수로 사용될 때에는 일반적으로 '廾'처럼 바뀝니다. 속자는 다음과 같습니다.

奉: 받들 봉   丞: 도울 승   奐: 빛날 환
弇: 덮을 엄   弄: 그만둘 이   弄: 희롱할 롱
戒: 경계할 계   兵: 군사 병   龔: 공손할 공
弈: 바둑 혁   具: 갖출 구

◆ 끌어당길 판(𢌳): 공손할 공(𠬞)자는 양손 모습이 같지만 끌어당길 판(𢌳)자는 양손이 서로 등진 모습입니다. 이는 서로 반대로 잡아당기는 것을 나타냅니다.[9] 속자는 다음과 같습니다.

樊: 울타리 번   攣: 이룰 련

ㅂ	𦥑	〉〈ノL
깍지 낄 구(臼. 3-239)	마주 들 여(舁. 3-227)	팔 팔(八. 1-620)

◆ 깍지 낄 구(臼): 양손으로 서로 깍지를 낀 모습입니다.[10] 속자는 다음과 같습니다.

要: 구할 요

---

9) 『설문』: 𢌳, 引也. 从反廾. 今變隷作大. 普班切.

10) 『설문』: 臼, 叉手也. 居玉切.

▶ 속자 해설: 구할 요(要)자의 그림문자(𦥸)로 볼 때 여성이 양손으로 무엇인가를 벌리는 모습으로, 이는 남성을 유혹하는 적극적인 여성을 나타낸 것입니다.[11]

◆ 마주 들 여(舁): 두 사람(네 개의 손)이 서로 무엇인가를 같이 드는 모습입니다. 속자는 다음과 같습니다.

與: 줄 여   興: 흥분할 흥

▶ 속자 해설: 흥분할 흥(興)자는 남녀가 사랑을 나눌 때 최고로 흥분한 상태에서 하는 행동입니다.[12]

◆ 팔 팔(八): 양 팔 모습으로, '팔'이란 발음은 '양 팔'이란 발음에서 나온 것입니다. 양 팔은 신체를 중심으로 서로 나뉘어 있기 때문에 '나누다'는 의미가 된 것입니다. 속자는 다음과 같습니다.

分: 나눌 분	曾: 일찍 증	尚: 오히려 상
�: 드디어 수	詹: 이를 첨	介: 끼일 개
公: 공변될 공	必: 반드시 필	余: 나 여

---

11) 『에로스와 한자』 6장 에로스와 한자 2편 참고.
12) 『에로스와 한자』 5장 에로스와 한자 1편 참고.

4. 양 손으로 하는 손동작

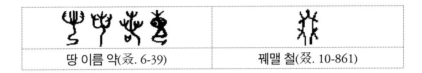

땅 이름 약(叒. 6-39)	꿰맬 철(叕. 10-861)

◆ 땅 이름 약(叒): 사람이 꿇어앉아 두 손으로 머리를 빗고 있는 모습입니다. 땅 이름 약(叒)자의 그림문자와 비슷한 그림문자는 같을 약(若)자의 그림문자(￦)란 사실에 입각하여 약(叒)자와 약(若)자는 같은 글자라고 주장하기도 합니다. 속자는 다음과 같습니다.

桑: 뽕나무 상

▶ 속자 해설: 뽕나무 상(桑)자의 그림문자(￦)는 약(叒)자와는 상관없이 단지 뽕나무 모습입니다.

◆ 꿰맬 철(叕): 손(又) 네 개가 서로 깍지 낀 모습으로 서로 꿰매어 연결된다는 것을 나타냈습니다.[13] 속자는 다음과 같습니다.

綴: 실로 꿰맬 철

---

13)『설문』: 叕, 綴聯也.

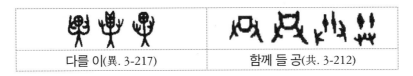

다를 이(異. 3-217)	함께 들 공(共. 3-212)

◆ **다를 이(異)**: 얼굴에 가면을 쓰고 있는 이상하고 특이한 사람입니다. 속자는 다음과 같습니다.

戴: 머리에 올려놓을 대

◆ **함께 들 공(共)**: 양 손으로 물건을 들고 있는 모습을 그려 '바치다, 공동으로'란 의미를 나타냈습니다. 속자는 다음과 같습니다.

龔: 공손할 공

▶ 속자 해설: 공손할 공(龔)자는 용을 양손으로 바치는 모습입니다. 여기에서 용은 갓 태어난 새로운 생명체를 말합니다.[14]

호미 진	새벽 신	요 욕
(辰. 10-1121)	(晨. 晨. 3-241)	(蓐. 1-589)

◆ **호미 진(辰)**: 사람이 손으로 호미를 잡고 있는 모습으로 보기도 하고, 혹은 누에고치와 비슷한 벌레 모습으로 보기도 하며, 혹은

---

14) 『에로스와 한자』 7장 임신과 한자 편 참고.

辱: 욕되게 할 욕

손으로 누에고치를 잡는 모습으로 보기도 합니다.15) 속자는 다음
과 같습니다.

▶ 속자 해설: 욕되게 할 욕(辱)자는 손으로 호미를 잡고 있는 모습
(辰) 밑에 다시 손을 의미하는 마디 촌(寸)자를 결합한 한자입니
다. 농사를 지어야 할 때를 놓쳤다는 의미로 때를 놓치면 부끄럽
기 때문에 욕(辱)자는 '부끄럽다'는 뜻이 생기게 된 것입니다. 욕
(辱)자가 결합된 한자는 호미 누(槈)자, 김맬 누(耨)자, 김맬 누
(薅)자, 괭이 누(鎒)자 등이 있는데, 모두 농사와 관련된 한자들
입니다.16)

◆ 새벽 신(晨. 晨): 양 손으로 지렁이 혹은 이와 비슷한 벌레를 잡는
모습으로, 이는 '농사'와 관련되었음을 의미합니다. 속자는 다음
과 같습니다.

農: 농사 농

▶ 속자 해설: 농사 농(農)자의 그림문자(茻)는 나무가 빽빽하게 들
어선 야외에서 손으로 호미를 들고서 땅을 일구는 모습을 보여
줍니다. 그림문자로 볼 때, 요 욕(蓐)자의 그림문자와 흡사합니
다. 지금은 농(農)자 대신 농(農)자를 사용합니다.

---

15)『에로스와 한자』7장 임신과 한자 편 참고.
16)『에로스와 한자』7장 임신과 한자 편 참고.

◆ 요 욕(蓐): 손으로 호미를 잡고 풀을 베는 모습으로, 농사 농(農. 辳)자와 같습니다. 예전에는 풀을 베고서 그것을 누울 자리에 깔았기 때문에 '요'란 의미가 생겨난 것입니다. 속자는 다음과 같습니다.

薅: 김맬 호

▶ 속자 해설: 김맬 호(薅)자는 여성(女)이 농사일을 담당했음을 보여주는 한자입니다.

아이를 빼 낼 인 (寅. 10-1112)	정미할 훼 (毇. 6-703)	불 땔 찬 (爨. 3-250)

◆ 자궁에서 아이를 빼 낼 인(寅): 그림문자만으로 해석해보면, 임신한 여성(𡥁)의 다리(𦥑)를 양손(𦥑)으로 벌리고 둘로 분리시키는 모습(𡦼)입니다. 즉, 출산할 때 아이가 빠져나오지 못하는 상황에서 산파가 임산부의 다리를 벌리고 양손으로 아이를 꺼내는 모습입니다. 그리하여 인(寅)자에는 '세번째 지지(地支)'라는 의미 외에도 '크다, 당기다, 나아가다'는 의미도 포함되어 있는 것입니다. 인(寅)자가 결합한 한자 가운데 통할 연(演)자는 출산할 때(寅) 양수가 터진(氵. 水) 모습을 드러낸 한자입니다. 그리하여 '통하다'는 의미가 된 것입니다. 태아는 엄마의 뱃속에서 꿈틀거리며 몸

밖으로 빠져 나옵니다. 지렁이는 땅속에서 꿈틀거리며 땅밖으로 빠져 나옵니다. 이러한 연관성으로 인해 지렁이 인(螾)자는 벌레 충(虫)자와 꿈틀거리는 태아(寅)가 결합된 것입니다.[17] 속자는 없습니다.

◆ 정미할 훼(毇): 쌀을 절구통에 넣고 절구공이를 들고서 찧는 모습입니다. 속자는 다음과 같습니다.

糳: 방이 찧고 난 쌀 착

◆ 불 땔 찬(爨): 아궁이에 장작을 넣고 양손으로 불을 때고 있는 모습입니다. 속자는 다음과 같습니다.

釁: 부엌에 피를 발라 제사를 지낼 흔[18]

5. 발

발족 (足. 2-576)	발소 (疋. 2-610)	발지 (止. 2-232)

◆ 발 족(足): 무릎에서 발까지를 그린 모습입니다. 속자는 다음과

---

17) 『에로스와 한자』 8장 출산, 탯줄, 양육과 한자 편 참고.
18) 『설문』 : 釁, 血祭也. 象祭竈也. 从爨省, 从酉. 酉, 所以祭也. 从分, 分亦聲.

같습니다

跟: 발꿈치 근   跪: 꿇어앉을 궤   跽: 꿇어앉을 기
踰: 넘을 유   跨: 넘을 과   踏: 밟을 답
踐: 밟을 천   踵: 발꿈치 종

◆ 발 소(疋): 이 역시 발 족(足)자와 마찬가지로 무릎에서 발까지를
  그린 모습입니다. 속자는 다음과 같습니다.

疏: 창문이 트일 소[19)

◆ 발 지(止): 사람의 발을 간단하게 그린 모습입니다. 속자는 다음
  과 같습니다.

踵: 발꿈치 종   峙: 머뭇거릴 치   歫: 막을 거
前: 앞 전   歷: 지낼 력   歸: 돌아갈 귀
走: 빠를 섭   澀: 껄끄러울 삽

▶ 속자 해설: 앞 전(前)자의 그림문자(𦦀, 𦥑)는 배(舟)와 발(止)을 결
  합한 모습으로, 이는 '걷지 않아도 앞으로 나아가는 것'을 나타냅
  니다. 지낼 력(歷. 𣜩)자는 '벼 앞으로 다가가는 모습'을 나타낸
  것이며, 돌아갈 귀(歸. 𨔛)자는 성교 흔적을 지우기 위해 그 흔적
  이 남겨진 곳으로 되돌아간다는 것을 나타낸 한자입니다.[20)

---

19)『설문』: 疏, 門戶疏窓也. 从疋, 疋亦聲. 囪象疏形. 讀若疏. 所菹切.
20)『에로스와 한자』3장 여성과 한자 3편 참고.

천천히 걸을 쇠(夊. 5-639)	뒤쳐져 올 치(夂. 5-714)

◆ **천천히 걸을 쇠(夊)**: 발 지(止)자를 거꾸로 그린 모습입니다. 속자
는 다음과 같습니다.

夋: 천천히 걷는 모양 준　　复: 갈 복　　夌: 언덕 릉
致: 보낼 치　　　　　　憂: 근심할 우　　愛: 사랑 애
𡔷: 북 칠 감　　　　　　夏: 여름 하　　畟: 보습 날카로울 측
夎: 다리를 오므릴 종　　夒: 원숭이 노　　夎: 절 좌

▶ 속자 해설: 보낼 치(致)자의 그림문자()는 사람이 꿇어앉아 무
엇인가를 싸는 모습으로, 이는 다른 사람에게 '보내기' 위해 물건
을 싸는 것을 나타냈습니다. 근심할 우(憂)자의 그림문자(🄵)는
사람이 애꾸눈이 되는 것(노예가 되는 것)을 두려워하는 모습이
고, 여름 하(夏)자의 그림문자(🄵, 🄵)는 매미를 불에 태우는 모습
이며, 원숭이 노(夒)자의 그림문자(🄵)는 원숭이가 앉아 있는 모
습입니다.

◆ **뒤쳐져 올 치(夂)**: 천천히 걸을 쇠(夊)자와 마찬가지로 발을 거꾸
로 그린 모습입니다. 속자는 다음과 같습니다.

夆: 만날 봉　　　　　降: 내릴 강　　　　　夃: 이문 얻을 고

▶ 속자 해설: 만날 봉(夆)자의 그림문자(夆)는 사람이 거꾸로 된 모습과 발을 그려 '서로 만나다'는 것을 나타냈습니다. 내릴 강(夅)자의 그림문자(夅)는 발과 발을 위아래로 서로 상반되게 그려 '같이 설 수 없다, 항복하다'는 것을 나타냈습니다.

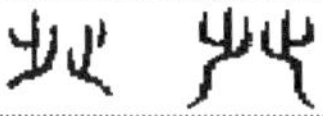 𣥠 𣥤	 舛舛
등질 발(癶. 2-252)	어그러질 천(舛. 5-685)

◆ 등질 발(癶): 두 발을 좌우로 서로 대칭되게 그렸습니다. 부수로 쓰일 때는 밟는다는 뜻을 나타냅니다. 속자는 다음과 같습니다.

登: 오를 등   發: 짓밟을 발

▶ 속자 해설: 오를 등(登)자의 그림문자(�, 𦥑, 𢌄)는 양 손으로 제기를 들고 제단에 올라가는 혹은 제단에 올리는 모습입니다.

◆ 어그러질 천(舛): 내릴 강(夅)자의 그림문자(夅)는 발과 발을 서로 상반되게 그린 모습이지만, 어그러질 천(舛)자는 서로 상반되는 발을 양 옆에 그려 '서로 어긋난 것'을 나타냈습니다. 속자는 다음과 같습니다.

舞: 춤출 무   夆: 비녀장 활

▶ 속자 해설: 춤출 무(舞)자의 그림문자(𣥺, 𣥣)는 성인이 양팔에 깃

털을 묶고 춤을 추는 모습입니다.

6. 발동작

갈 지(之. 6-49)	달릴 주(走. 2-191)	이 차(此. 2-284)

◆ 갈 지(之): 발 모양으로 판단해보면, 사람의 발이 땅에서 다른 곳으로 향하는 모습입니다. 속자는 다음과 같습니다.

茬: 초목이 무성할 왕

▶ 속자 해설: 초목이 무성할 왕(茬)자의 그림문자(茬)는 갈 지(之)자와 임금 왕(王)자가 결합한 모습인데, 이 그림이 어찌하여 '초목이 무성한 것'을 의미하게 되었는지 불분명합니다.

◆ 달릴 주(走): 사람이 두 팔을 흔들며 뛰어가는 모습입니다. 속자는 다음과 같습니다.

趨: 달릴 추   赴: 나아갈 부   趣: 달릴 치
超: 넘을 초   越: 넘을 월   趁: 좇을 진
起: 일어날 기

◆ 이 차(此): 걸어서 여성이 있는 곳에 도착한 모습입니다.[21] 그리

하여 '여성이 있는 그 곳 혹은 이 곳'을 나타내게 된 것입니다. 속
자는 다음과 같습니다.

奻: 약할 자   叝: 알 추   叝: 적을 사

| 걸음 보(步. 2-260) | 바를 정(正. 2-287) | 옳을 시(是. 2-302) |

◆ **걸음 보(步)**: 좌우 양쪽 발이 앞뒤에서 서로 따라가는 모양을 그
려 '나아가다'는 의미를 나타냈습니다. 속자는 다음과 같습니다.

歲: 해 세

▶ 속자 해설: 해 세(歲)자의 그림문자(歲)는 걸음 보(步)자와 개 술
(戌)자가 결합한 모습입니다. 개 술(戌)자와 지킬 수(戍)자는 매우
유사합니다. 지킬 수(戍)자는 사람이 무기를 들고 있는 모습으로,
해마다 교대로 변방을 지키는 것을 나타냅니다. 이러한 사실에
입각해서 해 세(歲)자를 해석해보면, 매 해마다 오고 가다는 것을
나타냈기 때문에 '해'라는 의미를 지니게 되었던 것입니다.

◆ **바를 정(正)**: 성곽(囗)과 발(止)을 그린 모습입니다. 여기서 성곽
(囗)은 피정복(被征服)되는 나라를 나타내고, 발(止)은 그곳을 정

---

21) 『에로스와 한자』 2장 여성과 한자 2편 참고.

벌하기 위해 전진하는 병졸을 나타내는 것으로 풀이합니다. 이러한 정벌 행위는 피정복자의 잘못을 응징하는 행위이기 때문에 '옳고 바른 행위'이므로 '바르다'는 의미를 취하게 되었던 것입니다. 속자는 다음과 같습니다.

乏: 가난할 핍

▶ 속자 해설: 가난할 핍(乏)자의 그림문자(ᅀ)자는 바를 정(正)자를 반대로 그린 모습입니다. '옳고 바른 일'을 하지 않으면 결국에는 '모든 것을 잃게 될 것이다'는 의미를 나타낸 것 같습니다.

◆ 옳을 시(是): 아침 조(旦)자와 발 지(止)가 결합하여, 아침에 밭에 일을 나가는 것은 '당연한 일, 옳은 일'임을 나타냈습니다. 속자는 다음과 같습니다.

韙: 바를 위   尟: 적을 선

먼저 선(先. 7-756)	신 리(履. 7-694)	시초 단(耑. 6-730)

◆ 먼저 선(先): 사람(人) 위에 발(止)을 그려 다른 사람보다 먼저 가다는 의미를 나타냈습니다. 속자는 다음과 같습니다.

㣦: 나아갈 신

◆ 신 리(履): 사람이 배를 탄 모습입니다. 물에서 앞으로 나아가기 위해서는 배가 필요하듯 사람이 나아가기 위해서는 신발이 필요하기 때문에 '신발'이란 의미가 된 것 같습니다. 속자는 다음과 같습니다.

屨: 신 구　　　　　屩: 짚신 교　　　　　屐: 나막신 극

◆ 시초 단(耑): 위는 초목이 땅을 뚫고 나와 자라는 모습이며 아래는 그 뿌리를 나타낸 것입니다. 지금은 시초 단(耑)자 대신 바를 단(端)자를 사용합니다. 즉, 초목이 바르게 서 있다는 뜻입니다. 속자는 없습니다.

어길 위(韋. 5-692)	두를 위(囗. 6-129)

◆ 어길 위(韋): 목적지(囗) 혹은 사람이 사는 마을(囗) 주위를 서로 반대 방향으로 걸어가며 지키는 모습입니다. 속자는 다음과 같습니다.

韠: 폐슬 필　　　　韎: 가죽 매　　　　韢: 자루 혜
韜: 감출 도　　　　韝: 깍지 구　　　　韘: 깍지 섭

韣: 활집 독　　韔: 활집 창　　韗: 신 뒤축끈 하
韤: 버선 말　　韜: 멍에 싸개 박　　韏: 가죽 분파할 권
韓: 나라 이름 한　　韌: 질길 인

◆ 두를 위(囗): 무엇을 그린 것인지 불분명하지만, 속자들로 볼 때 '담장, 둘러싸인 곳'을 나타냅니다. 속자는 다음과 같습니다.

圜: 두를 환　　團: 둥글 단　　圓: 둥글 선
囩: 돌 운　　圓: 둥글 원　　回: 돌 회
圖: 그림 도　　圛: 맴돌 역　　國: 나라 국
壼: 대궐 안길 곤　　囷: 곳집 균　　圈: 우리 권
囿: 동산 유　　園: 동산 원　　圃: 밭 포
因: 인할 인　　囮: 후림새 와　　囹: 옥 령
圄: 옥 어　　囚: 가둘 수　　固: 굳을 고
圍: 둘레 위　　困: 괴로울 곤　　圂: 뒷간 환

桀 (桀. 5-721)	舜 (舜. 5-690)
화 걸	순임금 순

◆ 화 걸(桀): 나무 위에 두 발이 있는 것으로 보아 사람이 나무 위에 오른 모습임을 유추할 수 있습니다.[22] 속자는 다음과 같습니다.

磔: 시체를 가르는 책형 책　　桀(乘): 탈 승

---

22)『설문』: 桀, 磔也. 从舛在木上也.

◆ 순임금 순(舜): 무엇을 나타낸 것인지 분명치 않지만, 덩굴이 땅
위에서 꽃과 엉키어 있는 모습을 나타낸 것 같습니다.[23] 속자는
다음과 같습니다.

舜: 꽃이 활짝 필 황[24]

갈 행(行. 2-538)	쉬엄쉬엄 갈 착(辵. 2-310)

◆ 갈 행(行): 사거리 모양입니다. 부수로 쓰이면 '거리, 가다'는 뜻을
나타냅니다. 속자는 다음과 같습니다.

術: 꾀 술   街: 거리 가   衢: 네거리 구
衕: 거리 동   衙: 마을 아   衎: 즐길 간
衛: 지킬 위

◆ 쉬엄쉬엄 갈 착(辵): 사거리와 발을 함께 그려 '가다'는 것을 나타
냈습니다. 부수로 쓰일 때에는 '辶(착)'으로 쓰입니다. 속자는 다
음과 같습니다.

迹: 자취 적   率: 군사 거느릴 솔   邁: 갈 매
巡: 돌 순   徒: 무리 도   征: 칠 정

---

23) 『설문』: 舜, 艸也. 楚謂之萫, 秦謂之藑. 蔓地連華. 象形.
24) 『설문』: 舜, 華榮也. 尸光切.

隨: 따를 수
逝: 갈 서
過: 지날 과
適: 갈 적
遝: 뒤섞일 답
迅: 빠를 신
遇: 만날 우
逢: 만날 봉
迎: 맞이할 영
運: 돌 운
返: 돌아올 반
逗: 머무를 두
迭: 갈마들 질
逋: 달아날 포
選: 가릴 선
遣: 보낼 견
遮: 막을 차
遠: 멀 원
遽: 갑자기 거
追: 쫓을 추
邂: 만날 해
遐: 멀 하

辿: 다니는 모양 발
述: 지을 술
瀆: 무례하고 방자할 독
造: 지을 조
迨: 뒤따라 따라붙을 합
适: 빠를 괄
遭: 만날 조
迪: 나아갈 적
通: 통할 통
遁: 달아날 둔
還: 돌아올 환
避: 피할 피
迷: 미혹할 미
遺: 끼칠 유
逃: 달아날 도
逮: 미칠 체
逞: 군셀 령
迥: 멀 형
邊: 가 변
近: 가까울 근
逅: 만날 후
透: 통할 투

迋: 속일 광
遵: 쫓을 준
進: 나아갈 진
逾: 넘을 유
速: 빠를 속
逆: 거스를 역
遘: 만날 구
遞: 갈마들 체
遷: 옮길 천
遜: 겸손할 손
遲: 늦을 지
達: 통달할 달
連: 잇닿을 련
遂: 이를 수
送: 보낼 송
遏: 막을 알
遼: 멀 료
道: 길 도
逐: 쫓을 축
迫: 닥칠 박
逼: 닥칠 핍

조금 걸을 척 (彳. 2-470)	길게 걸을 인 (廴. 2-526)	천천히 걸을 천 (延. 2-533)

◆ **조금 걸을 척(彳):** 다닐 행(行. 彳亍)자의 오른쪽 부분(亍)만 그린 모습으로, 이 역시 '가다'는 뜻을 나타냅니다. 속자는 다음과 같습니다.

德: 덕 덕   徑: 지름길 경   復: 다시 부
徎: 질러갈 정   往: 갈 왕   衢: 가는 모양 구
彼: 저 피   徼: 구할 요   循: 좇을 순
彶: 급히 갈 급   微: 작을 미   徐: 천천히 할 서
待: 기다릴 대   徧: 두루 편   後: 뒤 후
很: 어길 흔   得: 얻을 득   律: 법 률
徬: 시중들 방   御: 어거할 어   亍: 자촉거릴 촉

◆ **길게 걸을 인(廴):** 조금 걸을 척(彳)자와 마찬가지로, 다닐 행(行. 彳亍)자의 오른쪽 부분(亍)만 그린 모습으로 이 역시 '가다'는 의미를 나타냅니다. 속자는 다음과 같습니다.

廷: 조정 정   建: 세울 건

◆ **천천히 걸을 천(延):** 조금 걸을 척(彳)자와 발 지(止)자가 결합하여, '느릿느릿 가다'는 것을 나타냈습니다.[25] 속자는 다음과 같습니다.

延: 끌 연

---

25) 『설문』: 延, 安步延延也. 从彳从止. 丑連切.

날 출(出. 6-74)	갈 거(去. 5-222)

◆ 날 출(出): 발 지(止)자와 동굴을 나타내는 부호(凵)가 결합한 모습으로, 발 모양으로 판단해 보면 이는 사람이 동굴 밖으로 나오다는 것을 나타냅니다. 속자는 다음과 같습니다.

敖: 놀 오   賣: 팔 매   糶: 쌀 내어 팔 조

▶ 속자 해설: 소전체에 보이는 놀 오(敖)자는 원래 날 출(出)자와 놓을 방(放)자가 결합한 것이고, 팔 매(賣)자는 날 출(出)자와 살 매(買)자가 결합한 것이며, 쌀 내어 팔 조(糶)자는 날 출(出)자와 곡식이름 적(糴)자가 결합한 것입니다. 이 세 개 한자에 공통적으로 들어 있는 한자는 날 출(出)자이기 때문에 허신은 이것을 부수로 삼았던 것입니다.

◆ 갈 거(去): 사람(人)과 동굴입구를 나타내는 부호(口)가 결합하여 만들어진 한자로, 사람이 동굴입구 밖에서 점점 멀어짐을 나타냅니다. 갈 거(去)자와 비슷한 한자는 각각 각(各)자인데, 이는 동굴입구가 좁아서 한 사람씩 동굴로 들어오는 것을 말합니다. 속자는 다음과 같습니다.

朅: 떠날 거

﹂	ㅂㅂㄴㅂ
숨을 은(﹂. 9-1000)	망할 망(亡. 9-1003)

◆ **숨을 은(﹂)**: 날 출(出)자의 그림문자(ᗑ)에서 'ᗑ'는 동굴을 그린 것입니다. 'ᗑ'의 한쪽을 길게 늘어뜨린 모습이 숨을 은(﹂)자의 그림문자입니다. 즉, 동굴 안으로 난 길을 나타낸 것으로 그 안으로 숨는 것을 말합니다. 속자는 다음과 같습니다.

直: 곧을 직

▶ **속자 해설**: 곧을 직(直)자의 그림문자(ᗑ)는 눈 위에 직선을 그어 '곧고 정확하게 바라보다'는 의미를 나타내는 것으로, 원래는 숨을 은(﹂)자가 없었습니다. 숨을 은(﹂)자를 결합시킨 이유는 아마도 컴컴한 동굴에서 앞으로 나아가기 위해서는 '온 정신을 집중하여 정확하게 바라봐야 한다.'는 것을 강조하기 위함인 듯합니다.

◆ **망할 망(亡)**: 사람(人)이 끝을 알 수 없는 동굴 속(﹂)으로 빠져버린 것을 나타냅니다. 그래서 죽다는 의미를 내포하게 된 것입니다. 속자는 다음과 같습니다.

乍: 지을 작   望: 바랄 망   無: 없을 무
匃: 빌 개

▶ 속자 해설: 지을 작(乍)자의 그림문자(❤)는 옷을 만들기 위해 천을 손질하는 것을 나타냅니다. 없을 무(無)자는 원래 춤출 무(舞)자와 망할 망(亡)자를 결합한 '鞿'처럼 썼습니다. 그래서 '없다, 사라지다'는 의미가 된 것입니다. 빌 개(匃)자의 그림문자(❤)는 함정에 빠진 사람 앞에 다른 사람이 엎드려 있는 모습으로, 이는 죽어가는 사람을 살려달라고 비는 장면을 그린 것입니다.

∫	⊗
감출 혜(匚. 9-1014)	흉할 흉(凶. 6-713)

◆ 감출 혜(匚): 동굴에 숨은 모양인 숨을 인(乚)자 위에 '一'을 더하여 동굴 입구를 아예 막아버린 모습입니다. 그래서 '막다, 숨기다, 감추다'는 의미가 된 것입니다. 속자는 다음과 같습니다.

區: 지경 구   匿: 숨을 닉   匢: 천할 루
匽: 엎드릴 언   医: 동개 예[26]   匹: 짝 필

◆ 흉할 흉(凶): 구멍(U) 안에 함정(✗)이 있는 모습으로 '나쁘다'는 의미를 나타냈습니다. 속자는 다음과 같습니다.

兇: 나쁜 사람 흉

---

26) 동개란 활과 화살을 넣는 도구를 말합니다.

5. 인체 3

뼈와 살, 심장과 정수리, 생식기와 항문, 성교, 임신과 출산

5. 인체 3

뼈와 살, 심장과 정수리, 생식기와 항문, 성교, 임신과 출산

1. 뼈와 살

부서진 뼈 알(歹. 4-372)	해칠 찬(奴. 4-365)

◆ 부서진 뼈 알(歹): 점을 칠 때(卜) 사용하기 편하도록 잘 다듬어진 뼈를 그린 모습으로, '뼈, 죽음'과 관련 있습니다. 알(歹)자의 변형 은 알(歺)자입니다. 속자는 다음과 같습니다.

殊: 죽일 수   殤: 일찍 죽을 상   殯: 염할 빈
殆: 위태할 태   殘: 해칠 잔

◆ 해칠 찬(奴): 뼈(歹)를 손(又)으로 잡고 뼈에서 살을 발라내는 모

습입니다. 속자는 다음과 같습니다.

叡: 골 학   叡: 견실할 개   叡: 밝을 예

▶ 보충 해설: 속자는 아니지만 먹을 찬(餐)자를 분석해 보면, '손(又)
으로 뼈(歺)를 발라 먹는다(食)'는 것임을 알 수 있습니다. 우리들
은 찬(餐)자의 분석을 통해 해칠 찬(奴)자의 진정한 의미를 엿볼
수 있습니다.

죽을 사(死. 4-388)	흉할 아(亞. 10-864)

◆ 죽을 사(死): 그림문자를 설명하면, '쉬'는 사람과 뼈를 결합하여
사람이 뼈로 변한 것을 나타낸 모습이고, '씨'는 뼈(시체) 앞에서
고개를 숙여 절을 하는 모습이며, '씨'는 관에 사람이 들어 있는
모습으로 모두 '죽음'과 관계가 있습니다. 속자는 다음과 같습니
다.

薨: 죽을 훙   薨: 마를 고

◆ 흉할 아(亞): 중국 하남성 은허(殷墟) 유적지에서 발굴된 무덤 형
태는 '亞'와 매우 흡사합니다. 그래서 버금 아(亞)자는 '흉함, 죽
음, 악'과 관계가 있습니다. 속자는 다음과 같습니다.

亞: 백토 악(堊) 혹은 악할 악(惡)[1]

가죽 피(皮. 3-598)	가죽 혁(革. 3-256)

◆ 가죽 피(皮): 손으로 뼈에 붙은 가죽을 제거하는 모습입니다. 속
  자는 다음과 같습니다.

皰: 여드름 포　　　　皯: 기미 낄 간　　　　皲: 틀 군
皴: 주름 준

◆ 가죽 혁(革): 양손으로 뼈에 붙은 가죽을 제거하는 모습으로 가죽
  피(皮)자와 같습니다. 가죽 피(皮)자와 다른 점은 이것은 '가공한
  가죽'을 말합니다. 속자는 다음과 같습니다.

鞘: 칼집 초	鞅: 가슴걸이 앙	鞭: 채찍 편
鞹: 무두질한 가죽 곽	靳: 가슴걸이 근	靷: 가슴걸이 인
鞬: 동개 건	勒: 굴레 륵	靬: 가죽 간
鞁: 가슴걸이 피	鞔: 신울 만	鞅: 앙각 앙
鞈: 굳을 협	靲: 신 끈 금	鞄: 혁공 포
鞣: 다룬 가죽 유	靻: 다룸가죽 단	鞏: 묶을 공

---

1) 『설문』: 亞, 醜. 衣駕切(亞자는 불분명하다. '아'로 발음한다). 허신이 이처럼 불분
   명하게 해석했기 때문에 후학들은 혹자는 백토 악(堊)자로, 혹자는 악할 악(惡)자
   로 해석했습니다.

鞠: 공 국   韜: 노도 도

뼈 발라낼 과(咼. 4-400)	뼈 골(骨. 4-405)

◆ 뼈 발라낼 과(咼): 점을 칠 때 사용하는 뼈를 그린 모습으로 뼈 골(骨)자와 같습니다. 속자는 다음과 같습니다.

別: 나눌 별

▶ 속자 해설: 나눌 별(別)자의 그림문자(𠛬)는 칼로 뼈와 살을 구분하는 모양입니다. 그래서 '나누다'는 의미가 된 것입니다.

◆ 뼈 골(骨): 뼈 발라낼 과(咼)자와 마찬가지로 뼈를 그린 모습입니다. 뼈 발라낼 과(咼)자가 정확하게 무엇을 나타낸 것인지 보여주기 위해 후에 고기 육(肉. 月)자를 더하여 뼈 골(骨)자를 만들게 되었던 것입니다. 속자는 다음과 같습니다.

髑: 해골 촉   骭: 정강이뼈 간   體: 몸 체
骼: 뼈 격

등뼈 려(呂. 6-882)	등뼈 괴(𡴗. 9-728)

◆ 등뼈 려(呂): 척추를 그린 모습입니다. 속자는 다음과 같습니다.

躳: 몸 궁

◆ 등뼈 괴(𡴗): 위아래로 쭉 뻗은 등골, 좌우로 가로 그어진 허리, 산 모양의 작은 늑골 등을 그린 것으로 '등뼈'를 의미합니다.[2] 속자 는 다음과 같습니다.

脊: 등뼈 척

고기 육(肉. 4-412)	많을 다(多. 6-531)	고기 구울 자(炙. 8-762)

◆ 고기 육(肉): 고기 덩어리를 그린 모습입니다. 부수로 사용될 때 에는 '月'처럼 변하여 달 월(月)자와 비슷하게 되기 때문에 주의 해야 합니다. 속자는 다음과 같습니다.

胚: 아이 밸 배　　胎: 아이 밸 태　　肌: 살 기
臚: 살갗 려　　脣: 입술 순　　脰: 목 두

---

2)『설문』: 𡴗, 背呂也. 象脅肋也. 古懷切.

脾: 지라 비 　　　肝: 간 간 　　　膽: 쓸개 담
胃: 밥통 위 　　　腸: 창자 장 　　　膏: 살찔 고
腎: 콩팥 신 　　　肓: 명치 끝 황 　肺: 허파 폐
背: 등 배 　　　　脅: 옆구리 협 　膀: 쌍배 방
肋: 갈비 륵 　　　胂: 기지개 켤 신 胳: 겨드랑이 각
胠: 겨드랑이 거 　臂: 팔 비 　　　肘: 팔꿈치 주
肪: 기름 방 　　　肩: 어깨 견 　　腹: 배 복
股: 넓적다리 고 　脚: 다리 각 　　胫: 정강이 경
肖: 닮을 초 　　　胤: 이을 윤 　　胄: 맏아들 주
脫: 벗을 탈 　　　腫: 부스럼 종 　臘: 납향 랍
肎: 떨릴 흘 　　　胙: 제 지낸 고기 조 肙: 장구벌레 연
腐: 썩을 부 　　　肥: 살찔 비 　　腓: 종아리 계
腔: 속 빌 강 　　　曖: 가릴 애 　　隋: 수나라 수
膳: 반찬 선 　　　散: 흩을 산 　　肴: 안주 효
胡: 턱밑 살 호 　　脩: 포 수 　　　胥: 서로 서
膾: 회 회

▶ 속자 해설: 위 속자 가운데 장구벌레 연(肙)자를 제외하고는 모두 '고기, 육체, 살'과 관련이 있습니다. 장구벌레 연(肙)자의 그림문자(𧾷)는 장구벌레 모습으로 고기 육(肉)자와 관련이 없습니다.

◆ 많을 다(多): 고기 육(肉. 𐎟)자 두 개를 결합하여 '고기가 쌓여 있을 정도로 많다'는 것을 나타냈습니다. 속자는 다음과 같습니다.

夥: 많을 과 　　　𦏡: 두터운 입술 모양 차

◆ 고기 구울 자(炙): 고기(月)를 불(火) 위에 올려 고기를 굽는 모습
입니다. 속자는 다음과 같습니다.

膰: 제사에 쓰는 고기 번   燎: 구울 료

2. 심장과 정수리

마음 심(心. 8-937)	의심할 쇄(悉. 8-1069)

◆ 마음 심(心): 사람의 심장을 그려 '마음'을 나타냈습니다. 마음 심
(心)자의 변형은 '忄, 㣺'입니다. 속자는 다음과 같습니다.

息: 숨 쉴 식	情: 뜻 정	性: 성품 성
志: 뜻 지	意: 뜻 의	恉: 뜻 지
悳(德): 덕 덕	愼: 삼갈 신	忠: 충성 충
應: 응할 응	快: 쾌할 쾌	愷: 즐거울 개
念: 생각할 념	憲: 법 헌	忻: 기뻐할 흔
惇: 도타울 돈	慨: 분개할 개	愿: 삼갈 원
慧: 슬기로울 혜	恬: 편안할 념	恢: 넓을 회
忼: 강개할 강	恭: 공손할 공	憼: 공경할 경
怡: 기쁠 이	慈: 사랑할 자	恩: 은혜 은
慇: 삼갈 은	慶: 경사 경	忱: 정성 침
惟: 생각할 유	懷: 품을 회	懼: 두려워할 구
慰: 위로할 위	懋: 힘쓸 무	慕: 그리워할 모

恕: 용서할 서 　　　悼: 슬퍼할 도 　　　恐: 두려울 공
憺: 편안할 담 　　　惕: 두려워할 척 　　　恥: 부끄러워할 치
慙: 부끄러울 참 　　　忍: 참을 인 　　　懲: 혼날 징
想: 생각할 상 　　　懇: 정성 간 　　　恰: 마치 흡
恤: 구휼할 휼 　　　急: 급할 급 　　　忒: 변할 특
憪: 즐길 한 　　　愉: 즐거울 유 　　　愚: 어리석을 우
怕: 두려워할 파 　　　態: 모양 태 　　　慢: 게으를 만
怠: 게으름 태 　　　懈: 게으를 해 　　　忽: 소홀히 할 홀
忘: 잊을 망 　　　恣: 방자할 자 　　　憧: 그리워할 동
怪: 괴이할 괴 　　　怳: 멍할 황 　　　惑: 미혹할 혹
忌: 꺼릴 기 　　　怒: 성낼 노 　　　慍: 성낼 온
惡: 악할 악 　　　憎: 미워할 증 　　　悖: 노할 패
怨: 원망할 원 　　　恨: 한할 한 　　　悔: 뉘우칠 회
憤: 결낼 분 　　　悶: 번민할 민 　　　悲: 슬플 비
惜: 아낄 석 　　　愍: 근심할 민 　　　感: 느낄 감
惻: 슬퍼할 측 　　　忧: 가슴 설렐 우 　　　傷: 근심할 상
愁: 시름 수 　　　悠: 멀 유 　　　悴: 파리할 췌
忡: 근심할 충 　　　患: 근심 환

◆ **의심할 쇄(惢)**: 마음 심(心)자 세 개를 결합하여 마음이 많다는 것
을 나타냈습니다. 마음이 많다는 것은 '이런 저런 생각을 하면서
의심하다'는 뜻입니다. 속자는 다음과 같습니다.

橤: 드리워질 예

생각할 사(思. 8-934)	정수리 신(囟. 8-929)

◆ **생각할 사(思)**: 정수리 신(囟)자와 마음 심(心)자가 결합한 모습으로, 옛 사람들은 머리와 심장이 모두 생각을 담당하는 기관이라고 생각해서 '생각하다'는 뜻을 나타냈습니다. 속자는 다음과 같습니다.

慮: 생각할 려

◆ **정수리 신(囟)**: 갓 태어난 아기의 머리모습으로, 아기가 다 자라지 않아 머리의 앞부분인 두개골이 아직 닫히지 않고 숨구멍이 뚫려있는 모습을 사실적으로 묘사했습니다. 속자는 다음과 같습니다.

鼠: 털이 많은 모습 렵3)

3. 생식기와 항문

이 부분은 기존 한자관련 서적의 내용과는 다르기 때문에 많은 보충 설명이 필요합니다. 구체적인 내용은 졸저『에로스와 한자』에 자세히 설명되어 있기 때문에 서술 편의상 본서에서는 간략하게만 설명하겠

---

3)『설문』: 鼠, 毛鼠也. 象髮在囟上及毛髮鼠鼠之形. 此與籀文子字同. 良涉切.

습니다.

 남성생식기 조 (且. 10-621)	 남성생식기 사 (士. 1-312)	 남성생식기 곤 (｜ . 1-320)

◆ 남성생식기, 조상 조(且): 도마를 그린 것이라는 견해도 있고, 조
  상에게 제사를 지내는데 사용하는 신위(神位) 모양을 그린 것이
  라는 견해도 있으며, 남성생식기 모양을 그린 모습으로 보는 견
  해도 있습니다. 속자는 다음과 같습니다.

俎: 도마 조

▶ 속자 해설: 도마 조(俎)자의 그림문자(飮)를 보면 도마 위에 고기
  가 놓인 모습입니다. 그러므로 도마 조(俎)자에서의 '仌'는 '고기
  모양'을 나타낸 것입니다.

◆ 남성생식기, 선비 사(士): 도끼 모양을 그린 것이라는 견해도 있
  고, 남성생식기 조(且)자와 마찬가지로 남성생식기를 간단하게
  그린 모습으로 보는 견해도 있습니다. 도끼(혹은 남성생식기) →
  남성 → 선비란 의미로 확대되었습니다. 속자는 다음과 같습니
  다.

壻: 사위 서   壯: 씩씩할 장   壿: 춤 너풀거려 출 준

◆ 남성생식기, 뚫을 곤(丨): 남성생식기를 가장 간단한 부호로 나타 낸 것입니다. 속자는 다음과 같습니다.

中: 가운데 중

▶ 속자 해설: 가운데 중(中)자는 여성생식부호 가운데 하나인 입 구 (口)와 남성생식부호 가운데 하나인 곤(丨)자가 결합한 한자로, 이는 성교(性交)를 나타냅니다.

여성생식기 야 (也. 9-921)	엉덩이 되(臼. 10-754)	배꼽 제(齊. 6-559)

◆ 여성생식기 야(也): 여성생식기를 사실적으로 그린 모습으로, 야 (也)자가 결합된 한자들은 일반적으로 '생명의 탄생'과 관련이 있 습니다. 예를 들면, 땅 지(地)자는 흙 토(土)자와 야(也)자가 결합 된 한자로 모든 육상 생명이 탄생하는 곳을 말하며, 연못 지(池)자 는 물 수(水. 氵)자와 야(也)자가 결합된 한자로 모든 수중 생명이 탄생하는 곳을 나타냅니다.

◆ 엉덩이 되(臼): 엉덩이 모습으로, 엉덩이 모습을 그린 이유는 '앉 았던 흔적'을 나타내기 위해서였습니다. 속자는 다음과 같습니다.

官: 벼슬 관, 관리 관

▶ 속자 해설: 벼슬 혹은 관리를 의미하는 관(官)자의 그림문자(⿷)
는 '집'의 윤곽을 그린 집 면(∩, 宀)자와 엉덩이 되(自)자가 결합
한 모습입니다. 여기에서 집은 일상적으로 생활하는 집을 나타
낸 것이 아니라 임시로 거주하는 장소를 나타냅니다. 이곳은 성
인이 되었지만 아직 결혼하지 않은 여성이 결혼 상대를 기다리
면서 임시로 거주하는 곳입니다. 즉, 원시사회에서 아이들이 성
인이 되면 각각 근처에 거처를 마련하여 그곳에 살게 하였는데,
이때 성인미혼 여성들이 사는 곳입니다. 여기에 엉덩이 되(自)자
가 있는 점으로 보아 이곳은 남녀가 '성교'를 하기 위해서 만들어
진 특별한 장소인 것 같습니다. 그곳은 매우 신성한 곳이었죠. 따
라서 그곳을 관리하는 사람은 마을에서 신임을 받는 사람이었을
것입니다. 그래서 관(官)자는 '신성한 장소'란 의미에서 '그곳을
관리하는 사람'이란 의미로, 더 나아가 '중요한 사람을 보좌하는
사람'으로 의미가 확대되었던 것입니다.

◆ 배꼽 제(齊): 배꼽을 그린 모습으로, 탯줄을 자르면 어느새 사라
져 배꼽이 되어 배와 평평하게 되기 때문에 '가지런하다'는 의미
를 지니게 되었습니다. 후에 '가지런하다'는 의미로 사용되었기
때문에, 원래의 의미인 '배꼽'을 나타내기 위해 제(齊)자에 고기
육(⺼)자를 결합하여 배꼽 제(臍)자를 새롭게 만들게 되었습니다.
속자는 다음과 같습니다.

齎: 평등할 제4)

높을 고(高. 5-489)	성곽 곽(臺. 5-525)

◆ 남성생식기, 높을 고(高): 위로 높게 솟아오른 남성생식기 모습으로, '높게 우뚝 솟다'는 의미와 더불어 '높게 지은 집'을 나타냅니다. 속자는 다음과 같습니다.

高: 원두막 경　　　　亭: 정자 정　　　　亳: 땅 이름 박

◆ 성곽 곽(臺): 남성생식기 고(高)자 두 개를 상하로 결합한 모습으로, 남성들이 번을 서며 지키는 곳인 성곽을 의미합니다. 속자는 다음과 같습니다.

獙(闕): 대궐 궐5)

---

4)『설문』: 齎, 等也. 从齊妻聲. 徂兮切.

5)『설문』: 獙, 缺也. 古者城闕其南方謂之獙. 从臺, 缺省. 讀若拔物爲決引也. 傾雪切.

서울 경(京. 5-535)	누릴 향(亯. 5-548)

◆ 서울 경(京): 남성생식기를 그린 높을 고(高)자에 밑으로 흐르는 체액(|)인 정액이 결합한 모습으로, 정액이 밑으로 흐른다는 것은 '오래 지속하여 힘이 없는 상태'를 말합니다. 그리하여 후에 '오랫동안 머무르는 곳'을 의미하게 되었던 것입니다. 속자는 다음과 같습니다.

就: 나아갈 취

▶ 속자 해설: 나아갈 취(就)자의 그림문자(𡧆)는 남성생식기에서 흘러내리는 정액(京)과 손을 나타내는 우(尤)자가 결합한 모습으로, 이는 성교가 아닌 손으로 정액을 나오게 하는 것(자위)을 말합니다. '찍~나오다'라고 할 때, '찍'이라는 의성어로 '就'자의 발음인 '취'를 삼았습니다.

◆ 누릴 향(亯): 남성생식기와 여성생식부호(◉)가 결합한 모습으로 성교를 나타냅니다. 그래서 '누리다'는 의미가 된 것입니다. 향(亯)자, 향(享)자, 형(亨)자는 같은 한자입니다. 속자는 다음과 같습니다.

簹: 두터울 독

나 사(厶. 8-205)	모일 집(스. 5-377)	들 입(入. 5-418)

◆ 남성생식기, 사사롭다, 나 사(厶): 남성생식기 모양을 간단하게
그린 모습입니다. 속자는 다음과 같습니다.

篡: 빼앗을 찬　　　　　𢝔: 유혹할 유

◆ 모일 집(스): 무엇을 그린 것인지 불분명하지만, 몇 몇 속자들을
보면 이 역시 남성생식기를 그린 것 같습니다. 속자는 다음과 같
습니다.

合: 합할 합　　　　　舍: 집 사　　　　　今: 이제 금
侖: 둥글 륜　　　　　僉: 다 첨

▶ 속자 해설: 합할 합(合. ☝)자와 집 사(舍. ☝)자는 성교를 나타내
고, 이제 금(今. ☝)자는 막 흘러나오는 남성의 정액을 나타냅니
다. 둥글 륜(侖. ☷)자는 죽간을 둘둘 만 모양을 나타내고, 다 첨
(僉)자는 많은 사람들이 이런 저런 말을 하다는 것을 나타냅니다.

◆ 들 입(入): 남성생식기를 간단하게 그린 것으로, '들어가다'는 의
미를 나타냅니다. 속자는 다음과 같습니다.

內: 안 내　　　　　仝: 한가지 동　　　　　㞞: 산속 깊이 들어갈 잠
糴: 쌀 사들일 적

▶ 속자 해설: 안 내(內. 𠃊)자는 여성의 다리(冂)와 진입하다는 부호 (入)가 결합한 한자로 성교를 나타냅니다.

여성이 다리 벌린 모습 경 (冂. 5-512)	굳셀 병 (丙. 10-957)	짝 량 (㒳. 7-109)

◆ 여성이 다리 벌린 모양 경(冂): 여성이 다리를 벌린 모습입니다. 속자는 다음과 같습니다.

市: 저자 시   尢: 머뭇거릴 유   央: 가운데 앙
隺: 뜻 고상할 각

▶ 속자 해설: 저자 시(市. ）자는 경(冂)자와 관계가 없습니다. 저자 시(市. ）자는 곡괭이와 비슷한 농기구 혹은 무기를 어깨에 짊어진 모습 교(丂. ）자, 발 지(止)자, 나눌 팔(八)자가 결합한 모습입니다. 이 한자들을 통해 시장은 힘들게 농사를 짓고 걸어서 물건을 가지고 온 다음 그것을 다른 것으로 나눠 바꾸는 곳이 시장이라는 사실을 구체적으로 보여 줍니다.

◆ 굳셀 병(丙): 안 내(內. 𠃊)자와 마찬가지로 여성의 다리(冂)와 진입하다는 부호(入)자가 결합한 한자로 성교를 나타냅니다. 그래서 '굳세다'는 의미가 된 것입니다. 속자는 없습니다.

◆ **짝 량(网)**: 성교를 뜻하는 안 내(內. 內)자 두 개 혹은 성교를 뜻하는 굳셀 병(丙. 內)자 두 개가 결합한 것으로, 이는 성교를 나눌 대상인 '짝'을 의미합니다. 속자는 다음과 같습니다.

兩: 두 량   㒼: 평평하여 구멍이 없을 만

▶ 속자 해설: 평평하여 구멍이 없을 만(㒼)자의 그림문자(㒼)는 남녀가 서로 하나가 된 모습이므로 '평평하여 구멍이 없다'는 뜻이 된 것입니다.

쓸 용(用. 3-740)	바람 풍(風. 10-98)

◆ **쓸 용(用)**: 항문(ㅂ. 凡)과 대변을 본 후에 사용하는 나뭇가지(丫)가 결합한 모습입니다. 그래서 '사용하다, 쓰다'는 의미가 된 것입니다. 속자는 다음과 같습니다.

甯: 차라리 녕   甫: 클 보   庸: 쓸 용

▶ 속자 해설: 클 보(甫. 甫)자는 대변을 볼 때의 방귀소리와 대변 냄새가 퍼지는 것을 나타냈습니다.

◆ **바람 풍(風)**: 원래 항문(ㅂ. 凡)이었는데, 후에 바람을 안고 나는

봉황새(鳳)로 '바람'을 나타냈습니다. 문자를 만든 사람(들)은 바람을 그릴 수 없었기 때문에 항문에서 빠져나오는 방귀로 바람을 나타냈습니다. 속자는 다음과 같습니다.

飆: 폭풍 표　　　　飄: 회오리바람 표　　颯: 바람 소리 삽
飂: 높이 부는 바람 료　颶: 빠른 바람 홀　　颺: 큰 바람 위
颮: 큰 바람 율　　　　颺: 날릴 양　　　　飅: 폭풍 률
颲: 사나운 바람 렬　　颸: 선선한 바람 시　颼: 바람이 우수수 불 수
颭: 물결 일 점

4. 성교

이 부분 역시 기존 한자 관련 서적의 내용과 다르기 때문에 많은 보충설명이 필요합니다. 구체적인 내용은 졸저『에로스와 한자』에 자세히 언급되어 있는 관계로 여기에서는 간략하게 설명하겠습니다.

제사 그릇 두(豆. 5-97)	악기 이름 주(壴. 5-77)

◆ 제사 그릇 두(豆): 음식을 담는 제사 그릇입니다.[6] 속자는 다음과 같습니다.

梪: 나무그릇 두　　　　登: 제기 이름 등

---

6)『설문』: 豆, 古食肉器也. 象形.

▶ 보충 해설: 제사 그릇 두(豆)자를 남성생식기 모습으로 보는 견해도 있습니다. 남성생식기는 많은 생명체의 씨앗을 담고 있고 있는 그릇입니다. 그러므로 이 모양을 본떠 그릇 형태로 만든 것이 두(豆)입니다. 두(豆)자는 '남성생식기'란 의미에서 '볼록 튀어난 곳, 안에서 밖으로 솟아오르는 것' 등의 의미로 확대되었습니다. 게다가 '남성생식기 모양을 본떠 만든 그릇'이란 의미도 있고, '콩'이란 의미도 있기 때문에 주의해서 살펴 볼 필요가 있습니다. 예를들면 다음과 같습니다.

두(豆)자가 남성생식기를 의미하는 경우: 세울 수(侸)자, 말을 더듬을 두(⿰女豆)자, 조금 성낼 두(⿰忄豆)자, 말 머뭇거릴 투(⿰言豆)자 등

두(豆)자가 볼록 튀어난 것, 안에서 밖으로 나오는 것을 의미하는 경우: 머리 두(頭)자, 목 두(脰)자, 천연두 두(痘)자, 침 뱉을 두(䜴)자 등

두(豆)자가 그릇을 의미하는 경우: 부엌 두(⿸厂豆)자, 오를 등(登)자, 부엌 주(厨)자, 음복하는 음식 두(裋)자, 제기 이름 등(豋)자, 옛 질그릇 희(䖒)자, 대그릇 두(⿱竹豆)자, 술그릇 두(鋀)자, 음식을 늘어놓을 두(餖)자 등

두(豆)자가 콩을 의미하는 경우: 콩 두(荳)자, 메주 시(豉)자, 메주 시(⿰豆是)자, 메주 음(⿰豆音)자, 메주 침(⿰豆𠬶)자, 완두 완(豌)자, 완두 류(⿰豆留)자, 콩깍지 매(⿰豆尾)자 등

◆ **악기 이름 주**(壴): 세워 놓은 북을 그린 모습으로 보는 견해도 있고,[7] 남성생식기(豆)에서 나오는 것(屮)으로 정액을 나타낸다고 보는 견해도 있습니다. 속자는 다음과 같습니다.

尌: 세울 주　　　彭: 땅이름 팽　　　嘉: 기쁠 가

▶ 속자 해설: 세울 주(尌)자를 분석하면 정액을 분출하는 남성생식기 주(壴)자와 마디 촌(寸)자가 결합한 문자입니다. 마디 촌(寸)자는 손동작과 관련된 한자이므로, 세울 주(尌)자는 손으로 정액을 분출시키기 위해 남성생식기를 딱딱하게 세운다는 뜻입니다. 기쁠 가(嘉)자를 분석하면 정액을 분출하는 남성생식기 주(壴)자와 성교 가(加)자가 결합한 문자입니다. 즉, 기쁠 가(嘉)자는 성교를 통해 정액이 분출한 이후의 마음 상태를 묘사한 한자입니다.

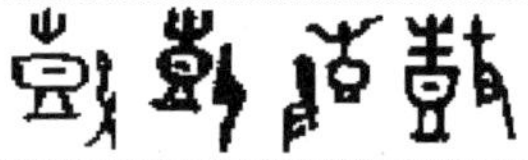		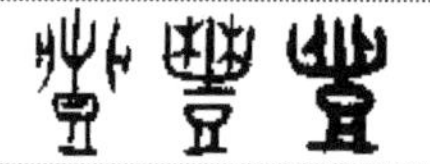
북 고(鼓. 5-89)	풍성할 풍(豊. 5-106)	풍년 풍(豐. 5-114)

◆ **북 고**(鼓): 손으로 막대기를 들고 북을 치는 모습입니다. 속자는 다음과 같습니다.

鼛: 큰북 고　　　鼖: 큰북 분　　　鼙: 작은북 비
鼘: 북소리 연　　　鼞: 북소리 당　　　䶀: 북소리 답

7)『설문』: 壴, 陳樂立而上見也.

◆ **풍성할 풍(豊)**: 발기된 남성생식기인 '요, 우, 요, 요'와 그 위에 다양한 그림들이 결합된 모습인데, 다양한 그림들 중에서 가장 핵심적인 요소는 날 생(生. 屮)입니다. 즉, 많은 정액이 분출한다는 것을 의미합니다. 속자는 다음과 같습니다.

豑: 잔의 차례 질

◆ **풍년 풍(豐)**: 풍성할 풍(豊)자와 마찬가지로 많은 정액을 분출하는 남성생식기 모양입니다. 속자는 다음과 같습니다.

豔: 고울 염

▶ 보충 해설: 풍(豐)자와 풍(豊)자는 본래 풍부한 정액을 묘사한 듯합니다. 여성의 난자는 유한적이지만 남성의 정액은 거의 무한정이죠. 이는 무한한 생명의 씨앗입니다. 그리하여 '풍부하다'는 의미를 취하게 된 것입니다. 이 두 개의 한자가 '육체'와 관련된 의미로 쓰인 경우에 해당하는 한자는 몸 체(體)자와 고울 염(艶)자 등입니다. 그림문자를 보면 이 두 개의 한자는 서로 비슷하거나 같기 때문에 서로 혼용되고 있습니다. 예를 들면, 풍부(豊富, 豐富), 풍요(豊饒, 豐饒), 풍성(豊盛, 豐盛), 풍족(豊足, 豐足) 등이 그것입니다.

풍(豊)자는 '례'로도 읽힙니다. '례'로 읽힐 경우에는 제사를 지낼 때 사용하는 제기(祭器)의 일종을 말합니다. 이 경우에 해당하는 한자는 예도 례(禮)자, 제사에 쓰이는 단 술 례(醴)자 등입니다.

豆	喜喜喜喜喜
어찌 기(豈. 5-95)	기쁠 희(喜. 5-73)

◆ 어찌 기(豈): 악기 이름 주(壴)자와 어찌 기(豈)자는 형태가 매우 비슷합니다. 어찌 기(豈) 역시 남성의 정액 분출을 그린 문자입니다. 어찌 기(豈)자에는 '바라다'는 뜻도 들어 있는데, 바로 그러한 행위를 희망하기 때문에 바라다는 의미를 지니게 되었던 것입니다. 속자는 다음과 같습니다.

愷: 즐거울 개

▶ 속자 해설: 즐거울 개(愷)자를 분석하면, 마음 심(忄. 心)자와 정액분출 기(豈)자가 결합하여 만들어진 문자로, 시원하게 정액을 분출하고 난 후의 마음 상태를 나타냅니다. 그래서 개(愷)자는 '마음이 누그러지다, 마음이 편안해지다'는 의미가 들어 있게 된 것입니다.

기(豈)자가 들어 있는 다른 한자들을 분석해보면, 물 수(氵. 水)자와 정액 기(豈)자가 결합된 흴 기(溰)자는 정액의 색깔을 나타낸 한자이고, 정액분출 기(豈)자와 머리 혹은 얼굴 혈(頁)자가 결합된 즐겁고 편안할 의(顗)자는 정액을 분출한 후 즐겁고 편안한 얼굴 모습을 나타내며, 정액분출 기(豈)자와 칠 복(攴)자가 결합된 다스릴 애(敳)자는 항상 성교만을 생각하며 아무데서나 정액을 분출하면 사회적으로 혼란이 발생하기 때문에 이런 사람들은 몽둥이를 들고 잘 다스려야 함을 나타낸 한자입니다. 게다가 정액분출 기(豈)자와 볼 견(見)자 결합한 바랄 기(覬)자는 다른 사람이 사정하는 모습을 보고 싶어 하는 것을 나타낸 한자입니다.

- 기쁠 희(喜): 이 역시 발기된 성기에서 정액을 분출하는 모습을 그린 주(壴. 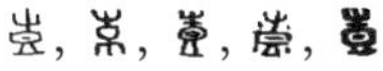)에 여성생식기를 상징적으로 나타낸 부호인 '口'가 결합된 한자입니다. 서로 사랑을 나누는 상황을 묘사한 기쁠 희(喜)자의 그림문자를 보면 세차게 뿜어져 나오는 물줄기를 가감 없이 사실적으로 잘 그려내고 있습니다. 속자는 다음과 같습니다.

憙: 기뻐할 희　　　　　嚭: 기뻐하는 모양 비

5. 임신과 출산

이 부분 역시 기존 한자 관련 서적의 내용과 다르기 때문에 많은 보충설명이 필요합니다. 구체적인 내용은 졸저『에로스와 한자』에 자세히 언급되어 있는 관계로 구체적인 설명은 생략하겠습니다.

재주 재(才. 6-30)	열 십(十. 2-689)	서른 삽(卅. 2-706)

◆ 재주 재(才): 땅을 뚫고 초목이 처음으로 올라오는 모습으로 해석하기도 하고,[8] '▽'은 여성생식기를 나타내는 부호로 보아 여성이 찬 월경대(月經帶)를 그린 모습으로 보기도 합니다. 월경대가 필요하다는 것은 여성으로서의 본질적인 능력인 임신할 수 있는 능력을 지니게 되었다는 것을 의미하므로 '재주, 재능'의 의미가 된 것입니다. 재주 재(才)자의 그림문자(✦)는 열 십(十)자의 그림문자(✦)와 유사합니다. 열 십(十)에서의 '열'은 '열 개'를 의미하기도 하고, '구멍이 열리다. 열매가 열리다.'에서의 '열'을 의미하기도 합니다. 이 경우 '열'은 임신과 출산을 의미합니다. 그러므로 월경대를 그린 재주 재(才)자와 여성이 임신과 출산을 나타내는 모양인 열 십(十)자는 여러 상관관계가 있습니다. 속자는 없습니다.

◆ 열 십(十): '十'자는 원래 '✦'와 같았는데, 전국(戰國)시기 진(秦)나라의 청동기에서 '✦'처럼 되었다가 서한(西漢)시대에 지금의 '十'자처럼 되었습니다. 그러면 '十'은 무엇일까요?

다음 그림은 줄 매듭으로 서로 의사소통하던 결승인데, 옆 그림에서 '╎╏╏'은 10, 20, 30을 나타냅니다. 10개를 나타내는 모양(╎)과 열 십(十)

---

8) 『설문』: 才, 艸木之初也. 从丨上貫一, 將生枝葉. 一, 地也.

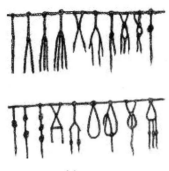

결승(結繩)

자의 그림문자는 같습니다.

재주 재(才)자의 설명에서와 마찬가지로, '열'은 '10개'라는 뜻 이외에도 '열리다'는 뜻도 가지고 있습니다. 열매가 열리다'는 의미로부터 '어머니에게서 자식이 열리다. 임신하다'는 의미로 확대되었고, '구멍이 열리다'는 의미로부터 '출산하다, 보여주다'는 의미로 확대되었습니다. '임신하다'는 의미와 관련된 한자는 앞치마 불(市)자이고,9) '보여주다'는 의미와 관련된 한자는 보일 시(示)자입니다. 이 두 개 한자는 다음 부분에 설명되었기 때문에 그곳을 참고하면 될 것입니다. 속자는 다음과 같습니다.

丈: 어른 장   千: 일천 천   肸: 소리 울릴 힐
卙: 많을 집   博: 넓을 박   仂: 공이 클 름
廿: 스물 입

▶ 속자 해설: 일천 천(千)자는 사람 인(亻)자와 한 일(一)자가 결합한 한자로, 그림문자(千)와 같습니다. 고대에는 사람 인(亻)자와 한 일(一)자가 결합하여 일천(千), 두 이(二)자가 결합하여 이천(千), 석 삼(三)자가 결합하여 삼천(千)을 나타냈습니다. 고대에는 넉 사자를 '三'로 썼고, 다섯 오(五)자를 'X'로 썼습니다. 그리하여 넉 사(三)자가 결합하여 사천(千), 다섯 오(X)자가 결합하여 오천

---

9)『설문』: 市, 韠也. 上古衣蔽前而已, 市以象之. 天子朱市, 諸矦赤市, 大夫葱衡. 从巾, 象連帶之形.

(𦥑)을 나타냈습니다. '백'을 나타낼 때도 이와 동일합니다. 흰 백 (白)자에 한 일(一)을 결합하면 일백(百), 두 이(二)를 결합하면 이 백(百), 석 삼(三)자를 결합하면 삼백(百), 넉 사(亖)자를 결합하면 사백(百), 다섯 오(乂)'자를 결합하여 오백(百)을 나타냈습니다.

◆ 서른 삽(卅): 열 십(十)자 세 개를 결합하여 '30'을 나타냈습니다. 속자는 다음과 같습니다.

世: 대 세

市	丁 亓 不
앞치마 불(市. 7-207)	보일 시(示. 1-67)

◆ 앞치마 불(市): '丅'에 열 십(♦)이 있는 것으로 보아 이는 임신한 여성을 나타냅니다. 즉, 임신한 여성이 배를 가리는(巾) 옷이란 의 미에서 앞치마란 의미로 확대되었습니다. 앞치마 불(市)자는 시 장 시(市)자와 매우 유사합니다. 불(市)이 '앞치마'란 의미를 분명 하게 보여주는 한자는 손 수(扌)자와 앞치마 불(市)자가 결합한 씻을 발(袆)자인데, 이는 손으로 앞치마를 씻는 것을 나타냅니다. 속자는 다음과 같습니다.

韐: 혁대 급10)

---

10) 『설문』: 韐, 士無市有韐. 制如榼, 缺四角. 爵弁服, 其色韎. 賤不得與裳同. 古洽

◆ 보일 시(示): 보일 시(示)자는 '하늘의 계시를 보여주다'는 의미입니다.[11] 원래는 고인돌 측면모습을 그린 모습이었는데, 시간이 흘러 '제사'와 관련된 의미로 쓰이면서 '하늘(신)의 계시'를 강조하기 위하여 하늘을 나타내는 부호 '二'를 더하였고, '하늘(신)의 계시를 보여주다'는 의미를 강조하기 위하여 하늘(二) 밑에 '♦'로 고친 다음에 오늘에 이르고 있습니다. 그러므로 시(示)자의 '♦'은 '하늘(구멍)이 열리다'는 의미로 사용되었죠. 보일 시(示)자를 부수로 삼는 속자는 매우 많기 때문에 여기서는 자주 사용되는 속자들만 살펴보겠습니다.

祜: 복 호	禮: 예도 례	禧: 복 희
禛: 복 받을 진	祿: 복 록	禠: 복 사
禎: 상서 정	祥: 상서로울 상	祉: 복 지
福: 복 복	祐: 도울 우	祺: 복 기
祗: 공경할 지	神: 귀신 신	祇: 토지의 신 기
祕: 귀신 비	齋: 재계할 재	禋: 제사 지낼 인
禔: 편안할 제	祭: 제사 제	祀: 제사 사
祡: 시료 시	禷: 제사 이름 류	祖: 조상 조
祝: 빌 축	祈: 빌 기	禱: 빌 도
禬: 때 매듭 괴	禪: 봉선 선	禦: 막을 어
社: 토지의 신 사	禍: 재화 화	禁: 금할 금
祠: 사당 사	祚: 복 조	

切.

11)『설문』: 示, 天垂象, 見吉凶, 所以示人也. 从二(古文上字), 三垂, 日月星也. 觀乎天文, 以察時變. 示, 神事也.

임신할 임(壬. 10-1048)	무당 무(巫. 4-760)

◆ 임신할 임(壬): 하늘(一)과 땅(一) 사이에 임신한 사람(♦)이 있는 모습입니다. 속자는 없습니다.

◆ 무당 무(巫): 임신한 사람의 배에 양 손을 가져간 모습으로, 출산을 돕는다는 뜻입니다. 그러므로 의사 의(毉)자에 무(巫)자가 결합된 것이죠. 의사 의(毉)자를 분석하면, 침대(匚)에 외상(矢)당한 사람이 누워 있고 그 옆에는 의사(巫)가 손에 수술도구를 들고 (殳) 수술을 하는 모습입니다. 지금은 의사 의(醫)자를 사용합니다. 의사 의(醫)자는 의사를 나타냈던 무(巫)자 대신 마취제 역할을 했던 술(酉)이 결합된 한자입니다. 원래 출산을 도와 줬던 무(巫)는 후에 인간의 삶과 관련된 일을 하는 사람으로 의미가 확대되어 오늘날까지 사용되고 있습니다. 속자는 다음과 같습니다.

覡: 박수 격

장인 공(工. 4-742)	펼 전(丑. 4-758)

◆ 장인 공(工): 임신할 임(壬)자와 마찬가지로 임신한 모습을 간단

하게 나타냈습니다. 임(壬)은 임신을 강조한 한자이고, 공(工)은 출산을 강조한 한자입니다. 생명을 잉태하여 출산한다는 의미로부터 '어떠한 것을 만들어내는 사람'이란 뜻으로 확대되었습니다. 속자는 다음과 같습니다.

式: 법 식   巧: 예쁠 교   巨: 클 거

◆ 펼 전(䶕): 장인 공(工)자 네 개를 결합하여 많은 자손을 출산하거나 혹은 많은 물건을 만들어 '펼치다'는 의미를 나타냈습니다. 속자는 다음과 같습니다.

窒: 막을 식12)

성씨 씨(氏. 9-923)	근본 저(氐. 9-934)

◆ 성씨 씨(氏): 'ㄱ'에 임신한 사람을 나타내는 열 십(♦)이 있는 것으로 보아, 이 역시 임신한 모양입니다. 혹자는 사람이 '씨(종자)'를 들고 있는 모습으로 해석하기도 합니다. 속자는 다음과 같습니다.

氒: 그 궐, 뿌리 궐

---

12) 『설문』: 窒, 窒也. 从䶕从廾, 窒宀中. 穌則切.

▶ 속자 해설: 뿌리 궐(甼)자는 나를 낳아 준 어머니(氏)의 어머니 (十)를 추적해 올라가보면 나의 '뿌리'를 발견하게 된다는 의미입 니다. 이러한 사실로 볼 때 임신한 모양을 나타냈던 씨(氏)자가 어찌하여 성씨를 나타내게 되었는지 쉽게 짐작할 수 있을 것입 니다.

◆ 근본 저(氐): 임신한 모양을 나타낸 임(壬)자와 유사한 점으로 보 아, 이 역시 임신을 나타낸 한자입니다. 그리하여 '결혼'과 관련된 한자와 '근본, 뿌리'를 나타낸 한자에 쓰입니다. 예를 들면, 뿌리 저(柢)[13]자와 저녁 혼(昏)자[14]가 그것입니다. 특히 혼(昏)자가 결 합한 혼인할 혼(婚)자는 족외혼과 약탈혼이 성행할 당시의 결혼 식 문화를 나타낸 한자입니다. 뿌리는 아래에 있기 때문에 '밑, 아 래'란 의미로도 사용되었죠. 예를 들면, 밑 저(低)자[15], 바닥 저 (底)자[16]가 그것입니다. 임신한 여성을 함부로 겁탈해서는 안된 다는 의미로부터 '막다, 저항하다'는 의미로 확대되었습니다.[17] 예를 들면, 막을 저(抵)자[18]가 그것이죠. 속자는 다음과 같습니 다.

趺: 찌를 질, 뽑을 질

---

13) 『설문』: 柢, 木根也.
14) 『설문』: 昏, 日冥也.
15) 『설문』: 低, 下也.
16) 『설문』: 底, 山居也. 一曰下也.
17) 『설문』: 氐, 至也. 从氏下箸一.
18) 『설문』: 抵, 擠也.

누를 황(黃. 10-393)	점토 근(堇. 10-309)

◆ **누를 황**(黃): 사람이 패옥(佩玉)을 허리에 찬 모양으로, 패옥의 색깔이 황색이기 때문에 '황색'이라는 의미를 갖게 된 것이라고 해석하는 것이 일반적입니다. 하지만 위대한 여성이 월경대를 찬 모습으로 보는 견해도 있습니다. 고대에는 여성이 월경할 때 헝겊이나 풀잎에 진흙을 넣고 사용했습니다. 지금도 아프리카에서는 나뭇잎이나 나무껍질, 누더기, 천조각, 진흙과 같은 것으로 월경대를 대신하고 있고 사용 후에는 물에 씻고 잘 말린 후 다시 사용하고 있죠. 그래서 월경대에 넣는 점토란 의미로부터 '누런색'이란 의미로 확장된 것 같습니다. 이 해석에 따르면 재주 재(才. 屮)자는 월경대를 찬 모습을 간단한 부호로 나타낸 것이고, 누를 황(黃)자는 전체 모습을 그린 것으로 볼 수 있습니다. 속자는 다음과 같습니다.

黇: 점황색 혐   黮: 흑황색 단   黈: 청황색 유

黇: 백황색 첨   黊: 샛노랄 규

◆ **점토 근**(堇): 그림문자를 보면 누를 황(黃)자와 비슷한 것으로 보아 이 역시 월경대를 찬 여성입니다. 누를 황(黃)자와 조금 다른 점은 입을 크게 벌리고 고통스러워하는 모양과 밑에 '불 화(火)' 혹은 남성생식기 부호 '土'가 있다는 점입니다. 즉, 생리 기간에 '억지로' 성교를 한다는 것을 보여주고 있습니다. 그러므로 진흙

근(堇)자가 결합한 한자는 '겨우, 가까스로' 등의 의미가 들어 있는 경우가 많이 있습니다. 예를 들면, 겨우 근(廑)자, 겨우 근(僅)자, 겨우 근(厪)자, 근심하여 서러워할 근(懂)자, 지치고 피곤하여 병들어 누울 근(瘽)자, 공손할 근(謹)자, 힘쓸 근(勤)자 등이 그것입니다. 월경대는 점토로 만들었기 때문에 '점토'란 의미로도 사용됩니다. 예를 들면, 흉년들 근(饉)자, 굶어 죽을 근(殣)자, 지렁이 근(螼)자 등이 그것입니다. 속자는 다음과 같습니다.

艱: 어려울 간

![몸 신]	![돌아갈 은]	![바꿀 역]
몸 신(身. 7-544)	돌아갈 은(丮. 7-551)	바꿀 역(易. 8-435)

◆ 몸 신(身): 임신한 모습이지만 후에 '몸'이란 의미로 확대되었습니다. 속자는 다음과 같습니다.

軀: 몸 구

◆ 돌아갈 은(丮): 몸 신(身)자와 마찬가지로 임신한 모습입니다. 속자는 다음과 같습니다.

殷: 클 은

▶ 속자 해설: 클 은(殷)자의 그림문자(🜲, 🜲, 🜲)를 분석해보면, 집

에서 임신한 여성의 배를 갈라 수술하고 있는 모습입니다. 선사시대의 삶에 비추어보면, 여성들이 출산할 때 일반적으로 수술할 필요가 없었습니다. 간혹 수술이 필요한 경우가 있었는데, '태아가 너무 큰' 경우가 이에 해당합니다. 그러므로 은(殷)자는 '크다, 성하다'의 의미를 지니게 되었던 것입니다.

◆ 바꿀 역(易): 임신한 사람 옆에 땀이 있는 모습으로, 이는 출산하고 있는 모습을 나타냅니다. 이제 어머니 뱃속의 태아에서 완전한 생명체로 '탈바꿈 한다'는 의미죠. 속자는 없습니다.

쌀 포(勹. 8-135)	쌀 포(包. 8-164)	열매 도(鹵. 6-552)

◆ 쌀 포(勹): 사람이 손과 무릎을 구부려 무엇인가를 감싸는 모습을 그린 것으로 보는 견해도 있고,[19] 팔을 구부린 모양으로 보는 견해도 있습니다. 속자는 다음과 같습니다.

匍: 길 포	匐: 엎드릴 복	匊: 움켜 뜰 국
勻: 적을 균	勾: 모을 구	旬: 열흘 순
勿: 쌀 문	匈: 오랑캐 흉	匌: 돌 합
冢: 무덤 총		

---

19) 『설문』: 勹, 裹也. 象人曲形, 有所包裹.

◆ 쌀 포(包): 태아(배아. 巳)를 임신한 모습입니다.[20] 속자는 다음과 같습니다.

胞: 태보 포   匏: 박 포

◆ 과일이 열릴 도(卤): 초목에 과일이 주렁주렁 달린 모습으로 보는 견해도 있고,[21] 밤나무 열매의 모습이라고도 하며, 또는 원형 표주박 모양의 술을 담는 그릇으로 보는 견해도 있습니다. 하지만 전체적인 모습은 임신한 모습입니다. 속자는 다음과 같습니다.

㮚(栗): 밤나무 률   粟(粟): 조 속

묶을 속(束. 6-116)	동녘 동(東. 6-1)	일곱째 천간 경 (庚. 10-1012)

◆ 묶을 속(束): 동녘 동(東)자와 마찬가지로 새끼로 무엇인가를 묶어 놓은 모습으로 풀이하는 견해도 있고,[22] 임신한 모양으로 보는 견해도 있습니다. 속자는 다음과 같습니다.

柬: 가릴 간   剌: 어그러질 랄

---

20)『설문』: 包, 象人裹妊, 巳在中, 象子未成形也.

21)『설문』: 卤, 艸木實垂卤卤然. 象形. 讀若調. 徒遼切.

22)『설문』: 束, 縛也. 从囗, 木.

◆ 동녘 동(東): 묶을 속(束)자와 마찬가지로 무엇인가를 묶은 모습으로 풀이하는 견해도 있고, 임신한 모양으로 보는 견해도 있습니다. 속자는 '棘'자가 있는데, 해석이 불가능한 한자입니다.[23]

◆ 일곱째 천간 경(庚): 양 손으로 임신한 배를 움켜 쥔 모습으로, 이제 막 출산하려는 상태를 나타냅니다. 경(庚)자가 결합된 한자 가운데 쌀이 다 빠져나온 껍데기를 의미하는 겨 강(穅)자가 있는데, 이를 통해 경(庚)자는 임신과 관계가 있으며, 강(康)자는 출산과 밀접한 관계가 있음을 알 수 있습니다. 속자는 없습니다.

근본 록(彔. 6-590)	묶을 본(橐. 6-121)	무거울 중(重. 7-530)

◆ 근본 록(彔): 하나하나 분명하게 나무에 새긴 모양으로 보는 견해도 있고,[24] 두레박과 물방울이 있는 것으로 보아 우물의 도르래 형상으로 보는 견해도 있으며, 묶을 속(束)자와 비슷한 모양이므로 임신한 모습을 나타낸 것으로 보는 견해도 있습니다. 속자는 없습니다.

◆ 묶을 본(橐): 주머니 속에 돼지를 담아 묶은 모습입니다. 속자는 다음과 같습니다.

---

23) 『설문』: 棘, 二東. 曹从此. 闕.
24) 『설문』: 彔, 刻木彔彔也. 象形.

橐: 자루가 불룩한 모양 표　橐: 전대 탁　　　囊: 주머니 낭
櫜: 활집 고

◆ **무거울 중(重)**: 사람 인(人)자와 동녘 동(東)자가 결합한 모습으로, 이 역시 임신한 여성을 나타냅니다. 임신한 여성은 몸이 무겁기 때문에 '무겁다'는 의미가 된 것입니다. 속자는 다음과 같습니다.

量: 헤아릴 량

▶ 속자 해설: 헤아릴 량(量. 量)자는 갓 태어난 아이의 상태를 관찰하는 모습을 강조한 한자입니다. 량(量)자는 갓 태어난 아이의 상태를 확인하는 모습을 나타낸 한자이므로, '헤아리다'라는 뜻 이외에도 '길이, 좋다'는 뜻도 포함되었습니다. 이 아이가 건강한 아이로 자라기 위해서는 양식이 필요하므로 양식 량(糧)자에 량(量)자가 들어 있게 된 것입니다.

알 란(卵. 10-154)	넷째 지지 묘(卯. 10-1116)

◆ **알 란(卵)**: 알이 갈라지면서 안에서 태어나는 바가 있는 것을 그렸다고 보는 견해도 있고, 어머니와 영아가 분리된 모습을 그려 '가르다'는 의미를 나타낸다고 보는 견해도 있습니다. 속자는 다

음과 같습니다.

毈: 알 곯을 단

◆ **넷째 지지 묘**(卯): 알 란(卵)자는 알이 갈라지며 새로운 생명체가 태어나는 모습이고, 넷째 지지 묘(卯)자는 태아가 자라 어머니 자궁에서 빠져나와 어머니와 분리되어 비로소 진정한 생명체가 되는 것을 나타냅니다. 속자는 없습니다.

6. 생활 1

하늘과 신, 주거지와 문, 음식, 식기와 그릇, 실과 옷

6. 생활 1

하늘과 신, 주거지와 문, 음식, 식기와 그릇, 실과 옷

1. 하늘과 신

二	ㅏㅓ
위 상(丄. 上. 1-33)	점 복(卜. 3-720)

◆ 위 상(丄. 上): 어떤 것이 다른 것 위에 있는 모습으로, '위, 하늘'을 나타냅니다. 원래는 '二, 丄'처럼 썼으나 후에 '上'처럼 쓰이게 되었습니다. 속자는 다음과 같습니다.

帝: 임금 제   旁: 두루 방   丅(下): 아래 하

▶ 속자 해설: 임금 제(帝)자의 그림문자(朿, 帝)는 씨방을 그렸다고 풀이하기도 하고, 여성생식기를 그렸다고 풀이하기도 합니다.[1]

두루 방(旁)자의 그림문자(𣂏)는 항문을 그린 범(凡)자와 사람이 힘든 물건을 양 어깨에 메고 가는 모습인 방(方)자가 결합한 모습입니다. 아래 하(丅. 下)자의 그림문자(𝌆)는 위 상(二)자와 반대되는 모습으로 어떤 것이 다른 것 밑에 있는 것을 나타냅니다.

◆ 점 복(卜): 거북이 등껍질 혹은 동물의 어깨뼈 등을 이용하여 점을 칠 때 거북이 등껍질 혹은 동물의 어깨뼈 등에 금간 모습을 간략하게 그린 모습입니다.[2] 그리고 불에 달군 송곳 같은 것을 거북이 등껍질 혹은 동물의 어깨뼈 등에 뚫린 구멍에 갖다 댈 때 '폭'하고 나는 소리로 '卜'자의 음을 '복'이라 했습니다. 속자는 다음과 같습니다.

卦: 걸 괘   卟: 점칠 계   貞: 곧을 정
占: 점칠 점   兆: 조짐 조

▶ 속자 해설: 점칠 계(卟)자의 그림문자(𐎗)는 뼈에 금이 간 모습이고, 점칠 점(占)자의 그림문자(𛀁 𛀂) 역시 뼈에 금간 모습으로, 둘 다 금이 간 모습을 보고서 말한다는 뜻입니다. 곧을 정(貞)자의 그림문자(𪔂, 貞)는 솥 정(鼎. 𪔂)자의 모습과 비슷하지만 솥을 그린 것이 아니라 거북이 등껍질(𐎛)과 점 복(卜)자가 결합된 모습으로 '점친 내용을 바르게 말하다'는 뜻을 나타내고, 조짐 조(兆)자 역시 거북이 등껍질에 금간 모습을 그려 '미래에 나타날 상황, 조짐'을 나타냅니다.

---

1)『에로스와 한자』1장 여성과 한자 편 참고.
2)『설문』: 卜, 灼剝龜也, 象灸龜之形. 一曰象龜兆之從橫也.

효 효(爻. 3-765)	밝은 모양 리(炎. 3-770)

◆ **효 효(爻):** 점을 칠 때 쓰는 대나무 가지를 서로 엇갈리게 놓아둔 모습으로 괘(卦)를 이루는 부호입니다. 일반적으로 '엇갈려 쌓다'는 의미를 나타냅니다. 속자는 다음과 같습니다.

棥: 울타리 번

◆ **밝은 모양 리(炎):** 효 효(爻)자 두 개를 결합하여 점을 통해 미래의 모습을 알 수 있다는 뜻을 나타냈습니다. 속자는 다음과 같습니다.

爾: 너 이   爽: 상쾌할 상

▶ 속자 해설: 너 이(爾. 𤕰, 𤕨)자, 상쾌할 상(爽. 𤕩, 爽, 𤕫)자, 풍성할 무(𤕹. 𤕺, 𤕻, 𤕼)자, 큰 석(奭. 𤕽)자는 모두 어머니의 커다란 젖가슴을 그렸습니다.[3]

신 신(申. 10-1145)	귀신 귀(鬼. 8-176)

---

[3] 『에로스와 한자』 8장 출산, 탯줄, 양육과 한자 편 참고.

◆ 신(申): 남녀의 사랑을 간단한 부호로 나타냈습니다.[4] 속자는 다음과 같습니다.

㪋: 작은 북소리 인   臾: 만류할 유   曳: 끌 예

▶ 속자 해설: 만류할 유(臾)자의 그림문자(㪋)는 사람을 양 손으로 잡아서 가지 못하도록 하는 모습입니다.

◆ 귀신 귀(鬼): 사람의 모습 위에 커다란 머리를 가진 이상한 사람을 그려, 산 사람과는 다른 귀신을 나타냈습니다. 속자는 다음과 같습니다.

魖: 귀신 신   魂: 넋 혼   魄: 넋 백
魅: 역신 치   魃: 가물귀신 발   魅: 도깨비 매
魖: 역귀 허   魕: 아이귀신 기   魖: 귀신 이름 호
飍: 귀신 우는 소리 유 醜: 추할 추   魋: 사람 이름 퇴
魑: 도깨비 리   魔: 마귀 마   魘: 가위눌릴 염

귀신 머리 불(甶. 8-198)	높을 외(鬼. 8-207)

◆ 귀신 머리 불(甶): 귀신 귀(鬼. 鬼)자에서 볼 수 있듯이, '甶'는 귀

신의 머리 모습을 그렸습니다. 속자는 다음과 같습니다.

畏: 두려워할 외　　　禺: 긴 꼬리 원숭이 우

▶ 속자 해설: 두려워할 외(畏)자의 그림문자(🐾, 🐾)는 귀신이 무엇
인가를 들고 있는 모습 혹은 귀신의 머리를 잡고 있는 모습으로,
그러한 모습을 보면 두렵기 때문에 두려워하다는 뜻이 된 것입
니다. 긴 꼬리 원숭이 우(禺)자의 그림문자(🐾)는 꼬리가 긴 원숭
이 모습으로 귀신 머리 불(甶)과는 관련이 없습니다.

◆ 높을 외(嵬): 뜻을 나타내는 뫼 산(山)자와 소리를 나타내는 귀신
귀(鬼)자가 결합하여 만들어진 문자로,[5] 산은 높기 때문에 '높다'
는 의미가 된 것입니다. 속자는 다음과 같습니다.

巍: 높을 외

2. 주거지와 문

집 면(宀. 6-738)	여섯 륙(六. 10-881)

◆ 집 면(宀): 집 혹은 궁실(宮室)의 외곽 형태를 그렸습니다. 집 면

---

5) 『설문』 : 嵬, 高不平也. 从山鬼聲.

(宀)자를 부수로 삼는 속자들은 대부분 집, 침실, 휴식, 안녕(安寧) 등과 관계있습니다. 집 면(宀)자를 부수로 삼는 속자는 매우 많기 때문에 여기서는 자주 사용되는 속자들만 살펴보겠습니다.

家: 집 가	宅: 댁 댁	室: 집 실
宣: 베풀 선	向: 향할 향	宧: 방구석 이
宙: 집 주	宛: 굽을 완	宸: 집 신
宇: 집 우	宏: 클 굉	宖: 집 울릴 횡
寍: 편안할 녕	寔: 이 식	安: 편안할 안
宓: 편안할 복	宴: 잔치 연	察: 살필 찰
定: 정할 정	完: 완전할 완	富: 가멸 부
實: 열매 실	容: 얼굴 용	寶: 보배 보
宦: 벼슬 환	宰: 재상 재	寵: 괼 총
宥: 용서할 유	寫: 베낄 사	宵: 밤 소
宿: 묵을 숙	寢: 잠잘 침	寬: 너그러울 관
守: 지킬 수	寡: 적을 과	客: 손 객
寄: 부칠 기	寒: 찰 한	害: 해칠 해
宕: 방탕할 탕	宋: 송나라 송	宗: 마루 종
寓: 머무를 우		

◆ 여섯 륙(六): 두 개의 지붕이 있는 집 모습을 그린 것으로, 집 면 (宀)과 매우 흡사합니다. 집 면(宀)은 일반적으로 거주하는 집을 나타내고, 여섯 륙(六)은 옛날 전야(田野)에서 임시로 기거(寄居) 하는 곳인 오두막집을 나타냅니다. 옛날에는 오두막집을 려(廬) 라고 했습니다. 아마도 '륙(六)'이라는 발음은 '려(廬)'라는 발음에 서 취한 것 같습니다. 속자는 없습니다.

굴 혈(穴. 6-887)	집 엄(广. 8-241)

◆ 굴 혈(穴): 동굴 입구 모습입니다. 속자는 다음과 같습니다.

窯: 기와 굽는 가마 요 竈: 부엌 조 窺: 구멍 규
穿: 뚫을 천 窵: 뚫을 료 窓: 창 창
空: 빌 공 穵: 구멍 알 窺: 엿볼 규
窒: 막을 질 突: 갑자기 돌 究: 궁구할 구
窮: 다할 궁

◆ 집 엄(广): 앞이 트인 넓은 집을 그린 모습입니다. 속자는 다음과 같습니다.

府: 곳집 부 庠: 학교 상 廬: 오두막집 려
庭: 뜰 정 庖: 부엌 포 廚: 부엌 주
庫: 곳집 고 序: 차례 서 廣: 넓을 광
廁: 뒷간 측 廉: 청렴할 렴 底: 밑 저
庳: 집 낮을 비 庇: 덮을 비 庶: 여러 서
龐: 클 방 廢: 폐할 폐 廟: 사당 묘
廈: 처마 하 廊: 복도 랑 廂: 행랑 상

집 궁(宮. 6-873)	줄 여(予. 4-329)

◆ 집 궁(宮): 집의 외곽, 집 입구 및 창문을 그렸다고 보는 견해도 있고, 집 안에 여러 집들이 서로 연결되어 있는 모습으로 큰 집 혹은 궁궐을 그렸다고 보는 견해도 있는데, 후자의 견해가 타당한 것 같습니다. 속자는 다음과 같습니다.

營: 경영할 영

◆ 줄 여(予): 서로 연결되어 있는 것을 그린 모습으로 보는 견해도 있고, 성교를 나타낸 모습으로 보는 견해도 있습니다. 속자는 다음과 같습니다.

舒: 펼 서　　　　　幻: 변할 환

▶ 속자 해설: 변할 환(幻)자의 그림문자(𑀈)는 사람이 실을 잡고 있는 모습 혹은 사람이 탯줄을 잡고 있는 모습이고 소전체(𑀈)는 줄 여(予. 𑀈)자와 반대되는 모습입니다. 줄 여(予)자는 실제 성교를, 변할 환(幻)자는 꿈속에서의 성교를 나타낸 것으로 보는 견해도 있습니다.[6]

---

6)『에로스와 한자』 6장 에로스와 한자 2편 참고.

창 창(囱. 囪. 8-754)	외짝 문 호(戶. 9-509)	문 문(門. 9-519)

◆ 창 창(囱): 무엇을 그린 것인지 불분명하지만, 굴 혈(穴)자와 창 창(囱)자가 결합한 창 창(窗)자를 통해 창(囱)은 창문 모습을 그린 듯합니다. 속자는 다음과 같습니다.

悤: 바쁠 총

▶ 속자 해설: 바쁠 총(悤)자의 그림문자(ᢍ, ᢍ)는 심장이 빠르게 뛰는 모습을 그린 모습이었으나, 후에 소리를 나타내는 창(囱)자가 결합해서 총(悤)자가 되었습니다.

◆ 외짝 문 호(戶): 외짝 문을 그린 모습입니다. 속자는 다음과 같습니다.

扉: 문짝 비   戹: 좁을 액   扃: 빗장 경
扇: 사립문 선   扉: 비소로 조   房: 방 방
扆: 병풍 의   戾: 수레 옆문 태   扱: 닫을 갑

◆ 문 문(門): 두 짝 문을 그린 모습입니다. 문 문(門)자를 부수로 삼는 속자는 매우 많기 때문에 여기서는 자주 사용되는 속자들만 살펴보겠습니다.

閎: 마을 문 굉   閨: 도장방 규   閭: 이문 려

闕: 대궐 궐　　　　　闔: 문짝 합　　　　　開: 열 개
閟: 문 닫을 비　　　閒: 틈 한　　　　　閣: 문설주 각
闌: 가로막을 란　　閉: 닫을 폐　　　　關: 빗장 관
閃: 번쩍할 섬　　　闊: 트일 활　　　　閥: 공훈 벌
閑: 막을 한　　　　闃: 고요할 격

3. 음식

올 래(來. 5-609)	보리 맥(麥. 5-629)

◆ 올 래(來): 보리 모습입니다. 보리는 하늘에서 '내려 온' 신성한 곡
식이므로 '오다'는 의미로 사용되었습니다. 그리하여 원래의 의
미(보리)를 분명하게 나타내기 위해 래(來)자에 치(夂)자를 더하
여 보리 맥(麥)자를 다시 만들게 되었던 것입니다. 속자는 다음과
같습니다.

粶: 올 사7)

◆ 보리 맥(麥): 보리(來)와 그 뿌리(夂) 모습입니다. 속자는 다음과
같습니다.

麰: 보리 모　　　　　麧: 보리 싸라기 흘　　麰: 누룩 재

---
7)『설문』: 粶,『詩』: "不右不來." 从來矢聲. 牀史切.

麩: 보리를 찧을 차   麩: 밀기울 부   麫: 밀가루 면

麵: 보릿가루 적   麷: 볶은 보리 풍   麮: 보리죽 거

麧: 누룩 활

벼 화(禾. 6-592)	나무 성글 력(秝. 6-664)

◆ 벼 화(禾): 잘 익은 벼 모습입니다. 벼는 익으면 이삭을 아래로 숙이기 때문에 끝을 구부러지게 그렸습니다. 벼 화(禾)자를 부수로 삼는 속자는 매우 많기 때문에 여기서는 자주 사용되는 속자들만 살펴보겠습니다.

秀: 빼어날 수   稼: 심을 가   種: 만생종 동

稙: 일찍 심은 벼 직   種: 씨 종   穆: 화목할 목

稑: 올벼 륙   私: 사사 사   稷: 기장 직

稻: 벼 도   稌: 찰벼 도   穫: 벼 벨 확

秏: 벼 모   穎: 이삭 영   積: 쌓을 적

移: 옮길 이   秒: 초 초   秩: 차례 질

秊(年): 해 년   穀: 곡식 곡   租: 구실 조

稅: 구실 세   秋: 가을 추   秦: 벼 이름 진

稍: 벼 줄기 끝 초   稱: 일컬을 칭   科: 과정 과

程: 단위 정

▶ 속자 해설: 해 년(秊. 年)자의 그림문자(秊)는 사람이 벼를 짊어진

모습으로, 벼는 일 년에 한 차례 수확을 하기 때문에 '해'를 뜻하게 되었습니다.

◆ 나무 성글 력(秜): 벼 화(禾)자 두 개를 결합하여 두 벼 사이의 공간을 나타냈습니다. 모내기를 할 때 간격을 두고 모를 심기 때문에 '드문드문'이란 의미가 된 것입니다. 속자는 다음과 같습니다.

兼: 겸할 겸

▶ 속자 해설: 겸할 겸(兼)자의 그림문자(兼)는 손으로 여러 개의 벼를 '한꺼번에' 잡은 모습입니다.

쌀 미(米. 6-682)	작을 소(小. 1-612)

◆ 쌀 미(米): '∴'는 쌀알을 그렸습니다. 모래알이나 물방울 역시 '∴'처럼 그렸기 때문에, 모래알이나 물방울과 구별하기 위해 '∴' 사이에 분별을 나타내는 부호 '﹨'을 더하여 모래알이나 물방울이 아닌 '쌀알'임을 나타냈습니다. 쌀 미(米)자를 부수로 삼는 속자는 매우 때문에 여기서는 자주 사용되는 속자들만 살펴보겠습니다.

粱: 기장 량   粲: 정미 찬   精: 쓿은 쌀 정

粗: 거칠 조　　　　糖: 사탕 당　　　　籹: 중배끼 여
糧: 양식 량　　　　糟: 지게미 조　　　　糜: 죽 미
粒: 알 립

◆ 작을 소(小): 작은 점들을 그려 작다는 의미를 나타냅니다. 속자는 다음과 같습니다.

少: 적을 소　　　　尐: 적을 절

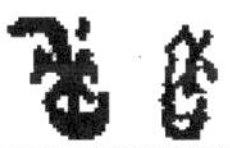	
향기 향(香. 6-680)	쌓을 계(稽. 6-110)

◆ 향기 향(香): 기장(黍)과 입 혹은 사발(口)을 결합하여 사발에 맛있고 향기로운 음식이 담겨 있음을 나타냈습니다. 속자는 다음과 같습니다.

馨: 향기 형　　　　馥: 향기 복

◆ 쌓을 계(稽): 손으로 벼를 차곡차곡 쌓은 모습입니다. 속자는 다음과 같습니다.

䅥: 수컷이 멈출 작[8]

8)『설문』: 䅥, 特止也. 从稽省, 卓聲. 竹角切.

곳집 름(亩. 5-581)	아낄 색(嗇. 5-598)

◆ **곳집 름(亩)**: 두 개의 큰 돌 위에 나무 가름대를 놓고 곡식을 쌓아 두는 창고 모습을 그렸습니다. 속자는 다음과 같습니다.

稟: 줄 품   亶: 믿음 단   啚: 인색할 비

◆ **아낄 색(嗇)**: 보리를 창고에 쌓아 놓은 모습입니다. 속자는 다음 과 같습니다.

牆: 담 장

콩 숙(尗. 6-729)	옻 칠(桼. 6-114)	기장 서(黍. 6-668)

◆ **콩 숙(尗)**: 콩의 새싹이 땅 위로 막 돋아난 모습입니다.[9] 옛날에 는 콩을 숙(尗)이라 했고, 한대(漢代)에는 두(豆)라 했으며, 오늘 날에는 숙(菽)이라 합니다. 속자는 다음과 같습니다.

敊: 몹시 앓을 축

---

9)『설문』: 尗, 豆也. 象尗豆生之形也.

◆ 옻 칠(桼): 나무줄기와 가지에서 옻즙이 물방울처럼 아래로 떨어지는 모습을 그렸습니다.[10] 속자는 다음과 같습니다.

髹: 검붉은 빛 휴　　髱: 옻에 회 섞어 다시 칠할 포

◆ 기장 서(黍): 벼과에 속하는 기장을 그린 모습이었으나, 후에 물 수(水)자가 결합하여 서(黍)자가 되었습니다. 속자는 다음과 같습니다.

黏: 찰질 점　　　　　𪐒: 찰질 닐　　　黎: 검을 려
𪎭: 곡식의 떡잎을 딸 복

𢌳	瓜 瓜	瓠
부추 구(韭. 6-732)	오이 과(瓜. 6-735)	표주박 호(瓠. 6-738)

◆ 부추 구(韭): 뜯고 뜯어도 계속해서 자라는 식물인 부추 모습을 그렸습니다. 속자는 다음과 같습니다.

𤎤: 썬 풋김치 제　　𩐋: 염교 해　　　　韱: 산부추 섬
𩐰: 달래 번

◆ 오이 과(瓜): 덩굴에 매달린 오이를 그렸습니다. 속자는 다음과

---

10) 『설문』: 桼, 木汁. 可以髹物. 象形. 桼如水滴而下.

같습니다.

瓞: 작은 오이 박   瓞: 북치 질   瓣: 외씨 판

瓜: 덩굴이 약할 유

◆ 표주박 호(瓠): 뜻을 나타내는 오이 과(瓜)자와 소리를 나타내는
   자랑할 과(夸)자가 결합한 문자입니다. 속자는 다음과 같습니다.

瓢: 박 표

고소할 급(皀. 5-278)	밥 식(食. 5-315)

◆ 고소할 급(皀): 그릇에 맛있는 음식이 가득한 모습입니다. 속자는
   다음과 같습니다.

卽: 곧 즉   旣: 이미 기   餖: 잘못 지은 밥 석

▶ 속자 해설: 곧 즉(卽)자의 그림문자(鈠)는 사람이 '곧' 밥을 먹기
   위해 밥(상) 앞에 앉은 모습이고, 이미 기(旣)자의 그림문자(鈠)는
   밥(상) 앞에 얼굴을 돌린 사람이 앉은 모습으로 '이미 식사를 마
   쳤다'는 것을 나타냅니다.

◆ 밥 식(食): 그릇 안에 밥이 있고 그 위에 뚜껑이 있는 모습입니다.

고대에는 생산력이 낮아 쌀밥을 구하기가 쉽지 않아 사람들은 쌀을 매우 진귀하게 여겼기 때문에 그릇에 담아 두고 위에 뚜껑을 닫은 듯합니다. 속자는 다음과 같습니다.

飪: 익힐 임   飴: 엿 이   餠: 뱅어 병
饎: 서속 찔 희   饌: 반찬 찬   養: 기를 양
飯: 밥 반   餐: 먹을 찬   饗: 잔치할 향
館: 객사 관   饕: 탐할 도   饑: 주릴 기
饉: 흉년 들 근   飢: 주릴 기   餓: 주릴 아
飽: 물릴 포

모일 회(會. 5-400)	곳집 창(倉. 5-407)

◆ 모일 회(會): 밥 식(食. 쇼)자와 비슷한 글자로, 뚜껑과 그릇 사이에 잘게 썬 고기가 있는 모습이라는 견해도 있고, 원시시대 남성들과 여성들이 한 곳에 모여 있는 모습이라는 견해도 있습니다.[11] 속자는 다음과 같습니다.

韽: 더할 비   曘: 해와 달이 만날 회

◆ 곳집 창(倉): 곡식을 저장하는 문이 달린 창고 모습입니다. 속자는 다음과 같습니다.

---

11) 『에로스와 한자』 6장 에로스와 한자 2편 참고.

牆: 먹는 소리 장

소금 로(鹵. 9-499)	소금 염(鹽. 9-507)

◆ 소금 로(鹵): 용기에 소금이 담긴 모습으로, 중국 서부에 있는 염지(鹽地)를 나타내기도 합니다.[12] 천연적인 소금을 로(鹵)라 하고, 사람이 가공하여 만든 소금을 염(鹽)이라 합니다. 속자는 다음과 같습니다.

鹹: 짤 함

◆ 소금 염(鹽): 뜻을 나타내는 소금 로(鹵)자와 소리를 나타내는 볼 감(監)자가 결합한 문자입니다. 속자는 다음과 같습니다.

鹽: 염지 고   鹼: 소금기 감

이에 내(乃. 5-19)	서녘 서(西. 9-490)

◆ 이에 내(乃): 어머니 젖가슴을 측면에서 그린 모습(ろ)도 있고,[13]

---

12) 『설문』: 鹵, 西方鹹地也. 从西省, 象鹽形. 安定有鹵縣. 東方謂之㡿, 西方謂之鹵.

없어서는 안 될 가장 중요한 것을 포함한 모습(🖤)도 있습니다. 갓 태어난 영아는 어머니 젖이 없으면 생명을 유지할 수 없듯이, 소금이 없으면 우리들이 생명을 유지할 수 없기 때문에 유방 안에 소금 로(🍥)가 있는 모습을 취했습니다. 속자는 다음과 같습니다.

卥: 놀라는 소리 옹14)

◆ 서녘 서(西): 자루에 담긴 소금(卤. 🍥)에서 소금을 뺀 자루만 그린 모습입니다. 자루에 소금이 떨어졌기 때문에 소금이 나오는 곳으로 구하러 가야만 합니다. 소금은 서쪽에서 나오기 때문에 '서쪽'이란 의미를 지니게 된 것입니다. 속자는 다음과 같습니다.

㘉: 천할 규

4. 식기와 그릇

솥 력(鬲. 3-289)	다리 굽은 솥 력(䰜. 3-317)

◆ 솥 력(鬲): 발이 세 개가 있고 가운데 아래쪽은 비어 있어서 그곳에 불을 지펴 음식을 삶는 취사도구로 사용되기도 했고 또한 제기(祭器)로도 사용된 솥을 그렸습니다. 속자는 다음과 같습니다.

---

13) 『에로스와 한자』 8장 탯줄, 출산, 양육과 한자 편 참고.
14) 『설문』: 卥, 驚聲也. 讀若仍. 如乘切.

鬿: 가마솥 의　　鬹: 세발 달린 가마솥 규　　鬷: 가마솥 종
鬵: 용가마 심　　鬴: 가마솥 부　　鬳: 솥 권
甑: 시루 증　　融: 화합할 융, 녹일 융

◆ 다리 굽은 솥 력(鬲): 솥 력(鬲)자와 마찬가지로 다리가 굽은 솥을
그렸습니다.[15] 속자는 다음과 같습니다.

鬻: 죽 죽　　　　鬻: 삶을 자

솥 정(鼎. 6-577)	수량 원(貟. 6-164)

◆ 솥 정(鼎): 세 개의 다리와 두 개의 귀가 있는 솥을 그렸습니다. 속
자는 다음과 같습니다.

鼒: 옹달솥 자　　　鼐: 가마솥 내　　　鼏: 솥뚜껑 멱

◆ 수량 원(貟): 아랫부분은 조개(貝)가 아닌 솥(鼎)을 그렸고 윗부분
은 'ㅇ'을 그려 '둥글다'는 것을 나타냈습니다. 그러므로 둥글 원
(圓)자에 수량 원(貟)자가 들어있게 된 것입니다. 솥 정(鼎)자가 조
개 패(貝)자로 변한 대표적인 한자는 깨뜨릴 패(敗)자로, 이는 손
에 몽둥이를 들고 솥을 깨뜨리는 것을 나타냅니다. 속자는 다음

---

15)『설문』: 鬲, 鬵也. 古文亦鬲字. 象孰餁五味气上出也.

과 같습니다.

貟: 어지러울 운16)

▶ 속자 해설: 어지러울 운(貟)자는 사용하지 않고 지금은 어지러울 운(紜)자를 사용합니다.

그릇 명(皿. 5-167)	피 혈(血. 5-228)

◆ 그릇 명(皿): 밥그릇 모습입니다.17) 속자는 다음과 같습니다.

盂: 사발 우   盌: 주발 완   盛: 담을 성
齍: 제기 자   盉: 바가지 유   盧: 밥그릇 로
盬: 그릇 고   盄: 그릇 조   盎: 동이 앙
盆: 동이 분   盄: 그릇 저   盨: 그릇 수
盪: 데우는 그릇 교   盉: 조미할 화   益: 더할 익
盈: 찰 영   盡: 다될 진   蟲: 빌 충
醯: 초 혜   盦: 뚜껑 암   盥: 대야 관
盈(盈): 인자할 온18) 盪: 씻을 탕   盋: 사발 발

---

16) 『설문』: 貟, 物數紛緎亂也. 从員云聲. 羽文切.

17) 『설문』: 皿, 飯食之用器也. 象形. 與豆同意.

18) 『설문』: 盈(盈), 仁也. 从皿, 以食囚也. 烏渾切.

◆ 피 혈(血): 그릇 안에 피가 가득 차 있는 모습입니다. 옛날에는 제사를 지낼 때 그릇에 소의 피를 담아 신에게 바쳤다고 합니다. 그러므로 그릇(皿. 𠙶) 안에 있는 '●'는 소의 피를 나타냅니다.[19] 속자는 다음과 같습니다.

衁: 피 황　　　　衃: 월경혈 배　　　　卹: 가엾이 여길 휼

衄: 코피 뉵　　　　衋: 애통해할 혁　　　　衉: 선짓국 감

衆: 덮을 합　　　　衊: 모독할 멸

술을 담는 그릇 유(酉. 10-1152)	묵은 술 추(酋. 10-1195)

◆ 술을 담는 그릇 유(酉): 뚜껑이 있는 항아리에 술이 담겨져 있는 모습입니다. 속자는 다음과 같습니다.

酒: 술 주　　　　醶: 탐하고 즐길 심　　　　釀: 빚을 양

醉: 취할 취　　　　醫: 의원 의　　　　酸: 초 산

醬: 젓갈 장　　　　醋: 초 초　　　　醒: 깰 성

配: 아내 배　　　　酌: 따를 작

▶ 속자 해설: 아내 배(配)자의 그림문자(𨢑)는 앉아서 술을 같이 마셔 줄 수 있는 상대를 그린 모습입니다. 의원 의(醫)자의 그림문자(𠁁)는 안에 박힌 화살 모습이었지만 후에 손에 수술도구를 잡

---

19)『설문』: 血, 祭所薦牲血也. 从皿, 一象血形.

240 그림문자로 이해하는 541개 한자부수

은 모습(殳)과 마취제 역할을 하는 술(酉)을 더하여 지금의 의(醫)

자가 되었습니다.

◆ **묵은 술 추(酋)**: 나눌 팔(八)자와 술 유(酉)자가 결합한 문자로, 잘

익은 술(酉)을 나눠주는(八) 역할을 하는 사람을 나타냅니다. 속

자는 다음과 같습니다.

尊: 높을 존

▶ 속자 해설: 높을 존(尊)자의 그림문자(爲, 爲)는 술동이를 양손으

로 높이 들어서 바치는 모습입니다.

복 복(畐. 5-570)	울창주 창(鬯. 5-300)	두터울 후(㫗. 5-560)

◆ **복 복(畐)**: 술이 가득 들어찬 술병을 뚜껑으로 막은 모습입니다.

술이 집에 가득 찼다는 것은 집이 부자라는 뜻입니다. 왜냐하면

남은 곡물로 술을 만들었기 때문입니다. 그래서 많은 곡물을 얻

는 것을 '복'이라 했습니다. 속자는 다음과 같습니다.

良: 좋을 량

▶ 속자 해설: 좋을 량(良)자의 그림문자(皀)는 어떤 장소에서 남녀

가 사랑을 나누는 모습으로, '기분이 좋다, 말을 잘 들으니 착하

다, 어질다' 등의 의미를 나타냅니다. 량(良)자가 남성이나 여성을 의미하는 한자는 사나이/남편 랑(郎)자, 사내/남편 랑(貔)자, 아가씨/어머니 랑(娘)자 등입니다. 량(良)자가 '좋다, 착하다, 선하다' 등의 의미로 쓰인 한자는 어질 양(俍)자, 양식 량(粮)자 등이고, 량(良)자가 '거칠게 사랑을 나눈다'는 의미로 쓰인 한자는 파도 랑(浪)자, 목이 쉴 량(哴)자, 슬퍼하고 서러워할 량(悢)자 등이며, '마음이 맑아지다'는 의미로 쓰인 한자는 밝을 랑(朗)자, 밝을 랑(朖)자, 밝을 량(眼)자, 빛 밝을 랑(烺)자 등입니다.[20]

◆ **울창주 창(鬯):** 원래 술을 담는 용기 모습(鬯)이었으나, 후에 수저로 퍼낸다는 것을 나타내기 위해 수저 비(匕)자를 더하여 울(鬯)자가 되었습니다. 속자는 다음과 같습니다.

爵: 잔 작   鬱: 막힐 울

▶ 속자 해설: 잔 작(爵)자의 그림문자(爵, 爵)는 술잔 혹은 손으로 술잔을 잡고 있는 모습이고, 막힐 울(鬱)자의 그림문자(鬱)는 사람이 숲속에서 못나가게 손으로 잡고 있는 모습으로 울창주 창(鬯)자와는 관계가 없습니다.

◆ **두터울 후(㫗):** 물건을 많이 담을 수 있는 주둥이가 큰 용기를 그렸습니다. 속자는 다음과 같습니다.

---

20)『에로스와 한자』5장 에로스와 한자 1편 참고.

覃: 한정된 곳에 이를 담   厚: 두터울 후

▶ 속자 해설: 한정된 곳에 이를 담(覃)자의 그림문자(🔲)는 소금을 그릇에 담은 모습이고, 두터울 후(厚)자의 그림문자(🔲. 🔲)는 용기에 담긴 물건이 사라지지 않도록 천으로 두텁게 감싼 모습입니다.

옛 질그릇 희(䖒. 5-122)	장군 부(缶. 5-435)

◆ 옛 질그릇 희(䖒): 분명치는 않지만 제기 이름 두(豆)자가 있는 것으로 보아 그릇을 나타낸 듯합니다.[21] 속자는 다음과 같습니다.

䵻: 흙으로 만든 투구 호[22]

◆ 장군 부(缶): 술과 장을 담는 질그릇 모습입니다.[23] 속자는 다음과 같습니다.

瓬: 굽지 않은 질그릇 부   匋: 질그릇 도   罌: 양병 앵
䍌: 작은 장군 부   缾: 두레박 병   䍀: 자배기 답
罃: 물독 앵   缸: 항아리 항   罇: 방추 전

---

21)『설문』: 䖒, 古陶器也. 从豆虍聲.

22)『설문』: 䵻, 土鍪也. 从䖒号聲. 讀若鎬. 胡到切.

23)『설문』: 缶, 瓦器. 所以盛酒蘗. 秦人鼓之以節謌. 象形.

垚: 질그릇 요　　　　缺: 이지러질 결　　　罅: 틈 하

坫: 흠 점　　　　　　罄: 빌 경　　　　　　䘥: 그릇 속 빌 계

缿: 벙어리저금통 항　罐: 두레박 관

병 호(壺. 8-842)	한 일(壹. 8-846)

◆ 병 호(壺): 병의 뚜껑, 양쪽 귀, 다리, 둥글게 두른 무늬 등이 있는
둥근 술병 모습입니다.[24] 속자는 다음과 같습니다.

壼: 답답할 운

◆ 한 일(壹): 병 호(壺)자 안에 길할 길(吉)자가 결합된 문자로 분석
할 수 있지만,[25] 어떤 의미인지는 불분명합니다. 아마도 '오로지,
전적으로, 한결같이' 좋은 술만 담는 병이 아닌가 합니다. 속자는
다음과 같습니다.

懿: 아름다울 의

---

24)『설문』: 壺, 昆吾圜器也. 象形. 从大, 象其蓋也.

25)『설문』: 壹, 專壹也. 从壺吉聲.

∪ 밥그릇 구(凵. 5-221)	⺆ ⺆ 凵 상자 방(匚. 9-1019)

◆ 밥그릇 구(凵): 버드나무로 만든 광주리 모양의 밥그릇 모습입니다.[26] 속자는 없습니다.

◆ 상자 방(匚): 물건을 담을 수 있는 그릇 모습입니다.[27] 속자는 다음과 같습니다.

匠: 장인 장	医: 상자 협	匡: 바룰 광
匜: 주전자 이	匴: 관 상자 산	匷: 상자 감
匪: 대상자 비	匴: 농기구 익	匫: 헌 그릇 홀
匬: 노적가리 유	匵: 궤 독	匣: 갑 갑
匭: 함 궤	匯: 물 합할 회	柩: 널 구
匰: 주독 단		

5. 실과 옷

요(幺)자, 현(玄)자, 사(糸)자, 오(午)자 등이 있는 한자는 '실' 뿐만 아니라 '탯줄'을 의미하기도 합니다. 이 부분 역시 기존 한자 서적의 내용과는 다르기 때문에 많은 보충 설명이 필요합니다. 구체적인 내용은 졸저『에로스와 한자』8장 탯줄 편에 자세히 언급되어 있는 관계로 구

---

26)『설문』: 凵, 凵盧, 飯器, 以柳爲之. 象形. 去魚切.

27)『설문』: 匚, 受物之器. 象形.

체적인 설명은 생략하겠습니다.

가는 실 사(糸. 9-1134)	실 사(絲. 10-4)

◆ 가는 실 사(糸): 실을 묶어 놓은 모습으로 보는 견해도 있고,[28] 탯
줄로 보는 견해도 있습니다. 사(糸)자가 부수로 쓰일 때에는 '실,
삼, 천, 직물, 묶다, 잇다, 가늘다, 색깔' 등의 의미를 나타냅니다.
사(糸)자를 부수로 삼는 속자는 상당히 많기 때문에 여기서는 자
주 사용되는 속자들만 살펴보겠습니다.

繹: 풀어낼 역	緖: 실마리 서	純: 생사 순
經: 날 경	統: 큰 줄기 통	紀: 벼리 기
纇: 실마디 뢰	紿: 속일 태	納: 바칠 납
紡: 자을 방	絶: 끊을 절	繼: 이을 계
續: 이을 속	纖: 가늘 섬	細: 가늘 세
紹: 이을 소	縮: 죽일 축	紊: 어지러울 문
級: 등급 급	總: 거느릴 총	約: 묶을 약
辮: 땋을 변	結: 맺을 결	締: 맺을 체
給: 줄 급	練: 익힐 련	紬: 명주 주
終: 마칠 종	繪: 그림 회	絹: 명주 견
綠: 푸를 록	紫: 자줏빛 자	紅: 붉을 홍
組: 끈 조	纂: 모을 찬	緣: 가선 연
綱: 벼리 강	纍: 갇힐 류	徽: 아름다울 휘

---

28)『설문』: 糸, 細絲也. 象束絲之形.

紐: 끈 뉴　　　　　紉: 새끼 인　　　　　繩: 줄 승

編: 엮을 편　　　　維: 바 유　　　　　縻: 고삐 미

緤: 고삐 설　　　　絡: 헌 솜 락　　　　繫: 맬 계

紛: 어지러워질 분　　縐: 낳을 집　　　　績: 실 낳을 적

絜: 헤아릴 혈　　　　彝: 떳떳할 이　　　練: 베 소

◆ 실 사(絲): 가는 실 멱(糸)자 두 개를 결합하여 '실'을 의미하기도
하고 '탯줄'을 의미하기도 합니다. 속자는 다음과 같습니다.

轡: 고삐 비

이을 계(系. 9-1115)	흴 소(素. 10-1)	삼갈 전(叀. 4-303)

◆ 이을 계(系): 손으로 실마리를 들고 있는 모습으로 '매다, 연결시
키다'는 의미를 나타냅니다. 속자는 다음과 같습니다.

孫: 손자 손, 자손 손　　縣: 햇솜 면　　　　繇: 말미암을 요

▶ 속자 해설: 손자 손(孫)자를 분석하면, 세대를 연결시켜주는(系)
자식(子)이란 의미로, 즉 손자를 말합니다.

◆ 흴 소(素): 방직기에서 나오는 실을 두 손으로 받는 모습입니다.
새로 짜서 만든 생명주실은 비교적 거칠어서 쉽게 아래로 처질

뿐 아니라 그 깨끗함이 눈(雪)과 같았으므로, '새로 짠 실'을 의미
했다가 후에 '백색'이란 의미로 쓰이게 된 것입니다. 속자는 다음
과 같습니다.

緆: 흰 비단 약   綽: 늘어질 작

◆ 삼갈 전(叀): 실패 모습으로 보기도 하고, 생명이 탄생하는 모습
으로 보기도 합니다. 속자는 다음과 같습니다.

惠: 은혜 혜, 사랑할 혜   疐: 꼭지 체

8 8 8	**8 8 8 8**	**8 ♪ ♪ ♪ ↑ ↑**
작을 요	미세할 유	거스를 오
(幺. 4-291)	(丝. 4-295)	(午. 10-1137)

◆ 작을 요(幺): 탯줄 모습입니다. 속자는 다음과 같습니다.

幼: 어릴 유   麼: 잘 마

▶ 속자 해설: 어릴 유(幼)자의 그림문자(ᴣ, ᴣ)는 칼로 탯줄을 자르
는 모습입니다.

◆ 미세할 유(丝): 작을 요(幺)자 두 개를 결합하여 더욱 작은 것을
나타냅니다.[29] 속자는 다음과 같습니다.

幽: 그윽할 유   幾: 위태로울 기

▶ 속자 해설: 그윽할 유(幽)자의 그림문자(⬚)는 불로 탯줄을 태우는 모습입니다. 고대인들은 아기의 안녕과 번영을 기원하면서 탯줄을 불에 태웠으며 이러한 의식을 통해 '다산'을 기원했습니다. 위태로울 기(幾)자의 그림문자(⬚, ⬚, ⬚)는 탯줄(⬚)과 '⬚, ⬚, ⬚'가 결합된 모습입니다. '⬚, ⬚, ⬚'은 사람(⬚, ⬚, ⬚)과 손에 무기를 든 모습(⬚)이 결합한 모습으로, 여기에서 '⬚와 ⬚'는 위대한 여성을 나타냅니다. 사람(특히 여성)을 베어 버리는 것이 '⬚, ⬚, ⬚'이고 이것을 한자로 나타내면 칠 벌, 벨 벌(伐)자입니다. 이러한 사실로 볼 때, 기(幾)자는 '후대를 더 이상 잇지 못하도록 목숨을 베어 버림'이라는 의미라고 추론이 가능합니다. 그렇게 하면 부족의 인구가 계속 감소하여 마을의 안녕이 위태로워지기 때문에 '위태롭다'고 해석했던 것입니다.

◆ 거스를 오(午): 한 묶음의 실이 서로 교차되어 어긋나게 묶인 모습으로 '거역하다, 교차하다'는 의미를 나타냅니다. 속자는 다음과 같습니다.

㕻: 만날 오, 거스를 오

---

29) 『설문』: 絲, 微也. 从二幺. 於虯切.

검을 현(玄. 4-325)	시위 현(弦. 9-1110)	이끌 솔(率. 10-8)

◆ 검을 현(玄): 검붉은 색의 탯줄 모습입니다. 속자는 다음과 같습니다.

玆: 이 자, 검을 자　　玈: 검을 로

◆ 시위 현(弦): 활시위를 그린 상형문자였는데, 후에 시위를 강조하기 위해 줄(玄)을 더하여 회의문자가 된 것입니다. 속자는 다음과 같습니다.

玅: 묘할 묘, 젊을 묘　　盭: 어그러질 려

◆ 이끌 솔(率): 양수와 함께 탯줄이 빠져 나오는 모습을 그렸습니다. 속자는 없습니다.

옷 의(衣. 7-558)	갓옷 구(裘. 7-625)	비단 백(帛. 7-210)

◆ 옷 의(衣): 옷깃과 좌우를 감싸 덮은 모습입니다. 위에 입는 옷은 의(衣)라 하고 아래 입는 옷은 상(裳)이라 합니다. 옷 의(衣)자를 부수로 삼는 속자는 상당히 많기 때문에 여기서는 자주 사용되는

속자들만 살펴보겠습니다.

裁: 마를 재	袞: 곤룡포 곤	褕: 고을 유
袗: 홑옷 진	表: 겉 표	裏: 속 리
衽: 옷깃 임	袍: 핫옷 포	褱: 품을 회
褱: 품을 회	裔: 후손 예	袁: 옷 길 원
衾: 이불 금	衷: 속마음 충	雜: 섞일 잡
襄: 도울 양	補: 기울 보	裝: 꾸밀 장
衰: 쇠할 쇠	卒: 군사 졸	製: 지을 제

▶ 속자 해설: 군사 졸(卒)자의 그림문자(衣, 衣)는 손으로 옷을 '꽉 졸라 맨' 모습입니다. 군인들이 전쟁터에 나갈 때 옷 위에 방어용 옷을 졸라 매기 때문에 '군사'란 의미를 지니게 된 것이고, 전쟁 터에 나간 '군사'는 대부분 죽기 때문에 '끝나다'는 의미도 포함 되게 된 것입니다.

◆ 갓옷 구(裘): 털이 겉으로 드러난 가죽옷 모습입니다. 속자는 다 음과 같습니다.

䙟: 갓옷 속 혁30)

◆ 비단 백(帛): 흰 백(白)자와 수건 건(巾)자가 결합한 문자입니다. 속자는 다음과 같습니다.

錦: 비단 금

---

30) 『설문』: 䙟, 裘裏也. 从裘鬲聲. 讀若擊. 楷革切.

수건 건(巾. 7-148)	두를 잡(帀. 6-68)

◆ 수건 건(巾): 수건을 허리에 찬 모습입니다. 속자는 다음과 같습니다.

帥: 장수 수   幣: 비단 폐   幅: 폭 폭

帶: 띠 대   常: 항상 상   帬: 치마 군

幕: 막 막   飾: 꾸밀 식   帚: 비 추

席: 자리 석   布: 베 포

▶ 속자 해설: 비 추(帚)자의 그림문자(🖐, 🖐)는 빗자루를 세워 둔 모습입니다.

◆ 두를 잡(帀): 갈 지(之. 🖐)를 거꾸로 써서 '빙빙 돌면서 앞으로 나아가지 않다, 빙빙 돌다, 빙 두르다'는 것을 나타냈습니다.[31] 속자는 다음과 같습니다.

師: 스승 사

▶ 속자 해설: 스승 사(師)자의 그림문자(🖐, 🖐)는 원래 엉덩이 되(𠂤)와 같이 엉덩이 모습이었으나 후에 두를 잡(帀)자가 결합한 것으로, 이는 한 사람 주위에 많은 사람들이 모여든다는 것을 나

31)『설문』: 帀, 周也. 从反之而帀也.

타냅니다. 그리하여 '많은 사람들을 이끄는 사람, 스승'을 나타내
게 된 것입니다.

덮을 멱(冖. 7-72)	재차 덮을 모(冃. 7-79)

◆ 덮을 멱(冖): 수건으로 물건을 덮은 모습입니다. 속자는 다음과
같습니다.

冠: 갓 관　　　　　取: 쌓을 취　　　　　訑: 잔 드릴 타

◆ 재차 덮을 모(冃): 겹으로 덮은 모습입니다.32) 속자는 다음과 같
습니다.

同: 같을 동　　　　　冡: 덮어 쓸 몽

쓰개 모(冃. 7-98)	덮을 아(襾. 7-144)

◆ 쓰개 모(冃): 장식이 달린 모자입니다. 속자는 다음과 같습니다.

---

32) 『설문』: 冃, 重覆也. 从冂, 一. 莫保切.

冕: 면류관 면   冑: 투구 주   冒: 무릅쓸 모
最: 가장 최

▶ 속자 해설: 면류관 면(冕)자의 그림문자(𝌀)는 모자를 쓴 사람을 그린 모습입니다. 투구 주(冑)자의 그림문자(𝌀)는 얼굴 위에 투구를 쓴 모습이며, 무릅쓸 모(冒)자의 그림문자(𝌀)는 눈을 감은 상태로 무작정 나가는 모습으로 둘 다 투구를 쓴 모습을 그렸습니다. 그리고 가장 최(最)자는 얼굴을 가리고 범죄를 저질러 '많은' 재물을 모은 것을 나타냅니다.[33]

중국 하남성(河南省) 은허(殷墟) 유적지에서 발굴된 투구

◆ 덮을 아(襾): 술을 담는 그릇 유(酉)자의 그림문자(𝌀, 𝌀)자를 통해 덮을 아(襾)자는 그릇 뚜껑을 그린 모습임을 알 수 있습니다. 속자는 다음과 같습니다.

覂: 엎을 봉   覈: 핵실할 핵   覆: 뒤집힐 복

_____

33)『설문』: 最, 犯而取也. 从冃从取.

帗	黹 黹 黹 黹
헤어진 옷 폐(帗. 7-229)	바느질할 치(黹. 7-237)

◆ 헤어진 옷 폐(帗): 수건 주위에 네 개의 점을 그려 헤어진 옷을 나
타냈습니다. 속자는 다음과 같습니다.

敝: 해질 폐

◆ 바느질할 치(黹): 옷 두 조각을 바느질로 꿰매는 모습을 그린 것
입니다. 속자는 다음과 같습니다.

黼: 수 보   黻: 수 불   黺: 옷에 오색 수놓을 분

7. 생활 2

생활용품, 무기, 숫자와 부호

7. 생활 2

생활용품, 무기, 숫자와 부호

1. 생활용품

옥 옥(玉. 1-237)	쌍옥 각(珏. 1-302)

◆ 옥 옥(玉): 옥이 실에 가지런히 꿰어진 모습입니다.[1] 옥 옥(玉)자
를 부수로 삼는 속자는 매우 많기 때문에 여기서는 자주 사용되
는 속자들만 살펴보겠습니다.

璧: 둥근 옥 벽	環: 고리 환	瑞: 상서 서
琢: 쫄 탁	琱: 옥 다듬을 조	理: 다스릴 리
珍: 보배 진	玩: 희롱할 완	碧: 푸를 벽

---

1) 『설문』: 玉, 象三玉之連. ㅣ, 其貫也.

珠: 구슬 주   瑚: 산호 호   靈: 신령 령

▶ 속자 해설: 신령 령(靈)자는 원래 옥 옥(玉)자와 비올 령(霝)자가 결합된 신령 령(靈)자였으나 후에 옥 옥(玉)자 대신 무당 무(巫)자를 사용하여 지금의 신령 령(靈)자가 되었습니다.[2]

◆ 쌍옥 각(珏): 옥이 실에 가지런히 꿰어진 모양(玉)을 두 개 결합한 모습입니다. 지금으로부터 약 3700여 년 전인 상(商)나라 때에는 옥(玉)과 조개(貝)를 화폐로 사용했습니다. 옥 묶음을 각(珏)이라 했고, 조개 묶음을 붕(朋)이라 했습니다. 속자는 다음과 같습니다.

班: 나눌 반

▶ 속자 해설: 나눌 반(班)자의 그림문자(班)는 옥 묶음(珏)을 칼(刂)로 자르는 모습입니다. 그리하여 '나누다'는 의미가 된 것입니다.

丰 丰	扐 扐 銕 銕 禮
새길 개(丰. 4-585)	새길 갈(扐. 4-584)

◆ 새길 개(丰): 글자가 없던 시절 대나무나 나무에 정보를 전달하기 위해 새긴 모습입니다. 속자는 다음과 같습니다.

─────────────

2)『설문』: 靈(靈), 靈巫. 以玉事神. 从玉霝聲.

挌: 가지를 바로잡을 객3)

◆ 새길 갈(㓞): 칼(刀)로 나뭇조각이나 대나무 조각에 새기는 것(丯)
을 나타냅니다. 한 가지 중요한 사실은 새길 갈(㓞)자와 성인을
나타내는 큰 대(大)자가 결합한 '契'자인데, '契'자는 '계'와 '글' 두
가지 발음이 있다는 사실입니다. 약속을 의미할 때에는 '계'로 발
음하고 조각에 새긴 것을 의미할 때에는 '글'로 발음합니다.4) '글'
이란 발음과 의미가 한국어에 고스란히 남아 있다는 사실은 한자
의 탄생과 한국어는 어떤 관계가 있는지를 해결하는 중요한 열쇠
가 될 것입니다. 속자는 다음과 같습니다.

契: 새길 계

▶ 보충 해설: 위 내용을 정리하면 새길 개(丯)자, 새길 갈(㓞)자, 새
길 계(契)자, 글 글(契)자는 모두 같은 글자입니다.

쇠 금(金. 10-455)	조개 패(貝. 6-167)

◆ 쇠 금(金): 이제 금(仐. 今)자, 흙 토(土. 土), 흙 속에 있음을 나타낸
부호(ᆢ)가 결합된 문자로, 금은 흙에서 나오기 때문에 흙 토(土)

---

3) 『설문』: 挌, 枝格也. 从丯各聲. 古百切.

4) 『集韻』: 契, 欺訖切.

를 결합해서 만들었음을 알 수 있습니다.5) 쇠 금(金)자를 부수로 삼는 속자는 매우 많기 때문에 여기서는 자주 사용되는 속자들만 살펴보겠습니다.

銀: 은 은	鉛: 납 연	錫: 주석 석
銅: 구리 동	鐵: 쇠 철	鍊: 불릴 련
釣: 낚시 조	錄: 기록할 록	鑲: 거푸집 속 양
鑄: 쇠 부어 만들 주	釘: 못 정	鍾: 종 종
鎔: 녹일 용	鏡: 거울 경	錯: 섞일 착
塹: 끌 참	鑑: 거울 감	鎌: 낫 겸
鐸: 방울 탁	銳: 날카로울 예	錢: 돈 전
鈚: 도끼 비	鑿: 뚫을 착	鐘: 종 종

◆ 조개 패(貝): 조개모습입니다. 옛날 상(商)나라 혹은 그 이전에는 조개껍질을 화폐로 삼았고 거북껍질을 보물로 삼았습니다. 주(周)나라에서는 천(泉)이라는 화폐가 있었으며, 진(秦)나라에 이르러서야 패(貝)를 폐지하고 전(錢)이 사용되어 오늘에 이르렀습니다.6) 조개 패(貝)자를 부수로 삼는 속자는 매우 많기 때문에 여기서는 자주 사용되는 속자들만 살펴보겠습니다.

賄: 뇌물 회	財: 재물 재	貨: 재화 화
資: 재물 자	賑: 구휼할 진	賢: 어질 현
賁: 클 분	賀: 하례 하	貢: 바칠 공
賮: 보배 신	齎: 가져올 재	貸: 빌릴 대

---

5)『설문』: 金, 生於土, 从土. 左右注, 象金在土中形. 今聲.
6)『설문』: 貝, 象形. 古者貨貝而寶龜, 周而有泉, 至秦廢貝行錢.

贊: 도울 찬　　特: 빌 특　　賂: 뇌물 줄 뢰
賸: 남을 승　　贈: 보낼 증　　賚: 줄 뢰
賞: 상줄 상　　贏: 이가 남을 영　　賴: 힘입을 뢰
賜: 줄 사　　負: 질 부　　貯: 쌓을 저
貳: 두 이　　賓: 손님 빈　　賒: 외상으로 살 사
貰: 세낼 세　　質: 바탕 질　　貿: 바꿀 무
贅: 혹 췌　　贖: 속바칠 속　　費: 쓸 비
責: 꾸짖을 책　　賈: 값 가　　販: 팔 판
買: 살 매　　賤: 천할 천　　賦: 구실 부
貪: 탐할 탐　　貶: 떨어뜨릴 폄　　貧: 가난할 빈
賣: 팔 매　　賃: 품팔이 임　　貴: 귀할 귀
賏: 자개를 이어 꿴 목걸이 영　　賭: 걸 도　　貼: 붙일 첩
賽: 굿할 새　　賻: 부의 부　　贍: 넉넉할 섬

丌	几	爿片
대 기(丌. 4-712)	안석 궤(几. 10-617)	조각 편(爿. 6-572)

◆ 대 기(丌): 물건을 진열하기 위해 만든 위는 평평하고 아래는 다리가 있는 상 모양을 그렸습니다.[7] 속자는 다음과 같습니다.

典: 법 전　　畀: 줄 비　　奠: 제사 지낼 전
丌: 바칠 기　　巽: 손괘 손　　顨: 괘이름 손

---

7)『설문』: 丌, 下基也. 薦物之丌. 象形.

▶ 속자 해설: 법 전(典)자의 그림문자(𦥑, 𤔔)는 양손으로 글이 쓰인 죽간을 상에 올려놓은 모습이고, 줄 비(畀)자의 그림문자(𤰔)는 상에 무엇인가를 올려놓은 모습이며, 제사 지낼 전(奠)자의 그림문자(𠀃, 𤮰)는 술을 땅 혹은 상에 올려놓은 모습입니다.

◆ 안석 궤(几): 걸터앉는 안석 모양입니다. 안석은 노인들이 앉아 몸을 기대는데 사용하고, 제사를 지낼 때 사용하기도 하는 책상이나 찻상 등의 작은 탁자를 말합니다. 일반적으로 안석은 나무로 만들기 때문에 안석 궤(几)자는 책상 궤(机)자와 같은 글자로 볼 수도 있습니다. 속자는 다음과 같습니다.

凭: 기댈 빙   尻: 살 거   処: 처할 처

▶ 속자 해설: 처할 처(処)자의 그림문자(𠂹, 𡰪)는 사람이 안으로 들어가는 모습(𠂹) 혹은 사람이 안석에 걸터앉은 모습(𡰪)입니다. 지금은 처(処)자 대신 호피 무늬 호(虍)자가 결합한 형태인 살 처(處)자를 사용합니다.

◆ 조각 편(片): 나무를 반으로 자른 것으로 보기도 하지만,[8] 침상을 그린 것으로 보는 것이 보다 합리적입니다. '𠬝'은 원래 침상을 그린 것이었으나, 후에 나뭇조각 장(爿)자와 조각 편(片)자로 분리되었습니다. 그러므로 장(爿)자와 편(片)자는 본래 동일한 글자라고 할 수 있습니다. 조각 편(片)자만 부수로 설정되었을 뿐, 나뭇

---

8)『설문』: 片, 判木也. 从半木. 匹見切.

조각 장(뉘)자는 부수로 설정되지 않았습니다. 속자는 다음과 같습니다.

牘: 편지 독   版: 널 판   牒: 서판 첩

牏: 담틀 투   牖: 창 유   牑: 평상널 편

키 기(箕. 4-702)	키 반(𠥓. 4-266)

◆ 키 기(箕): 키 모양입니다. 후에 키는 대나무로 만든 것임을 나타내기 위해 대나무 죽(竹)자를 더하였고, 발음을 나타내는 대 기(丌)자를 더하여 기(箕)자가 되었습니다. 속자는 다음과 같습니다.

簸: 까부를 파

▶ 속자 해설: 파(簸)자의 의미인 '까불다'는 '까부르다'에서 나온 말로, 순수한 낟알만을 고르기 위해 또는 밥을 짓기 위해 '키를 위아래로 흔들어 잡물을 바람에 날려 보내는 작업을 하다'입니다. 이때 잡물들은 대부분 가벼워서 키 맨 앞쪽에서 위아래로 까불거리다가 땅으로 떨어집니다. 이러한 가벼운 쭉정이들의 모습을 사람에 비유하여 '가볍게 날뛰며 행동하는 모습'을 '까불다'로 표현합니다.

◆ 키 반(箄): 찌꺼기를 받아서 버리는 도구인 키를 손으로 잡고 있는 모습을 그렸다고 보는 견해도 있고[9] 긴 자루에 그물을 달아 새나 짐승을 잡는 도구로 보는 견해도 있습니다.[10] 속자 역시 그물과 키 두 개의 의미로 쓰입니다. 속자는 다음과 같습니다.

畢: 마칠 필, 그물 필   糞: 똥 분   棄: 버릴 기

▶ 속자 해설: 그물 필(畢)자의 그림문자(𢍍, 𤰞)는 작은 동물을 잡기 위해 그물을 단 사냥도구 모습으로 '잡았다, 끝냈다'는 의미를 나타내고, 똥 분(糞)자의 그림문자(𥄕, 𡉉)는 키에 담긴 오물을 양손으로 옮기는 모습이며, 버릴 기(棄)자의 그림문자(𡿺)는 영아 혹은 요절한 아이를 키에 담아 양손으로 옮기는 모습입니다.

배 주(舟. 7-698)	수레 거(車. 10-695)

◆ 배 주(舟): 나무의 속을 파서 만든 배 모습입니다. 옛날 공고(共鼓)와 화적(貨狄)이라는 사람이 처음으로 나무의 속을 파서 배를 만들었다고 합니다.[11] 속자는 다음과 같습니다.

---

9) 『설문』: 箄, 箕屬. 所以推棄之器也. 象形.

10) 徐中舒主編, 『甲骨文字典』, 四川辭書出版社 1998, 437쪽.

11) 『설문』: 舟, 船也. 古者, 共鼓·貨狄, 刳木爲舟, 剡木爲楫, 以濟不通. 象形.

兪: 점점 유   船: 배 선   舳: 배의 뒤쪽 축
舫: 배 방   般: 돌 반   朕: 나 짐
服: 옷 복

▶ 속자 해설: 위 속자 가운데 점점 유(兪)자, 나 짐(朕)자, 옷 복(服)
자에의 '月, 月'은 모두 배 주(舟)자의 변형입니다.

◆ 수레 거(車): 바퀴 달린 수레의 모습을 위에서 보고 그린 모습입
니다. 속자는 다음과 같습니다.

軒: 추녀 헌, 수레 헌   輕: 가벼울 경   輿: 수레 여
輯: 모을 집   輻: 바퀴살 복   載: 실을 재
軸: 굴대 축   軍: 군사 군   轄: 비녀장 할
轂: 바퀴 곡   輸: 나를 수   輩: 무리 배
轉: 구를 전   輪: 바퀴 륜   輦: 손수레 련
軻: 굴대 가   斬: 벨 참   輔: 덧방나무 보
軌: 길 궤   轟: 울릴 굉   軾: 수레 앞턱 가로나무 식

갈고리 궐(亅. 9-997)	쌓을 저(宁. 10-856)	장군 치(𠈃. 9-1032)

◆ 갈고리 궐(亅): 물고기를 잡는 도구인 갈고리 모습입니다. 속자는
다음과 같습니다.

乚: 갈고리 표식 궐[12]

◆ 쌓을 저(宁): 물건을 쌓는 도구를 그렸습니다. 지금은 저(宁)자 대신 쌓을 저(貯)자를 사용합니다. 속자는 다음과 같습니다.

𥾑: 쌀가루 저13)

◆ 장군 치(𠙹): 오물을 담는 그릇인 장군을 그렸습니다. 장군 치(𠙹)자와 말미암을 유(由)자는 본래 하나의 글자였습니다. 속자는 다음과 같습니다.

𤬛: 삽 잡

▶ 속자 해설: 삽 잡(𤬛)자는 오물(𠙹)을 재빨리(疌) 처리하기 위한 도구를 나타낸 한자입니다.

굽을 곡(曲. 9-1030)	그물 망(网. 7-120)

◆ 굽을 곡(曲): 물건을 담는 용기를 그린 모습으로 보는 견해도 있고, 누에고치를 그렸다고 보는 견해도 있으며, 건물을 지을 때 목수들이 사용하는 굽은 모양의 자를 그렸다고 보는 견해도 있습니다. 속자는 다음과 같습니다.

---

12)『설문』: 乚, 鉤識也. 从反乚. 讀若捕鳥罬. 居月切.
13)『설문』: 𥾑, 幧也. 所以載盛米. 从宁从𠙹. 𠙹, 缶也. 陟呂切.

䐗: 뼈가 구불퉁구불퉁할 곡

◆ **그물 망(网)**: 그물 모습입니다. 망(网)의 변형은 망(罒)입니다. 망
(罒)은 옆으로 누운 눈 목(目)자와 같기 때문에 '罒'이 그물인지
눈인지를 분명하게 파악해야 합니다. 그물을 뜻하는 한자로는 그
물 망(罔)과 그물 망(網)이 있는데, 여기에서 망(罔)은 그물 망(网)
과 망할 망(亡)이 결합한 형성문자입니다. 부수는 다음과 같습니
다.

罨: 그물 엄	罾: 어망 증	罪: 허물 죄
罟: 그물 고	羅: 새그물 라	署: 관청 서
罷: 방면할 파	置: 둘 치	罵: 욕할 매
罯: 덮을 암	詈: 꾸짖을 리	罹: 근심 리

▶ 속자 해설: 새그물 라(羅)자의 그림문자(🐦)는 그물로 새를 잡는
모습입니다.

책 책	피리 약	거문고 금
(册. 2-630)	(龠. 2-623)	(琴. 9-997)

◆ **책 책(册)**: 끈으로 대나무를 엮어 만든 죽간(竹簡) 모습입니다. 속
자는 다음과 같습니다.

嗣: 이을 사　　　　　　扁: 넓적할 편

▶ 속자 해설: 이을 사(嗣)자의 그림문자(🈀, 🈁)는 자식을 출산할 사(司)자[14]와 책 책(冊)자가 결합한 모습으로, 자식은 조상과 자신 그리고 미래의 후손을 이어주는 존재이고 책 역시 과거와 현재 그리고 미래를 이어주는 사물임을 동시에 보여줍니다.

◆ 피리 약(龠): 죽관 악기 가운데 하나인 피리 모습입니다. 대나무로 만들었음을 나타내기 위해 약(龠)자와 대나무 죽(竹)자를 결합하여 피리 약(籥)자를 만들어 지금 사용하고 있습니다. 속자는 다음과 같습니다.

龡: 불 취　　　　　　龣: 피리 지　　　　　　龢: 풍류 조화될 화
龤: 풍류 조화될 해

◆ 거문고 금(珡): 현악기의 일종을 그렸으나, 후에 소리를 나타내는 이제 금(今)자를 결합하여 거문고 금(琴)자를 만들어 지금 사용하고 있습니다. 속자는 다음과 같습니다.

瑟: 큰 거문고 슬　　　　琵: 비파 비　　　　　琶: 비파 파

---

14) 『에로스와 한자』 8장 출산, 탯줄, 양육과 한자 편 참고.

절구 구(臼. 6-704)	쟁기 뢰(耒. 4-588)

◆ **절구 구(臼):** 절구 안쪽에 패인 거친 자국이 보이도록 절구의 단면을 그렸습니다. 옛날에는 땅을 파서 절구를 만들었으나, 그 후에는 나무나 돌을 깎아서 절구를 만들었습니다.[15] 상징적인 의미로 여성을 나타내기도 합니다.[16] 속자는 다음과 같습니다.

舂: 찧을 용　　　　　臿: 가래 삽　　　　　臽: 퍼낼 요
臽: 함정 함

▶ **속자 해설:** 함정 함(臽)자는 사람('人'의 변형 '⺈')이 깊은 웅덩이(臼)에 빠진 모습입니다.

◆ **쟁기 뢰(耒):** 밭갈이하는 농기구인 쟁기 모습입니다. 속자는 다음과 같습니다.

耕: 밭갈 경　　　耤: 적전 적　　　耦: 둘이 나란히 서서 갈 우
耡: 호미 조

▶ **속자 해설:** 적전 적(耤)자의 그림문자(圖)는 사람이 쟁기를 잡고서 밭을 갈고 있는 모습입니다.

---

15) 『설문』: 臼, 古者掘地爲臼, 其後穿木石. 象形.
16) 『에로스와 한자』 2장 여성과 한자 2편 참고.

힘 력(力. 10-412)	힘 합할 협(劦. 10-439)

◆ 힘 력(力): 쟁기 모습입니다. 상징적인 의미로 남성을 나타내기도 합니다.[17] 힘 력(力)자를 부수로 삼는 속자는 매우 많기 때문에 여기서는 자주 사용되는 속자들만 살펴보겠습니다.

勳: 공 훈	功: 공 공	助: 도울 조
勸: 권할 권	勁: 굳셀 경	勱: 힘쓸 매
務: 일 무	勉: 힘쓸 면	勝: 이길 승
動: 움직일 동	劣: 못할 열	勞: 일할 로
勤: 부지런할 근	券: 수고로울 권	加: 더할 가
勢: 기세 세	勇: 날랠 용	勃: 우쩍 일어날 발
劫: 위협할 겁	勘: 헤아릴 감	辦: 힘쓸 판

◆ 힘 합할 협(劦): 힘 력(力)자 세 개를 결합해서 '힘을 서로 합치다'는 의미를 나타냈습니다. 속자는 다음과 같습니다.

恊: 화합할 협	協: 힘 합칠 협

17) 『에로스와 한자』 4장 남성과 한자 편 참고.

	筋
남성 남(男. 10-407)	힘줄 근(筋. 4-515)

◆ 남성 남(男): 밭(田)에서 쟁기(力)로 밭을 가는 사람을 나타냅니다. 하지만 남성만 밭에서 일을 했을까요? 밭에서 일하는 사람은 농부인데 어찌하여 농부란 뜻이 아니라 남성이란 뜻일까요? 이런 문제점에 착안하여, 인류문화학적인 관점에 따라 남(男)자를 해석하면 그 상징적인 의미는 성교입니다.[18] 속자는 다음과 같습니다.

舅: 외삼촌 구   甥: 생질 생

◆ 힘줄 근(筋): 대나무 죽(竹)자, 고기 육(肉)자, 힘 력(力)자 세 개를 결합해서 만들었습니다. 원래는 갈빗대 륵(肋)자와 같은 글자였지만, 후에 륵(肋)자와 혼동되어 이를 구분하기 위해 대나무 죽(竹)자를 결합하여 힘줄 근(筋)자를 만들게 되었습니다. 속자는 다음과 같습니다.

笏: 힘줄밑둥 건

---

18) 『에로스와 한자』 4장 남성과 한자 편 참고.

밭 전(田. 10-332)	나란히 있는 밭 강(畕. 10-388)

◆ 밭 전(田): 밭 모습입니다. 상징적인 의미로 여성을 나타내기도 합니다.[19] 밭 전(田)자를 부수로 삼는 속자는 많기 때문에 여기서는 자주 사용되는 속자들만 살펴보겠습니다.

町: 밭두둑 정   疇: 밭두둑 주   畬: 새밭 여
畯: 농부 준   當: 대적할 당   畔: 두둑 반
甸: 경기 전   畸: 뙈기밭 기   畿: 경기 기
畱: 머무를 류   畜: 쌓을 축

◆ 나란히 있는 밭 강(畕): 밭 전(田)자 두 개를 결합하여 밭이 서로 나란히 있음을 나타냈습니다. 속자는 다음과 같습니다.

畺: 지경 강

흙 토(土. 10-181)	마을 리(里. 10-319)

◆ 흙 토(土): 땅에 쌓인 흙무더기를 그렸다고도 하고, 남성생식기 모양을 그렸다고 해석하기도 합니다.[20] 흙 토(土)자를 부수로 삼

---

19)『에로스와 한자』 2장 여성과 한자 2편 참고.

는 속자는 매우 많기 때문에 여기서는 자주 사용되는 속자들만
살펴보겠습니다.

地: 땅 지	坤: 땅 곤	垓: 지경 해
墺: 물가 오	堣: 땅 이름 우	坶: 기를 목
坡: 고개 파	坪: 평평할 평	均: 고를 균
壤: 흙 양	凷: 흙덩이 괴	基: 터 기
垣: 담 원	堵: 담 도	壁: 벽 벽
坴: 언덕 륙	堪: 견딜 감	堂: 집 당
堊: 백토 악	在: 있을 재	坐: 앉을 좌
坦: 평평할 탄	坒: 섬돌 비	堤: 둑 제
封: 봉할 봉	璽: 옥새 새	墨: 먹 묵
型: 거푸집 형	城: 성 성	墉: 담 용
坎: 구덩이 감	墊: 빠질 점	塗: 진흙 도
塡: 매울 전	垂: 드리울 수	墓: 무덤 묘
坏: 언덕 배	壓: 누를 압	塞: 변방 새
增: 붙을 증	壞: 무너질 괴	墳: 무덤 분
壇: 단 단	場: 마당 장	圭: 홀 규
境: 지경 경	墾: 개간할 간	塘: 못 당
場: 밭두둑 역	塔: 탑 탑	墜: 떨어질 추
坊: 동네 방		

◆ 마을 리(里): 밭 전(田)자와 흙 토(土)자가 결합하여 만들어진 문
   자입니다. 사람들은 밭(田)에 곡식을 심을 수 있는 땅(土)에 모여
   살기 때문에 '거주하다'는 뜻이었으나 의미가 확대되어 '고향'이
   란 의미가 되었습니다. 상징적인 의미로 해석하자면, 밭 전(田)은

---

20) 『에로스와 한자』 4장 남성과 한자 편 참고.

여성을 나타내고 흙 토(土)는 남성을 나타내기 때문에 '성교'로도 해석이 가능합니다.[21] 속자는 다음과 같습니다.

釐: 다스릴 리   野: 들 야

▶ 속자 해설: 들 야(野)자의 변천을 보면 아래와 같습니다.

갑골문	금문	소전체	해서체
从从	枊	野	野

문자를 만들 당시 혹은 그 이전의 삶을 보면, 마을 안은 비교적 안전한 곳이었으므로 여성들이 아이들을 양육하며 생활하는 공간이었고 마을 밖은 야수들이 돌아다니는 매우 위험한 곳이었기 때문에 남성들이 마을도 지킬 겸 사냥을 하던 곳이었습니다. 그래서 들 야(从从)자에는 숲(林. 从从. 수풀 림)과 남성생식기를 나타내는 부호(丄)가 결합하게 된 것입니다.[22]

垚	厽
높은 흙 요(垚. 10-305)	담 쌓을 루(厽. 10-849)

◆ 높은 흙 요(垚): 흙 토(土)자 세 개를 결합하여 흙이 높게 쌓였음

---

21) 『에로스와 한자』 6장 에로스와 한자 2편 참고.
22) 『에로스와 한자』 6장 에로스와 한자 2편 참고.

을 나타냈습니다. 속자는 다음과 같습니다.

堯: 요임금 요

▶ 속자 해설: 요임금 요(堯)자의 그림문자(🌿)는 사람 위에 흙(혹은 왕관)을 올려놓은 모습입니다.

◆ 담 쌓을 루(垚): 흙을 쌓아서 담을 쌓은 모습입니다.[23] 속자는 다음과 같습니다.

垚: 쌓아서 포갤 류   坴: 흙을 쌓을 루

		
기슭 엄(厂. 8-292)	산 높은 모양 알(屵. 8-238)	돌 석(石. 8-320)

◆ 기슭 엄(厂): 사람이 살 수 있는 동굴이 있는 언덕바위를 그렸기 때문에,[24] '집'이란 의미와 '절벽'란 의미가 있습니다. 기슭 엄(厂)자를 부수로 삼는 속자는 많기 때문에 여기서는 자주 사용되는 속자들만 살펴보겠습니다.

仄: 기울 측   厥: 그 궐   厓: 언덕 애
厲: 갈 려   厤: 다스릴 력   厭: 싫을 염

---

23) 『설문』: 垚, 垚坺土爲牆壁. 象形.
24) 『설문』: 厂, 山石之厓巖, 人可居. 象形.

厃: 우러러 볼 첨

◆ 산 높은 모양 알(屵): 뫼 산(山)자와 언덕 엄(厂)자를 결합하여 언덕이 산처럼 높음을 나타냈습니다. 속자는 다음과 같습니다.

岸: 언덕 안　　　　崖: 벼랑 애　　　　嵏: 산이 무너지는 소리 배
崔: 높을 최

◆ 돌 석(石): 돌 석(石. 厂)자는 산기슭에서 나오는 것이므로 기슭
엄(厂. 厂)자와 같았으나, 기슭 엄(厂. 厂)자와 구분하기 위해 '口'
를 더해 돌 석(石. 𠬯)자를 만들게 되었습니다. 돌 석(石)자를 부수
로 삼는 속자는 많기 때문에 여기서는 자주 사용되는 속자들만
살펴보겠습니다.

礦: 광석 광　　　　碭: 무늬 있는 돌 탕　　　　磠: 비 갈
碑: 돌기둥 비　　　　磿: 돌의 작은 소리 력　　　　礊: 단단할 격
确: 자갈땅 학　　　　𥕢: 던질 척　　　　破: 깨뜨릴 파
磬: 경쇠 경　　　　碎: 잘게 부술 쇄　　　　研: 갈 연
硯: 벼루 연　　　　磊: 돌무더기 뢰

기와 와(瓦. 9-1038)	무두질한 가죽 연(㼌. 3-602)

◆ 기와 와(瓦): 기와 모습입니다. 토기를 불에 아직 굽지 않은 것을

278 그림문자로 이해하는 541개 한자부수

배(坏)라 하고, 이미 구운 것은 와(瓦)라고 합니다. 속자는 다음과 같습니다.

甄: 질그릇 견   甑: 시루 증   甗: 시루 언
瓵: 작은 독 이   甌: 사발 구   甕: 독 옹
瓨: 항아리 강   瓽: 질그릇 용   甓: 벽돌 벽
瓿: 단지 부   甃: 벽돌담 추   瓷: 오지그릇 자

◆ 무두질한 가죽 준(鼞): 북녘 북(北)자와 가죽 피(皮)자의 생략형이 결합하여 '사람들이 앉아서 가죽을 만들다'는 의미를 나타내고, 구할 현(复)자의 생략형으로 소리를 나타낸 형성문자입니다.[25] 준(鼞)자 밑에 있는 기와 와(瓦)자는 가죽 피(皮)자의 변형으로 기와와는 관계가 없음에 주의해야 합니다. 속자는 다음과 같습니다.

鞕: 가죽으로 만든 바지 옹[26]

죄 건(辛. 3-145)	고생할 신(辛. 10-1018)

◆ 죄 건(辛): 죄를 지은 사람의 얼굴에 묵형(墨刑)을 새기는 도구 모습입니다. 속자는 다음과 같습니다.

---

25) 『설문』: 鼞, 柔韋也. 从北, 从皮省, 从复省. 讀若耎. 一曰若儁. 而沇切.
26) 『설문』: 鞕, 羽獵韋絝. 从鼞夅聲. 而隴切.

童: 아이 동   妾: 첩 첩

▶ 속자 해설: 아이 동(童)자의 본래 의미는 첩의 자식으로 태어나 종이 된 '남자 종'이고, 첩 첩(妾)자의 본래 의미는 '여자 종'입니다.

◆ 고생할 신(辛): 죄 건(辛)자와 마찬가지로 죄를 지은 사람의 얼굴에 묵형을 새기는 도구라고 해석하는 견해도 있고, 임산부가 출산하는 장면을 그린 모습으로 해석하는 견해도 있습니다. 묵형을 새기는 도구를 나타낸 한자는 첩 첩(妾)자, 재상 재(宰)자, 따질 변(辡)자, 논쟁할 변(辯)자, 분별할 변(辨)자 등이고, 출산하는 여성을 나타낸 한자는 새로울 신(新)자, 친할 친(親)자에서 확인할 수 있습니다.27) 속자는 다음과 같습니다.

辠: 죄 죄   辜: 허물 고   辥: 허물 설
辭: 말씀 사   辭: 말 사

따질 변(辡. 10-1048)	죄를 다스릴 벽(辟. 8-130)

◆ 따질 변(辡): 죄인의 얼굴에 묵형을 새기는 도구를 그린 고생할 신(辛)자 두 개를 결합하여 죄인이 서로 잘잘못을 따지는 것을 나

───────────

27) 『에로스와 한자』 7장 임신과 한자 편 참고.

타냈습니다. 속자는 다음과 같습니다.

辯: 말 잘할 변

▶ 속자 해설: 말 잘할 변(辯)자는 죄인이 말로써 서로의 잘잘못을
따진다는 의미로, 잘못에서 벗어나기 위해서는 말을 잘 해야 하
기 때문에 '말을 잘하다'는 의미가 된 것입니다.

◆ 죄를 다스릴 벽(辟): 죄인의 얼굴에 묵형을 새기는 도구를 그린
고생할 신(辛)자와 범법자를 꿇어 앉혀 놓고 처벌하는 모습(卩)을
결합하여 만들었습니다.[28] 속자는 다음과 같습니다.

劈: 다스릴 예

▶ 속자 해설: 다스릴 예(劈)자는 죄를 다스릴 벽(辟)자와 칼로 벨 예
(乂)자를 결합하여 칼로 목을 베어 죄를 다스리는 것을 나타냈습
니다.

![차례 제 갑골문]	![자기 기 갑골문]
차례 제(弟. 5-710)	자기 기(己. 10-992)

◆ 차례 제(弟): 주살(弋)이나 창(戈)과 같은 무기의 손잡이에 끈을

---

28) 『설문』: 辟, 法也. 从卩从辛, 節制其辠也. 从口, 用法者也.

감은 모습을 그린 것으로, 끈을 감을 때에도 순서가 있어야 하기 때문에 '차례'라는 뜻이 된 것입니다. 하지만 후에 다음 차례로 낳은 자식(아우)이라는 의미로 쓰이게 되었습니다. 속자는 다음과 같습니다.

羃: 형 곤29)

◆ 자기 기(己): 무엇을 그린 것인지 의견이 분분합니다. 주살(弋)에 휘감긴 줄의 모습이라는 견해, 낚싯줄을 묶은 모습이라는 견해, 옛날에는 새끼줄에 매듭을 맺어 사물을 기록하였는데 '己'는 이 때 사용하는 잘 정돈된 새끼줄이라는 견해, 무릎을 굽히고 꿇어 앉은 옆모습을 그린 것이라고 보는 견해, 배가 볼록 튀어나온 것을 그렸다는 견해 등이 있습니다.30) 차례 제(弟. 弟)자로 볼 때, '己'는 '줄'인 것 같고, 무기에 줄을 매다는 것은 다시 자신에게 되돌아오게 하기 위함이기 때문에 '자기자신'이란 의미가 생겨난 것으로 보입니다. 속자는 다음과 같습니다.

卺: 순종할 근   臮: 책상다리하고 앉을 기

---

29)『설문』: 羃, 周人謂兄曰羃. 古魂切.
30)『설문』: 己, 象人腹.

구기 두(斗. 10-660)	구기 작(勺. 10-613)

◆ **구기 두(斗):** 술을 퍼내는데 사용하는 긴 자루가 달린 구기를 손에 들고 있는 모습입니다. 속자는 다음과 같습니다.

斛: 휘 곡   斝: 술잔 가   料: 되질할 료
斞: 용량 단위 유   斡: 관리할 알   魁: 으뜸 괴
斠: 될 각   斟: 술 따를 짐   斜: 비낄 사
斢: 풀 구   料: 반분할 반   斣: 술국자 권
斵: 맞걸릴 축   升: 되 승

▶ **속자 해설:** 술잔 가(斝)자의 그림문자(𠂤)는 술잔 모양을 그렸고, 되질할 료(料)자의 그림문자(𣂑)는 되로 쌀을 푸는 모양을 그렸습니다. 되 승(升)자의 그림문자(𣂪)와 구기 두(斗)자의 그림문자는 같습니다.

◆ **구기 작(勺):** 구기 모습입니다. 구기는 국이나 술을 푸는데 사용되기 때문에 '푸다'는 의미를 나타냅니다.[31] 속자는 다음과 같습니다.

与(與): 줄 여

---

31)『설문』: 勺, 把取也. 象形, 中有實, 與包同意.

중국 하남성(河南省) 은허(殷墟) 유적지에서 발굴된 구기

붉을 단(丹. 5-255)	우물 정(井. 5-264)	푸를 청(靑. 5-260)

◆ 붉을 단(丹): 대롱 안에 붉은 모래 알갱이인 단사(丹砂)가 있는 모
습으로 보는 견해도 있고, 항문과 대변으로 보는 견해도 있습니
다.[32] 속자는 다음과 같습니다.

𤎅: 진사 확   彤: 붉을 동

◆ 우물 정(井): 고대 백익(伯益)이 만들었다는 우물 모습으로, 우물
위에 나무로 짜 얹은 틀 모양과 두레박의 모양을 결합하여 만들

---

32)『에로스와 한자』5장 에로스와 한자 1편 참고.

었다고 보는 견해도 있고,33) 이 역시 붉을 단(丹)자와 마찬가지로 항문과 대변으로 보는 견해도 있습니다.34) 속자는 다음과 같습니다.

刱: 비롯할 창   阱: 함정 정   荆(刑): 형벌 형

▶ 속자 해설: 함정 정(阱)자의 그림문자(𦥑)는 사슴이 함정에 빠진 모습이고, 형벌 형(刑)자의 그림문자(𦥑)는 함부로 성교(𦥑)를 한 사람을 칼(刂)로 엄하게 다스리는 모습입니다.

◆ 푸를 청(靑): '새롭게 태어나다'는 뜻을 지닌 날 생(生. 𦥑)과 '생명이 살아 숨을 쉬는 곳, 대변'을 나타내는 '井'이 결합한 문자입니다. 이를 통해, 고대인들은 대변은 낡은 것을 버리고 새로운 것을 시작하는 물질 혹은 행위라고 생각했던 것 같습니다. 따라서 청(靑)자는 새로운 생명의 탄생과 밀접하게 관계된 글자로 볼 수 있습니다. 봄에 식물이 파릇파릇 싹이 자라난 모습 그리고 그것들이 뿜어내는 싱그럽고 생동감 넘치는 색상, 그것이 바로 청(靑)자의 의미입니다.35) 속자는 다음과 같습니다.

靜: 고요할 정

▶ 속자 해설: 고요할 정(靜)자의 그림문자는 아래와 같습니다.

---

33)『설문』: 井, 八家一井, 象構韓形. ·, 𦥑之象也. 古者伯益初作井.
34)『에로스와 한자』5장 에로스와 한자 1편 참고.
35)『에로스와 한자』5장 에로스와 한자 1편 참고.

이는 양 손으로 쟁기를 잡고 있는 모습과 푸를 청(靑)자가 결합한 모습입니다. 쟁기로 밭을 가는 행위는 상징적으로 성교를 나타냅니다. 그래서 마지막 그림문자는 여성생식부호(口)가 결합하게 된 것입니다. 이는 성교를 통해 만물이 탄생한다는 것을 사실적으로 보여주고 있습니다. 정(靜)자의 원래 의미는 '찾다'입니다.[36] '좋은 밭을 찾아 쟁기질하다'는 뜻이죠. 혹은 자신의 짝이 될 만한 적합한 상대방을 '조용하게 찾는 것'으로도 볼 수 있습니다.

O 口	乀 乁 乚
못 정(丁. 10-964)	깃발이 나부끼는 모양 언(㫃. 6-452)

◆ 못 정(丁): 못대가리를 위에서 본 모습입니다. 정(丁)이 결합한 한자들, 예를 들면 못 정(釘)자, 칠 정(朾)자, 칠 타(打)자, 이룰 성(成)자, 바로잡을 정(訂)자 등을 보면 '못'과 관계가 깊습니다. 속자는 없습니다.

◆ 깃발이 나부끼는 모양 언(㫃): 깃대, 깃대 위의 장식, 깃발이 나부끼는 모습 등을 그렸습니다. 속자는 다음과 같습니다.

---

36)『설문』: 靜, 審也.

斾: 기 패	旐: 기 조	旌: 기 정
旗: 기 기	旟: 기 여	斿: 기 기
旞: 기 수	旝: 기 괴	旃: 기 전
旛: 기 번	旈: 기 요	旒: 깃발 유
飄: 깃발 번득일 표	旇: 깃발이 휘날릴 피	旖: 깃발 펄럭이는 모양 의
旄: 깃대 장식 모	游: 헤엄칠 유	旋: 돌 선
施: 베풀 시	旅: 군사 려	族: 겨레 족

▶ 속자 해설: 헤엄칠 유(游)자의 그림문자(䢔, 𣃻, 𣃦)는 깃발 아래 많은 사람들이 모여 있는 모습이고, 겨레 족(族)자의 그림문자(𣃦)는 깃발 아래 화살이 있는 모습입니다.

2. 무기

화살 시(矢. 5-455)	이를 지(至. 9-473)

◆ 화살 시(矢): 화살 모습입니다. 속자는 다음과 같습니다.

躲(射): 쏠 사	矯: 바로 잡을 교	矰: 주살 증
矦: 임금 후	短: 짧을 단	矧: 하물며 신
知: 알 지	矣: 어조사 의	矮: 키 작을 왜

▶ 속자 해설: 쏠 사(射)자의 그림문자(𠂤, 𨈏)는 손으로 활시위를 당

긴 모습이고, 임금 후(矦)의 그림문자(𰵕, 𰵕)는 화살이 과녁을 명중한 모습입니다.

◆ 이를 지(至): 화살이 땅에 꽂힌 모습이므로 '이르다, 도달하다'는 의미가 생긴 것입니다. 속자는 다음과 같습니다.

到: 이를 도 　　　　臻: 이를 진 　　　　臺: 돈대 대
䟜: 이를 진

▶ 속자 해설: 이를 도(到)자의 그림문자(𰶍)는 사람이 화살이 있는 곳에 도착한 모습으로 보아, 도(到)자에서의 칼 도(刀. 刂)는 사람(人)의 변형임을 알 수 있습니다.

활 궁(弓. 9-1050)	활이 강할 강(弜. 9-1088)

◆ 활 궁(弓): 활(𢎨) 모습인 경우도 있고, 줄을 매지 않은 활(𢎨) 모습도 있습니다. 줄을 매지 않은 이유는 아마도 평상시에는 줄을 매어 두지 않음으로써 활의 탄성을 유지했던 것 같습니다. 속자는 다음과 같습니다.

弴: 활 돈 　　　　弭: 활고자 미 　　　　弦: 뿔활 현
弧: 활 호 　　　　弨: 시위 느슨할 초 　　　　彄: 활고자 구

張: 베풀 장 　　彉: 당길 확 　　弸: 화살 소리 붕
彊: 굳셀 강 　　彎: 굽을 만 　　引: 끌 인
弘: 넓을 홍 　　彏: 활 부릴 새 　　弛: 늦출 이
弢: 활집 도 　　弩: 쇠뇌 노 　　彀: 당길 구
弙: 활 겨눌 오 　　彍: 당길 확 　　彈: 탄알 탄
發: 쏠 발

▶ 속자 해설: 탄알 탄(彈)자의 그림문자(𢏏, 𢏏)는 활시위에 화살이
나 탄알과 같은 사물이 있는 모습입니다. 쏠 발(發)자는 양 발을
벌리고(癶) 활(弓)을 손으로 잡은 모습(殳)입니다.

◆ 활이 강할 강(弜): 활 궁(弓)자 두 개를 결합하여 '활이 강하다'는
의미를 나타냈습니다. 속자는 다음과 같습니다.

弼: 도울 필

▶ 속자 해설: 도울 필(弼)자의 그림문자(𢏏, 𢏏)는 활 옆에 화살을
담는 도구가 있는 모습입니다. 이는 활과 화살은 서로 도와줘야
만 제 구실을 할 수 있는 불가분의 관계임을 보여주고 있습니다.

ƽ ƽ	k
칼 도(刀. 4-516)	칼날 인(刃. 4-580)

◆ 칼 도(刀): 칼 모양입니다. 칼 도(刀)자가 부수가 될 때에는 일반적

으로 '刂'처럼 변형됩니다. 칼 도(刀)자를 부수로 삼는 속자는 상당히 많기 때문에 여기서는 자주 사용되는 속자들만 살펴보겠습니다.

利: 날카로울 리	初: 처음 초	剪: 자를 전
則: 법칙 칙	剛: 굳셀 강	切: 끊을 절
刻: 새길 각	副: 버금 부	剖: 쪼갤 부
辨: 다스릴 판	判: 판가름할 판	列: 줄 렬
刪: 깎을 산	剝: 벗길 박	割: 나눌 할
刊: 책 펴낼 간	劃: 그을 획	刮: 깎을 괄
刖: 벨 월	刑: 형벌 형	制: 마를 제
券: 문서 권	罰: 죄 벌	

▶ 속자 해설: 날카로울 리(利)자의 그림문자(利)는 낫으로 벼를 베는 모습이고, 처음 초(初)자의 그림문자(初)는 칼로 옷을 재단(裁斷)하는 모습이며, 법칙 칙(則)자의 그림문자(則)는 청동기를 만들 때 도구를 이용하여 정확하게 만드는 모습이고, 굳셀 강(剛)자의 그림문자(剛)는 칼로 그물을 자르는 모습입니다. 다스릴 판(辨)자의 그림문자(辨)는 말과 칼로 다스리는 모습이고, 벗길 박(剝)자의 그림문자(剝)는 칼로 나무껍질을 벗기는 모습이며, 벨 월(刖)자의 그림문자(刖)는 칼로 살을 자르는 모습입니다. 죄 벌(罰)자의 그림문자(罰)는 말씀 언(言)자, 칼 도(刀)자, 그물 망(罒)자가 결합한 모습으로, 이는 죄를 지은 사람에게 가해지는 다양한 도구들입니다.

◆ 칼 날 인(刃): 칼(刀)에 날카로운 날이 있음을 보여주는 부호(丶)를 결합하여 만든 문자입니다. 속자는 다음과 같습니다.

刅: 만들 창	劒: 칼 검

	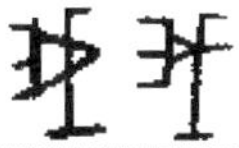
창 과(戈. 9-936)	나 아(我. 9-989)

◆ 창 과(戈): 창 모습입니다. 속자는 다음과 같습니다.

肈: 창 조	戎: 오랑캐 융	戣: 양지창 규
戛: 창 알	戍: 지킬 수	賊: 도둑 적
戲: 탄식할 희	𢦏: 다할 첨	戮: 죽일 륙
戰: 싸울 전	或: 혹 혹	武: 굳셀 무
戔: 해칠 잔		

▶ 속자 해설: 양지창 규(戣)자의 그림문자()는 양쪽에 날카로운 날이 있는 무기 모습이고, 도둑 적(賊)자의 그림문자()는 재물(貝) 때문에 칼(刀)과 창(戈)으로 서로 다투고 있는 모습이며, 지킬 수(戍)자의 그림문자()는 사람이 창을 들고 서 있는 모습입니다. 싸울 전(戰)자의 그림문자()는 병기가 세워진 모습이고, 혹 혹(或)자의 그림문자()는 창으로 국가를 지키는 모습이며, 다할 첨(𢦏)자의 그림문자()는 창으로 모든 사람들을 베어버리는 모습입니다. 굳셀 무(武)자의 그림문자()는 창을 들고 걸어

가는 모습이고, 해칠 잔(戔)자의 그림문자(𢦏)는 창과 창이 서로 부딪쳐 싸우는 모습입니다.

◆ 나 아(我): 긴 자루와 세 갈래의 칼날이 있는 병기(兵器)를 그렸습니다. 후에 병기를 들고 서있는 사람이 바로 '나'라는 의미로 사용되었습니다. 속자는 다음과 같습니다.

義: 옳을 의

▶ 속자 해설: 옳을 의(義)자의 그림문자(𦍌)는 양(羊)과 병기(我)가 결합한 모습이지만 어찌하여 '옳다'는 의미가 된 것인지 불분명합니다. 아마도 강족(羌族)의 무기는 옳은 일에만 사용되었기 때문이 아닐까합니다.

창 무(戊. 10-976)	도끼 술(戌. 10-1205)	도끼 월(戉. 9-984)

◆ 창 무(戊): 도끼날을 단 창을 그렸습니다. 속자는 다음과 같습니다.

成: 이룰 성

▶ 속자 해설: 이룰 성(成)자의 그림문자(𢦏)는 창을 들고 다른 나라

를 정복한 모습입니다. 그리하여 '성취하다, 이루다'는 의미가 된
것입니다.

◆ 도끼 술(戌): 도끼처럼 날이 넓은 병기를 그렸습니다. 속자는 없
  습니다.

◆ 도끼 월(戉): 긴 자루가 달린 도끼를 그렸습니다. 속자는 다음과
  같습니다.

戚: 도끼 척, 겨레 척

도끼 근(斤. 10-639)	창 모(矛. 10-691)	왕 왕(王. 1-206)

◆ 도끼 근(斤): 도끼를 간략하게 그린 모습입니다. 부수로 쓰일 때
  에는 '베다, 자르다'는 의미를 지닙니다. 속자는 다음과 같습니다.

斧: 도끼 부	斫: 벨 작	釿: 큰 자귀 근
所: 바 소	斯: 이 사	斷: 끊을 단
新: 새 신	斦: 모탕 은	

▶ 속자 해설: 도끼 부(斧)자의 그림문자(𣂁)는 손에 도끼를 든 모습
  이고, 벨 작(斫)자의 그림문자(𣂈)는 도끼로 돌을 다듬는 모습이

며, 바 소(所)자의 그림문자(𢼨)는 귀(耳)와 도끼(斤)가 결합한 모습으로 이는 나무를 베는 소리 혹은 나무를 베는 장소를 나타냅니다.37) 끊을 단(斷)자의 그림문자(𢇍)는 탯줄 혹은 실을 자르는 모습이고, 새 신(新)자의 그림문자(𣂪)는 어머니와 갓 태어나는 영아를 연결한 탯줄을 절단하는 모습입니다. 그러므로 새 신(新)자는 '새로운 생명의 시작'을 나타냅니다.38)

◆ 창 모(矛): 창을 그렸습니다. 속자는 다음과 같습니다.

矠: 창 색   矜: 불쌍히 여길 긍   扭: 찌를 뉴

▶ 속자 해설: 불쌍히 여길 긍(矜)자의 그림문자(𢆉)는 손에 창과 몽둥이를 든 모습입니다. 창과 몽둥이를 들고 사람을 다치게 했거나 죽였기 때문에 '다치거나 죽은 사람을 불쌍히 여기다'는 의미가 된 것입니다.

◆ 왕 왕(王): 왕권을 상징하는 도끼의 일종을 그린 모습입니다. 고대 사회에서 부월(斧鉞)은 권력의 상징이었으며, 당시 최고 우두머리인 추장은 왕의 전신이었으므로 점차 왕권을 상징하게 되었습니다. 속자는 다음과 같습니다.

閏: 윤달 윤   皇: 임금 황

---

37)『설문』: 所, 伐木聲也.
38)『에로스와 한자』7장 임신과 한자 편, 8장 출산, 탯줄, 양육과 한자 편 참고.

▶ 속자 해설: 임금 황(皇)자의 그림문자(𝕏)는 반짝반짝 빛나는 도끼 모습입니다. 왕(임금)만이 이러한 도끼를 들 수 있었기 때문에 '왕(임금)'이란 의미가 된 것입니다.

이길 극(克. 6-586)	옛 고(古. 2-683)

◆ 이길 극(克): 사람이 무기를 들고 입을 벌린 모습(𝕏)으로 전쟁의 승리를 나타내기도 하고, 이를 간단하게 그린 모습(𝕏)은 말하면서 사람을 꿇어앉게 하는 모습으로 모두 '이기다'는 뜻입니다. 속자는 없습니다.

◆ 옛 고(古): 이길 극(克. 𝕏)자의 윗부분(𝕏)으로, 전쟁과 관련된 많은 일(十) 혹은 전쟁의 승리를 말하다(口)는 것을 나타냅니다. 속자는 다음과 같습니다.

嘏: 클 하

갑옷 갑(甲. 10-929)	꿰뚫을 관(毌. 6-536)

◆ 갑옷 갑(甲): 꿰뚫을 관(毌. 中)자와는 달리 갑옷 갑(甲. ⊞)자는 꿰뚫지 못하는 것을 그려 '갑옷'을 나타냈습니다. 한(漢)나라 이전의 갑옷은 가죽으로 만들었고, 한나라 때부터 쇠로 만들었는데 갑옷 개(鎧)자로 이러한 사실을 알 수 있습니다. 속자는 없습니다.

◆ 꿰뚫을 관(毌): 갑옷 갑(甲. ⊞)자와는 달리 꿰뚫을 관(毌. 中)자는 갑옷(혹은 방패 등)을 꿰뚫은 것을 그렸습니다. 속자는 다음과 같습니다.

貫: 꿸 관   虜: 포로 로

▶ 속자 해설: 포로 포(虜)자는 힘(力)으로 갑옷을 꿰뚫어(毌) 포로로 삼는다는 것을 나타낸 한자입니다.[39]

방패 간(干. 2-654)	평평할 견(幵. 10-613)	방패 순(盾. 4-13)

◆ 방패 간(干): 끝이 둘로 갈라진 작살 모양으로 짐승이나 적의 목

---

[39] 『설문』: 虜, 獲也. 从毌从力, 虍聲.

을 찌르는데 사용하는 무기 혹은 무기 앞에 넓은 판으로 동여맨 방패를 그린 모습입니다. 속자는 다음과 같습니다.

屰: 거스를 역

▶ 속자 해설: 거스를 역(屰)자의 그림문자(𝑌)는 거꾸로 된 사람 모습입니다. 그러므로 방패 간(干)자와 거스를 역(屰)자는 관계가 없습니다.

◆ 평평할 견(幵): 방패 간(干)자 두 개를 결합하여, 방패를 서로 나열하여 평평하게 만든 모습을 나타냈습니다. 속자는 없습니다.

◆ 방패 순(盾): 그림문자를 보면 사람(𝄞)을 막는 무기(𝄥) 혹은 사람이 눈이 다치는 것(𝄥)을 피하기 위해 착용하는 도구를 그렸습니다. 속자는 다음과 같습니다.

瞂: 방패 벌

▶ 속자 해설: 방패 벌(瞂)자의 그림문자(𝄞)는 사람이 창과 방패를 들고 서 있는 모습입니다.

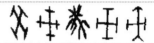	
놀랄 첩(幸. 8-850)	무기 계(癸. 10-1055)

◆ 놀랄 첩(幸): 사람이 쇠고랑을 찬 모습 혹은 쇠고랑 모습이므로 '놀라다'는 의미가 생긴 것입니다.[40] 속자는 다음과 같습니다.

睪: 엿볼 역   執: 잡을 집   圉: 감옥 어
鷙: 칠 주   報: 갚을 보

▶ 속자 해설: 잡을 집(執)자의 그림문자(𡘉)는 쇠고랑을 그린 놀랄 첩(幸)자와 마찬가지로 쇠고랑을 찬 사람이 꿇어앉은 모습이고, 감옥 어(圉)자의 그림문자(圉)는 쇠고랑을 찬 사람이 감옥에 있는 모습이며, 갚을 보(報)자의 그림문자(𡙀)는 죄인을 잡아서 쇠고랑을 차게 하는 모습입니다.

　한 가지 중요한 점은 놀랄 첩(幸)자와 다행 행(幸)자는 모양은 같지만 의미는 확연하게 다르기 때문에 주의해야만 합니다. 다행 행(幸)자의 소전체(小篆體) 모습(㤦)은 젊어 죽을 요(夭)자와 거스를 역(屰)자가 결합한 모습으로,[41] 죽지 않고 살아남아서 다행이라는 뜻을 나타냅니다.

---

40)『설문』: 幸, 所以驚人也. 一曰大聲也. 一曰讀若瓠. 一曰俗語以盗不止爲幸, 幸讀若籋. 尼輒切.
41)『설문』: 㤦(幸), 吉而免凶也. 从屰从夭. 夭, 死之事. 故死謂之不㤦. 胡耿切.

◆ 무기 계(癸): 여러 개의 날카로운 끝이 있는 무기를 그렸습니다. 혹자는 무기 계(癸)자의 그림문자(玤)와 무당 무(巫)자의 그림문자(珡)가 서로 비슷한 점으로 미루어, 무엇인가를 점쳐서 헤아리는데 사용하는 도구를 그린 문자로 해석하여 헤아릴 규(揆)자와 같은 한자라고 보았습니다. 속자는 없습니다.

풀 무성할 착(丵. 3-156)	번거로울 복(業. 3-169)

◆ 풀 무성할 착(丵): 원래는 끝이 뾰족한 날카로운 무기 모습이었으나, 후에 끝이 뾰족한 모습이 '풀이 무성하게 자란 모습'과 흡사하여 '풀이 무성한 모습'이란 의미로 사용되었습니다. 하지만 속자는 대부분 무기와 관련 있습니다.

業: 업 업   叢: 모일 총   對: 대답할 대

▶ 속자 해설: 대답할 대(對)자의 그림문자(對)는 손으로 무기를 들고 있는 모습입니다. 그래서 '대립하다, 상대하다'는 의미를 가지게 된 것입니다.

◆ 번거로울 복(業): 양 손으로 끝이 뾰족한 날카로운 무기(丵)를 들고 있는 모습입니다. 양손으로 들었다는 것은 무거운 무기를 말합니다. 무거운 무기는 들기 어렵기 때문에 '번거롭다'라는 의미

가 생긴 것입니다. 속자는 다음과 같습니다.

僕: 종 복

▶ 속자 해설: 종 복(僕)자의 그림문자(🌾)는 날카로운 병기를 들고 사람(자신)을 도와주는 모습입니다. 그래서 '하인, 종'이란 의미가 생겼습니다.

3. 숫자와 부호

ー	二	三
한 일(一. 1-1)	두 이(二. 10-157)	석 삼(三. 1-200)

◆ 한 일(一): 한 획을 그은 모습입니다. 속자는 '하나'란 뜻이 없이 단순히 '부호'로 사용되었습니다. 속자는 다음과 같습니다.

元: 으뜸 원   天: 하늘 천   丕: 클 비
吏: 벼슬아치 리

▶ 속자 해설: 으뜸 원(元)자의 그림문자(🕴)는 사람 위에 하늘이 있는 모습으로 조상을 계속 끝까지 추적해가다보면 처음에 이르게 된다는 뜻이고, 하늘 천(天)자의 그림문자(👤, 天, 👤, 👤)는 머리 혹은 머리 위를 그린 모습입니다. 그리고 클 비(丕)자의 그림문자 (🌾)는 여성이 월경(不)을 멈춘(一) 것을 나타내며,[42] 벼슬아치 리

(吏)자의 그림문자(🖐)는 사람이 손에 무기를 든 모습입니다.

◆ 두 이(二): 두 획을 그은 모습입니다. 속자는 다음과 같습니다.

亟: 빠를 극   恒: 항상 항   亘: 걸칠 긍, 돌 선
竺: 대나무 축   凡: 무릇 범

▶ 속자 해설: 빠를 극(亟)자의 그림문자(𢆶, 𥃚)는 하늘과 땅 사이에 사람이 있는 모습 혹은 사람을 욕하고 때리는 모습이며, 항상 항(恒)자의 그림문자(𠄌, 𠄋, 𠄍)는 임신한 모습입니다. 그리고 돌 선(亘)자의 그림문자(𠄭)는 무엇인가 돌아가는 모습 혹은 감싼 모습이고, 무릇 범(凡)자의 그림문자(𠘧)는 항문 모습을 그린 것입니다.[43]

◆ 석 삼(三): 세 획을 그은 모습입니다. 속자는 없습니다.

넉 사(四. 10-851)	다섯 오(五. 10-875)	일곱 칠(七. 10-885)

◆ 넉 사(四): 원래 네 획을 그은 모습이었으나, 춘추전국(春秋戰國) 시기부터 '𣃟, 𣃠, 𣃡, 𣃢'가 생겨나 지금의 사(四)가 되었습니

---

42)『에로스와 한자』1장 여성과 한자 1편 참고.
43)『에로스와 한자』5장 에로스와 한자 1편 참고.

다. 속자는 없습니다.

◆ 다섯 오(五): 다섯 획을 그은 모습(≣)과 서로 교차시킨 모습(X)이 사용되었다가 점차 'X'로 통일되었습니다. 속자는 없습니다.

◆ 일곱 칠(七): 꿰뚫을 관(毌)자의 그림문자(中)와 갑옷 갑(甲)자의 그림문자(田)에 일곱 칠(七)자의 그림문자(十)가 보이는 것으로 미루어, '뚫다'와 관계된 듯합니다. 아마도 가로획(一) 가운데 세로획(丨)을 추가하여 가로획을 '절단하다, 뚫다'는 의미를 나타낸 것 같습니다. 이후 열 십(十)자의 그림문자(丨)가 차츰 '十'형태로 변하게 되자, '七'자는 '十'자와 구별하기 위해 세로획 끝을 오른쪽으로 늘렸습니다. 속자는 없습니다.

∫	∫
잡아 끌 예(𠃌. 9-916)	삐침 별(丿. 9-908)

◆ 잡아 끌 예(𠃌): 끌어당기는 모습입니다.[44] 속자는 다음과 같습니다.

弋: 주살 익

▶ 속자 해설: 주살 익(弋)자의 그림문자(𢎥, 𢎏)는 무기로 쓰이는 뾰

---

44)『설문』: 𠃌, 抴也. 明也. 象抴引之形. 余制切.

족한 나뭇가지에 무엇인가를 매단 모습입니다.

◆ **삐침 별**(丿): 오른쪽 위에서 왼쪽 아래로 잡아당기는 모습입니다. 속자는 다음과 같습니다.

乂: 벨 예   弗: 아닐 불   乀: 파임 불

▶ 속자 해설: 벨 예(乂)자의 그림문자(✗)는 무엇인가를 베어버리는 모습이고, 아닐 불(弗)자의 그림문자(丗, 丗)는 '움직이지 못하게' 나무들을 줄로 묶은 모습입니다. 파임 불(乀)자는 삐침 별(丿)자와는 반대되는 모습으로 왼쪽 위에서 오른쪽 아래로 잡아당기는 모습입니다. 파임 불(乀)자가 쓰인 한자는 작을 소(小)자를 부수로 삼는 작을 절(尐)자입니다.

부수 찾아보기

4획

7획

저자 소개

김하종(金河鍾)

학력:
중국산동대학교 문자학 박사

경력:
전 중국산동사범대학교 초빙교수
전 초당대학교 한중정보문화학과 교수
현 작가 겸 강사

주요 저서:
『문화문자학』,『문자학의 원류와 발전』,『에로스와 한자』

주요 논문:
「殷商金文詞彙硏究」
「암각화 부호와 고문자 부호와의 상관성 연구 I」
「암각화 부호와 고문자 부호와의 상관성 연구 II」
「고문자에 반영된 龍의 原型 고찰」 외

그림문자로 이해하는 541개 한자부수

초판인쇄   2015년 3월 5일
초판발행   2015년 3월 10일

지은이 김 하 종
펴낸이 한 신 규
편   집 박 지 연
펴낸곳 **문현**출판
주   소 138-210 서울특별시 송파구 동남로 11길 19(가락동)
전   화 Tel.02-443-0211   Fax.02-443-0212
E-mail mun2009@naver.com
등   록 2009년 2월 24일(제2009-14호)

ⓒ 김하종, 2015
ⓒ 문현, 2015, printed in Korea

ISBN   978-89-94131-87-0   93820
정가 21,000원